『水浒』识小录

王学泰 著

GUANGXI NORMAL UNIVERSITY PRESS
广西师范大学出版社
·桂林·

“水浒”识小录

Shuihu Zhi Xiao Lu

图书在版编目（CIP）数据

“水浒”识小录 / 王学泰著．—桂林：广西师范大学出版社，2019.6

（王学泰文集）

ISBN 978-7-5598-1805-8

Ⅰ．①水…　Ⅱ．①王…　Ⅲ．①《水浒》研究
Ⅳ．①I207.412

中国版本图书馆 CIP 数据核字（2019）第 094153 号

广西师范大学出版社出版发行

（广西桂林市五里店路 9 号　　邮政编码：541004
网址：http://www.bbtpress.com）

出版人：张艺兵

全国新华书店经销

湛江南华印务有限公司印刷

（广东省湛江市霞山区绿塘路 61 号　邮政编码：524002）

开本：880 mm × 1 240 mm　1/32

印张：8.5　　　字数：190 千字

2019 年 6 月第 1 版　　　2019 年 6 月第 1 次印刷

印数：0 001~8 000 册　　定价：50.00 元

目 录

| 朴刀的故事 |

1. 《水浒传》出现颇多的关键词之一——朴刀

《水浒传》中除了为梁山泊好汉所向往的“大块吃肉，大碗喝酒”的酒肉外，出现最多的，而且与英雄好汉们生活密切相关的就要算“朴刀”了。现在有了古代通俗小说数据库，方便多了，我们稍花点时间做点统计就会发现朴刀这种兵器只在《水浒传》中大量出现过。再细一点还会发现，它在百回本《水浒传》（“天都外臣序”本）中共出现过207次，集中在前七十一回，前七十一回出现195次，后二十九回仅12次；《水浒全传》（一百二十回本）共出现222次，前七十一回出现188次，后四十九回出现34次。为什么会这样？后面再讲。而且，朴刀在其他通俗小说中出现得很少，只在明代小说（有些是宋元话本）中少量出现过。如《错斩崔宁》《赵太祖千里送京娘》中各出现过一次。《汪信之一死救全家》（《喻世明言》）出现3次，《万秀娘仇报山亭儿》（《警世通言》）18次。“万秀娘”这个故事在南宋末的《醉翁谈录》中就有著录，名《陶铁僧》或《十条龙》。就数据库中有的数十种明代通俗小说中搜索，再加上传世宋元话本，朴刀出现的次数不过三四十次，而且明人对朴刀形制用法已经不甚了了。

2. 什么是朴刀

先说“朴”的读音。有的评书演员把它读作“谱”，不对，应该读作“泼”，在宋代也写作“泼”“拨”“搏”“博”“钹”等，完全取音，没有定字。它的外观如何呢？宋代兵书《武经总要》一书中绘图介绍了当时用的八种刀，包括掉刀、屈刀、手刀、掩月刀、戟刀、眉尖刀、凤嘴刀、笔刀等，独不及朴刀；近代所著的数种兵器史，也不介绍朴刀，可见它早已湮没无闻。而且在考古上也无出土证物，可见它只是流行于民间而不能登大雅之堂的粗陋的兵器（如钉耙之类，打仗虽能用，但绝不会上兵器谱），历代兵学家并不把它视为真正的武器。只是由于在《水浒传》中反复出现才被重视。一些学者强作解人，《辞源》把朴刀解作：

> 窄长有短把的刀。

《汉语大词典》解作：

> 一种刀身窄长、刀柄较短的刀。双手使用。

而且它们给出的图片与腰刀差不太多，其实认真读一下《水浒传》，朴刀根本不像这些工具书所说的那样“刀身窄长”和“短把”。

第一，应该弄明白的，它不是“短把”的腰刀（《武经总要》中的手刀配上刀鞘就是腰刀），这在《水浒传》中多次提到。如第二回和第二十二回：

> 且说少华山上朱武、陈达、杨春三个头领，分付小喽啰看守寨栅，只带三五个做伴，将了朴刀，各跨口腰刀，不骑鞍马，步行下山，径来到史家庄上。

宋江、宋清却分付大小庄客："小心看家，早晚殷勤伏侍太公，休教饮食有缺。"弟兄两个各跨了一口腰刀，都拿了一条朴刀，径出离了宋家村。

这两回都清清楚楚写明了，腰刀可以"跨"（同挎），也就是挎在腰带上，而朴刀则要"拿"或"将"（带着）。怎么拿呢？第十四回有"刘唐拈着朴刀赶来"的句子。"拈"是用手指拿，可见朴刀的"把"是很细的，用手指就可搞定，而腰刀则要"可把攥"（用手掌和手指拿）。

第二，朴刀是刀杆细长，刀头较小，类似于长枪、花枪，因之又称之为"朴刀枪"。第四十七回，写到梁山讨伐祝家庄：

石秀挑着柴，便望酒店门前歇了。只见店内把朴刀枪又插在门前。每人身上穿一领黄背心，写个大"祝"字。

第五十八回的《三山聚义打青州》描写梁山队伍下山"绣彩旗如云似雾，朴刀枪烁雪铺霜"。不仅《水浒传》中这样写，南宋景定间所修的《建康志》的"武卫志"中记载军器库所储备的兵器中就有"小朴刀枪一千三百八十八条""珠红油大朴刀枪一百条"。[①]朴刀与长枪形状相近，把柄细长，所以就能和长枪一样放在长枪架子上，以便使用。《水浒传》中有多处写到这一点，如第十四回，刘唐追雷横讨钱：

刘唐便出房门，去枪架上拿了一条朴刀，便出庄门，大踏步投南赶来。

刘唐在枪架上拿朴刀，晁盖也到枪架去找，奇怪"枪架上朴刀又

① ［南宋］周应和：《景定建康志》卷三九。

没寻处”（被刘唐拿走）。也是因为朴刀细长这个特征，《水浒传》中写到放置朴刀时，常常用个“倚”字。比如武松夜闯鸳鸯楼，先“把朴刀倚在门边，却掣出腰刀在手里”。这里用词很细，因为朴刀长，不便于黑灯瞎火中杀人，所以把它倚立在门边，拔出腰刀，悄悄推门。

因为刀杆细长，朴刀能像撑杆跳的杆子一样撑着人往高处蹿越。《水浒传》第三十一回，写武松血溅鸳鸯楼之后，趁着夜色跑到孟州城下。武松“就女墙边望下，先把朴刀虚按一按，刀尖在上，棒梢在下，托地只一跳，把棒一拄，立在壕堑上”。这个细节也展示了朴刀的形状。

第三，朴刀的用法。从上面的例子，朴刀的形状样子基本上定下来了。它细长，类似长枪。那么它如何使用呢？它的主要功能是“搠”，也就是刺与戳。

> 武松握着朴刀，向玉兰心窝里搠着。两个小的亦被武松搠死。一朴刀一个，结果了。走出中堂，把栓拴了前门。又入来，寻着两三个妇女，也都搠死了在房里。武松道：“我方才心满意足，走了罢休！”

这是武松在鸳鸯楼杀戮的尾声。描写动作的用词十分精确，朴刀的功能是“刺”，所以武松手的动作是“握”，而且一定是双手，因为要握住细长的朴刀杆儿，必须双手。从中可见武松用心之狠，此时用来砍人的腰刀已钝，只能用朴刀“搠”了。第四十三回写李逵追打李鬼：“李逵挺起手中朴刀，来奔那汉。那汉那里抵当得住。却待要走，早被李逵腿股上一朴刀，搠翻在地。一脚踏住胸脯，喝道：‘认得老爷么？’”我们看李逵使用朴刀时的姿势，用“挺”字，这个词乃挺直伸直的意思，只有用于“扎”“刺”的兵器，才用“挺”字，这是与后面“搠翻”相应的。《水浒传》描写朴刀功能也有直接用“戳”的。第四十七回写杨雄、石秀协助李应与祝家庄交战，“祝彪抵当不住，急勒回马便走。早被杨雄一朴刀戳在马后股上。那马负疼，壁直立起来，险些儿把祝彪掀在马下”。这些例子都说明了朴刀与长枪的功能差不太多，只是朴刀“刺”“戳”的创伤面更大一些。不过，朴刀毕竟不能等同于长枪，它还是有刀的功能的。“当下卢先锋当前跃马，杀入城中，正迎着皇叔方垕。交马只一合，卢俊义又忿心头之火，展平生之威，只一朴刀，剁方垕于马下。”卢俊义与方腊部队交锋时，连连损兵折将，十分气恼，见到方腊的叔叔方垕不是“搠”了，而是挥刀而“剁”了。但这只是情急时的一种用法，而且十分吃力，所以才要“展平生之威”，剁不是朴刀的普遍用法。

通过上述三点我们对朴刀的形制、用法有了个基本的认识。它应该是刀头小而尖，刀杆细而长，主要功能是“搠”，也能砍和剁，但使着很费劲，是特殊情况下的用法。为什么我们说它是一种非常粗陋的兵器呢？

3. 介于兵器与农具之间的朴刀

宋代是个重文轻武的朝代。朝廷不提倡学武，对于民间的习武活动有着严格的控制，对于兵器也有严厉的管制。《宋史·兵志十一》[①]记载，宋代建国之初，就对兵器实行严厉管制：

> 开宝三年（970）五月，诏：“京都士庶之家，不得私蓄兵器。军士素能自备技击之器者，寄掌本军之司；俟出征，则陈牒以请。品官准法听得置随身器械。”时兵部令史冯继升等进火箭法，命试验，且赐衣物束帛。

---

① ［元］脱脱等：《宋史·兵志十一》卷一九七，中华书局 1985 年版。

淳化二年（991），申明不得私蓄兵器之禁。

连军士自备的“技击之器”，平时也要寄放在“本军之司”，到出征时，再打报告要，多麻烦，多荒唐。《续资治通鉴长编》也记载开宝四年：

禁河东诸州民徙内郡者私蓄兵器。

宋仁宗景祐二年（1035）：

诏广南东、西路民家不得私置博刀，犯者并锻人并以私有禁兵律论。初，转运使言，民为盗者多持博刀，捕获止科杖罪，法轻不能禁，故更此条。

当然，还有许多失载的禁令。“博刀”就是朴刀，也在被禁之列。在此之前仁宗对于川峡路私藏、使用的朴刀也有禁令，但受到地方官的反对。

仁宗天圣八年（1030）三月诏：“川峡路今后不得造着袴刀，违者依例断遣。”五月，利川路转运使陈贯言：“着袴刀于短枪干、拄杖头，安者谓之‘拨刀’；安短木柄者，谓之‘畲刀’。并皆可着袴。‘畲刀’是民间日用之器，川峡山险，全用此刀开山种田，谓之刀耕火种。今若一例禁断，有妨农务，兼恐禁止不得，民犯者众。请自今着袴刀为兵器者禁断；为农器者放行。”乃可其请。[①]

---

① ［清］徐松辑：《宋会要辑稿 · 兵》一八五之二六，中华书局 1999 年第 3 辑。

天圣八年，宋仁宗下了一道荒唐的圣旨，禁止川峡路（今鄂西、重庆东西一带）造“着袴刀”。利州（今川北一带）转运使陈贯上奏言，这个诏书很难执行，“着袴刀”，不长，可以挂在裤腰上。它极简陋，安上短把就是用于“刀耕火种”的“畲刀”，是为农具；安上长把（也就是“短枪杆”）才是“朴刀”（“拨刀”）。川峡一带，山高路险，少有开阔的农田，老百姓全凭此器以开山种田。完全禁掉，根本不可能。于是，他建议不要禁着袴刀，不要禁安短把的畲刀，只禁“拨刀”就可以了。实际上，两种刀怎么能分开呢？刀头是活的，能装能卸。平常装短把儿种地，有需要了就换上长把儿成了兵器。刀头能装能卸，在《水浒传》中也有细致的描写，第六十一回写卢俊义到山东与梁山好汉交战前做准备工作时有这样一句：

> 卢俊义取出朴刀，装在杆棒上，三个丫儿扣牢了，赶着车子，奔梁山泊路上来。

这里的“朴刀”只是个刀头，安把之处有螺口，杆棒的一端有螺丝，而且是“三个丫儿”，安装好了，十分结实。

4．宋元通俗文学中，朴刀是盗匪的意象

朴刀虽然粗陋，但易得而便宜，并且不违法，所以常常为民众所用。这有些像现代北方农村常用的长把儿镰刀。山区农民外出，背个背篓，拿个长把儿镰刀，在山间行走时，清除荆棘，驱赶虫蛇，便利好用。

古代浪迹江湖的游民腰间挎上一把着袴刀，手执一条杆棒，就增加了安全感。《水浒传》中写到长途的旅行者几乎都带着朴刀（只要把着袴刀装在杆棒上就是）。第二十二回，写宋江和弟弟宋清出行：

宋江、宋清却分付大小庄客："小心看家，早晚殷勤伏侍太公，休教饮食有缺。"弟兄两个各跨了一口腰刀，都拿了一条朴刀，径出离了宋家村。两个取路登程，五里单牌，十里双牌，都不在话下。

不仅逃罪亡命的宋氏兄弟，做贩运生意的客商也要拿把朴刀的。熟悉江湖生活的"说话"人便把它编入话本之中，成为"说话"中的一类。并把与江湖亡命和绿林生活有关的作品皆归入此类。我们从宋元话本和宋金南戏、元杂剧中也可以看出使用朴刀杆棒者多是盗匪游民，如宋人话本《错斩崔宁》中描写拦路抢劫的"静山大王"：

头带干红凹面巾，身穿一领旧战袍。腰间红绢搭膊裹肚，脚下登一双乌皮皂靴。手执一把朴刀。

《大宋宣和遗事》写到晁盖智取了梁师宝的十万贯金珠后逃走，晁父为官府所拿，管押解官：

行至中途，遇着一个大汉，身材迭料，遍体雕青，手内使柄泼镔铁大刀，自称"铁天王"，把晁太公抢去。

"泼镔铁大刀"就是"镔铁大泼刀"，"泼"同"朴"。铁天王就是晁盖，其身份是江湖侠盗。《警世通言》中的《万秀娘仇报山亭儿》就是南宋罗烨《醉翁谈录》所记属于"朴刀"类的《十条龙》[①]，当然，它经过了明人的加工。其中多处写到强盗与侠盗皆使用朴刀。万秀娘被苗忠等三个强盗抢劫前，作品这样写道：

---

① ［明］晁瑮所编的《宝文堂书目》中著录名为《山亭儿》。

大官人（指苗忠）听得说，三人把三条朴刀，叫：“铁僧随我来。”去五里头林子前等候。

写到具有侠义心肠的穷人尹宗，为了奉养老母到一个庄上去窃取财物，不料遇到万秀娘自杀，便仗义救了她。尹宗使的也是朴刀：

忽然黑地里隐隐见假山子背后一个大汉，手里把着一条朴刀，走出来指着万秀娘道……

南宋温州南戏《张协状元》中五鸡山强盗上场时有段自白：

自家不务农桑，不忻砍伐。嫌杀拽犁使耙，懒能负重担轻。又要赌钱，专欣吃酒。别无运智，风高时放火烧山；欲逞难容，月黑夜偷牛过水。贩私盐，卖私茶，是我时常道业；剥人牛，杀人犬，是我日逐营生。一条扁担，敌得塞幕里官兵；一柄朴刀，敢杀当巡底弓手。假使官程担仗，结队火劫了均分；纵饶挑贩客家，独自个担来做己有。

这是刚刚从小农分化出的江湖人，为了谋财，什么犯法的勾当都敢干。正像他的身份一样，其所使用的武器还是从农具中分化出来的，“扁担”“朴刀”都是官府不能禁的，但在那个冷兵器时代也一样是很厉害的武器。

现在很难断定《水浒传》中哪些情节和文字是宋代遗下的，哪些出自明代的最后写定者的手笔，但从书的行文中可发现许多矛盾。书中许多人物不论阶层、身份都使一把朴刀，如卢俊义还是大财主时，就使一把朴刀，做了山大王乃至成为朝廷的命官，仍然使朴刀，这与他的身份不合。雷横、朱仝、武松等具有县衙门公人身份（吏胥）也使朴刀，他们带领的土兵、差役也用朴刀，仿佛对他们也禁用兵器似的。《水浒传》中的“朴刀”使用泛滥，可能是最后写定此书的施耐庵已经是明代人，他对于朴刀使用范围已经不像宋人、元人那样清晰的缘故。

传世宋元小说中使用朴刀的一般都限定在盗贼或者是社会底层人士；高官、军人、衙役、富人一般不会使用朴刀。例如《碾玉观音》中咸安郡王用的就是“大青刀”“小青刀”；讲史的《五代史平话》写到朱温、郭威这些出身底层的将领，他们也不用朴刀。写朱温为救刘文政劫法场：

> 打听得齐州扫洒法场，要出重囚。朱温与牛存节诈做卖柴人，藏刀仗放柴内，用大车载入城，藏刀在裤内。在法场人丛中，四散分布了人。到日中时分，有监斩官杨巡检名庆的，押刘文政赴法场处断。牛存节鸣锣为号，朱温等各执刀奔来，将刘文政夺了，出北门望鲍山路去。

故事中没有特别强调刀的类型，他们使用的武器就是刀。唐末五代时期，没有兵器之禁，老百姓可以持有武器。此书中写郭威在战场与敌人交锋：

> 那时郭威跃马，手轮双刀，突入裴约阵上格斗，杀伤三十余人，将董璋抢归。

他使的是双刀。《刘知远诸宫调》写到诸军士用的兵器则是“麻札吊圈刀”，这是与盾牌配套的兵器。可见宋元通俗文学作品中，作者们对于使用朴刀人身份的定位是很清晰的，不会什么人都给他一把朴刀，否则“朴刀杆棒”的分类就没有意义了。

“水浒戏”的作者们的思想里非常明晰，只有强盗才使用朴刀。元初李文蔚的《燕青博鱼》第四折【离亭筵歇指煞】有几句描写燕青引以为傲的梁山强人的装束：

> 还了俺这石榴色茜红巾，柳叶砌乌油甲，荷叶样烟毡帽，百炼钢打就的长朴刀，五色绒刺下的香绵袄。

从燕青这段颇具自豪感的唱词中可以想象红头巾、乌油甲、荷叶帽、五色绵袄、长朴刀大约就是敢于树立旗帜起来造反的草莽英雄的典型服饰（元末造反的农民也着红巾。南戏《拜月亭》中第九出《绿林寄迹》，山上草寇静山大王戴上金盔就头痛，说还是戴“这红帽儿安稳”）。朴刀是这些草莽人物护身和向社会抗争与进攻的武器。据此我们可以推断，起码在江湖艺人眼中朴刀已经成为强悍的、带有武器的游民的意象。带武器的、强悍的游民，在当时正统人士眼中离盗匪不远了，至少是有盗匪嫌疑的。

这一点在元杂剧《争报恩三虎下山》中有所反映。当剧中济州通判赵士谦的小妾王腊梅怀疑梁山好汉关胜是盗贼，而士谦的妻子李千娇却为之辩护说他不是“贼”：

> 你道他是贼呵。（唱）他头顶又不、又不曾戴着红茜巾、白毡帽。他手里又不曾拿着粗檀棍、长朴刀，他身上又不穿着这香绵衲袄。[①]

从这段辩护词中可见，在当时人们的印象里强盗、贼人、打家劫舍者的装束就应该戴红帽子、穿香绵衲袄和带杆棒朴刀。可见“杆棒朴刀”在元代已经成为盗贼的象征，其中最主要的还是“朴刀”。

---

① ［明］臧晋叔：《元曲选》，中华书局 1958 年版，第 160 页。

5．明代小说中的朴刀

到了明代，由于朴刀已经退出江湖人的冒险生涯，通俗文学的作者偶然提到朴刀就不是从生活中来的，而是受到宋元话本的影响，从而对于朴刀样式、形制、用法和所代表的身份都不甚清楚了，这些我们与《水浒传》一比较就可以看出来。明末小说《禅真逸史》写南北朝故事。其第十五回："门口转过一条大汉，手拿朴刀喝道：'贼秃，往那里走！'一刀砍来，砍倒一个和尚，余者四散逃走。"朴刀把儿长，刀头小，不适于"砍"，特别是交手者距离很近的情况下。前面说的卢俊义用朴刀"剁"那是在马上交战。《水浒传》中的好汉往往是一把朴刀，一把腰刀，近者用腰刀砍，稍远用朴刀刺或者搠。《禅真逸史》第二十三回写山大王"按着胆，手里挺起朴刀"拦截杜伏威，这种握朴刀的姿势还对，可是一到使用便知作者不懂朴刀了，接着写到山大王"丢一个架子，将刀劈面砍来"。一看就是使用腰刀的架势。

在拟话本中也有这样的问题。《今古奇观》中的《欺贫女怒触雷霆》写阴家大公子逼死了妻子朱氏女，老怀疑她的鬼魂作祟，"无人处，朱女每每在面前，因常佩一把朴刀，以刀挥去，便不见了"。朴刀那么长的把儿，怎么"佩"带？刀头很短也不适于"挥"，而且作为富家公子，怎么可能拿个近于农具的物件防身呢？这些都说明到了明代大多数人对于朴刀已经很陌生了。

杆棒与朴刀杆棒

1. 从古代的棒到宋代杆棒

说起杆棒，人们容易联想到山城重庆卖苦力的“棒棒”。他们靠着一根棒棒（扁担）、两根绳子，用肩挑背扛，包揽了山城大部分重物的搬运，在崎岖的山道小路上，多么先进的运输工具都不如这最原始的棒棒。棒棒不仅是人类使用的第一批工具，也是第一批武器。冷兵器时代当老百姓手无寸铁，被压迫到极限时，就会像贾谊《过秦论》所说的陈涉那样“斩木为兵，揭竿为旗”起来造反，他们的“斩木为兵”就是把木头削制为杆棒，作为兵器，虽然原始，但也管用。

“棒”这个字，到汉末才出现，它是“棓”的俗字。最著名的有关“棒”的故事是《三国志》注释中引《曹瞒传》关于曹操的。说他年轻时曾为洛阳北部尉（相当于现在公安分局局长），这里治安不好，有权有势的人违法乱纪，小民受害。曹操履任之后，“造五色棒，县门左右各十余枚，有犯禁者，不避豪强，皆棒杀之。后数月，灵帝爱幸小黄门蹇硕叔父夜行，即杀之。京师敛迹，莫敢犯者”。这是把棒子当作刑具了，连皇帝宠爱的小太监的叔父都敢惩办，于是违法乱纪者收敛起来。南北朝期间，棒子在维持治安方面起到很大作用，“棒杀”一度成为流行词语。

棒子不仅是打斗情急时，随便抓来用的武器，在正规战争中也有使用。南北朝时，北魏强人尔朱荣与当时武装造反的领袖葛荣交战，尔朱荣告诫他的骑兵部队说：“步兵与骑兵交战，待两军逼近，刀就不如棒子好用。”所以，他要求每个骑兵秘密携带棒子一根，放在坐骑之侧。并规定此战不以杀敌多少为计功标准，用棒子打懵敌人即可。由于尔朱荣处置得当，这次他仅以“精骑七千”就击败了葛荣号称百万的大军，而且于战阵之中生擒葛荣，成为以少胜多的著名战例，这也是尔朱荣生平一大功，棒子“与有荣焉”。棒能偷偷藏在马侧而不被发现，估计不会太长，我想象大约与垒球棒差不多。

杆棒一词始见于宋代，棒和杆两词一结合，棒子变细变长了。《武经总要》说它有四五尺长，这样杆棒就成为一种能够向敌人进攻的武器了。据说宋朝的开国皇帝宋太祖赵匡胤就是手执一条杆棒打天下的。这虽不见于正史记载，但在朝野盛传，似乎并非空穴来风。蔡绦的《铁围山丛谈》中说：

> 铁棒者，乃艺祖仄微时以至受命后所持铁杆棒也。棒纯铁尔，生平持握既久，而爪痕宛然。恭惟神武，得之艰难，一至斯乎？

“艺祖”就是指赵匡胤，其实这只是说他掌权之后玉斧、铁棒不离手，似乎有点象征权力的意思。民间通俗文学便把杆棒想象为赵匡胤的兵器。明代拟话本《赵太祖千里送京娘》（可能有宋人的故事为此篇雏形）中写道：

> 说时义气凌千古，话到英风透九霄。八百军州真帝主，一条杆棒显雄豪。

“一条杆棒”成为打天下的武器，那么自然也就会有对赵匡胤武艺高低的设想。元末罗贯中杂剧《赵太祖龙虎风云会》中写赵匡胤还是平民百姓之时曾自述道：

> 论弓箭不曾差，使剑戟颇熟滑。提一条杆棒行天下，十八般武艺非敢道自矜夸。折末枪刀并剑戟，鞭简共椎挝。往常学成文武艺，今日货与帝王家。

这表明赵匡胤在江湖艺人眼中还是武术高手。在这个认知基础上就有了写赵匡胤发迹变泰故事的《飞龙传》。赵匡胤使用的兵器也是说话艺人说的“杆棒”，不过小说作者为了配合赵匡胤“真龙天子”的身份，把简单棍子变化为“蟠龙棍”。可以想象，这必是个铁棍，上面还有蟠龙纹饰。在后世整理本《飞龙全传》中又把蟠龙棍进一步神化为“神煞棍棒”。这是赵匡胤的岳父张员外转赠的，并说：

> 贤婿，当日有位仙长云游到此，与老朽化斋，因老朽生平最敬的僧、道二种，为此盛设相待。他临去之时，赐我这件无价至宝，为赠答之物，名曰“神煞棍棒”。老朽不知就里，细问根由。他说：此宝乃仙家制炼，非同凡品，必须非常之人，方可得此非常之物。凡是无事之时，束在腰间，是一条带子。若遇了冲锋之际，解落他来，只消口内念声“黄龙舒展”，顺手儿迎风一纵，这带就变成了一条棍棒。拿在手中，轻如鸿毛；打在人身，重若泰山。凭你刀枪剑戟，俱不能伤害其身。若遇了邪术妖法，有了此宝防护，便可心神不乱，勘灭妖邪。如不用时，口中念那“神棍归原”四个字，将手一抖，那棍依然是条带子。真的运用如神，变化莫测。老朽藏之已久，终无用处。今见贤婿这等英雄豪俊，故

此相赠，做件防身兵器，一则免得提了这蟠龙棍行走不便，二则权当此物作一点系念之心。……

此宝刚柔并济，宛如勒甲鸾绦。随身防护束腰间，变化无穷玄妙。临阵即时光闪，冲锋刀剑难牢。仙传精器助天朝，打就江山永保。

匡胤即时分开门路，就将那棍法施展起来，把那勾、弹、封、逼、撸、挤、抽、挪诸般等势，上下盘旋，舞了一回。复念了一声“神棍归原”，将手一抖，依然是条黄金锦带。心下十分欢喜，将来束在腰间。

从杆棒升级到蟠龙棍，再升级到神煞棍棒，说明了江湖艺人对皇权的崇拜。社会底层人士由于文化水平低，更惯于用荒唐不经的情节制造“真龙天子”“轰动效应”，比“不语怪力乱神”的儒者更热衷制造皇帝崇拜。

2. 宋代统治者对杆棒的态度

宋代官修综合性兵书《武经总要》前集第十三卷有关于杆棒的介绍，这说明杆棒与朴刀不同，官方还是把它认定为一种兵器的。

右取坚重木为之，长四五尺，异名有四：曰棒、曰轮、曰杵、曰杆。有以铁裹其上者，人谓诃藜棒。近边臣施棒首施锐刃，下作倒双钩，谓之钩棒。无刃而钩者，亦曰铁柧。植钉于上，如狼牙者，曰狼牙棒。本末均大者，为杵；长细而坚重者，为杆。亦有施刃鐏者，大抵皆棒之一种。

作为兵器的杆棒有一定的规格和长度。它还可以再加工为“钩棒”“铁柧”“狼牙棒”“诃藜棒”等。

杆棒虽然被朝廷视为兵器，却没有被重视过，因而就没有被禁止过。而且北宋初乾德五年（967）宋太祖下诏："比者强盗持仗，虽不伤人者皆弃市。自今虽有杆棒，但不伤人者，止计赃以论其罪。""明火执仗"是抢劫犯罪的要件，执杖抢劫本来要杀头的，改为不伤人就不杀头，实际上是不把杆棒当作兵器看待的。

再举一个反面的例子。宋仁宗一度想加强地方维持治安的力量，扩大乡兵，于庆历元年（1041）下诏："遍令天下各增募额外弓手。"睦州通判张方平表示反对，上书为皇帝分析利害八事。其第五条说：

> 敕文：自教阅时量借甲弩器械，教习披带，教罢便仰管辖官员收纳入库；其弓箭刀锯及木枪杆棒之类，即许自置，以备本乡村教习者。夫奋梃揭竿，犹足以资啸聚之势，况人知斗战，家有利兵，不可启也。请令逐人所置弓箭器械，各自标认，悉纳州县，每当教阅，及遇有盗贼勾抽会合之时，据数给付，事毕随纳，常令官吏点检。其有损动，即番次给出，各令修换。①

宋代实行的是募兵制，兵器及作战用具一般是由官家提供的。但由于增募的是"额外弓手"，没有为他们置办兵器的经费。于是在教练时可以使用公家兵器，练完还要交还"收纳入库"（宋仁宗时朝廷经济拮据，所以后来才有变法之举）。平时使用的还要"自置"，如"弓箭刀锯""木枪杆棒"等，都要求自己购置。张方平对此就很不放心。他把杆棒看得很重，他说古有揭竿而起的事，让老百姓自置兵器，让他们家有利兵，再人人会武，是很危险的事。但皇帝没有接受他的建议。

从这些记载可见宋代朝廷管制得特别严格的是那些精巧锋

---

① ［南宋］李焘：《续资治通鉴长编》卷一三一。

利和杀伤力较大的兵器。而朴刀杆棒，一来比较粗陋，打击力度小；二来人们日常生活中又不可少，它们的工具作用大于兵器作用；三来，它们不是骑在马上作战的兵器，而是步行打斗用的，杀伤力小。因此，统治者对老百姓拥有这些兵器采取了睁一只眼闭一只眼的态度，时禁时放，缺少一贯之制。

北宋灭亡，中原一带饱受金人掳掠，宋王朝中央及地方政府的武库、京师的兵器作坊（北宋时汴京有两所制造兵器的作坊，称东西作坊）受到毁坏。南宋建立后，在与金人作战中武器短缺成了严重问题。

> 建炎二年（1128）五月十三日京东西路提点刑狱公事程昌弼言："今州县之间军器乏少。乞令诸州县择本土坚韧之木，广置棍棒，其长等身，径可及握，不劳远求，指日可办。比弓弩，则无挽拽之能否；比刀剑，则无锻炼之工程。用之以御铁骑则出其右，盖铁骑非箭凿锋刃可害。"从之。[①]

当然这是无可奈何的选择。因为州县兵器库中没有了储存，才不得已而用杆棒（文中称"棍棒"）。它"其长等身，径可及握"，取之极易。这种质地很粗糙的兵器，比起弓箭刀剑，制作简单，原料也很低廉。但金人骑兵，马也是身披铠甲，刀剑不能伤，还不如用棍棒扫马腿，所谓"人马逼战，刀不如棒"。这得到宋高宗的同意，甚至在朝廷主持的实战演练时也有棍棒和棍棒加上"刀头"的朴刀出场，这都显现了南宋初建时武器短缺的窘态：

> 高宗建炎元年，始颁密院"教阅格法"，专习制御铁骑，摧锋破敌之艺。习全副执带出入、短椿神臂弓、长柄膊刀、

---

① ［清］徐松辑：《宋会要辑稿》一八五之二八。

> 马射穿甲、施用棍棒；并每年比拟春秋教阅法，别立新格行下。一日短椿神臂弓给箭十只，射亲去垛一百二十步。长柄膊刀谓长一丈二尺以上，用毡皮裹为头者，余教阅振华军称膊刀准此，引斗五十次，不令刀头低坠至地。并每营拣选二十人阅习，放炮、打亲，旨长柄膊刀手本色相斗，并短椿神臂弓手、长柄膊刀手施用棍棒，各击虚三十次。

这仿佛当今演练和检阅还用三八式步枪和手榴弹似的。外行看着很热闹，实际上没什么战斗力。

3. 《水浒传》中的杆棒

《水浒传》前七十一回可说是“朴刀杆棒”（后面详述这个词语）故事的集大成，因此杆棒是书中人物打斗时最常用的兵器之一。第三回写鲁达与史进看打虎将李忠在渭州卖艺，“中间里一个人，仗着十来条杆棒，地上摊着十数个膏药，一盘子盛着，插把纸标儿在上面，却原来是江湖上使枪棒卖药的”。宋代对兵器管制很严，打把式卖艺的，也不敢轻用刀剑，以致街头卖艺、擂台比武，一般以徒手为多，即使使用武器，也多是木制的棍棒之类。这在史书上也有反映。靖康年间，金人兵临汴京城下，钦宗皇帝任用妄人郭京组织“神兵”，郭京在汴京招募市井混混、游民。“有薄坚者能用杆棒在街市作场，京取以为教头。京城居人，不论贵贱老幼，无不喜跃，皆以天降神人，佑助灭寇。惟有识者哂之，为之寒心。”“作场”指卖艺。薄坚卖艺用的也是杆棒。《水浒传》中林冲在小旋风柴进府上与洪教头比武也用的是杆棒。王进在史家庄教授武艺，师徒二人比武也用杆棒，在教授时虽说是十八般武艺，但还是以使棒为基础的，所以史进平时才用棒演练。

《水浒传》中善于使杆棒的是三位平民出身的英雄。这就是武松、石秀、燕青。虽然书中介绍卢俊义时，也说他是“一身好武艺，棍棒天下无对”，但在实战的时候，他往往是把杆棒与朴刀头配合在一起，成为用来打斗和作战的朴刀，而非单纯用杆棒。

最能体现武松神勇的是景阳冈打虎，武松喝了景阳冈的十八碗美酒，“提了梢棒，大着步，自过景阳冈来”。“梢棒”是杆棒的别称，“梢”本义为细棍，与“杆”的意义接近。在与虎交锋时，因为酒醉，用力过猛，“正打在枯树上，把那条梢棒折做两截”，才扔了杆棒，三拳两脚，打死猛虎。对于石秀，作者用《西江月》赞颂他：

> 身似山中猛虎，性如火上浇油。心雄胆大有机谋，到处逢人搭救。全仗一条杆棒，只凭两个拳头。掀天声价满皇州，拼命三郎石秀。

石秀武功和打斗风格也与武松相近。燕青实战中则是“背着强弩，插着利箭，手提着齐眉杆棒，专一护持中军”。他也是擅长徒手和杆棒，在与李逵搭救刘太公女儿时，就用杆棒。

鲁智深给读者印象最深的话大约就是“吃洒家三百禅杖”了，鲁智深的兵器是禅杖。其实他未出家时也用杆棒。鲁达三拳打死镇关西之后怕吃官司，匆匆“提了一条齐眉短棒，奔出南门，一道烟走了”。这“齐眉短棒”就是杆棒，这在第四回做了交代。鲁达逃到雁门偶遇他搭救的金老儿，金老儿从鲁达手里“接了杆棒包裹，请到楼上坐定”。后来鲁达成为鲁智深后，杆棒也换了禅杖。实际上禅杖可以说是杆棒的变异。

《朴刀的故事》曾引元代“水浒戏”《争报恩三虎下山》中李千娇的唱词：

> 你道他是贼呵。（唱）他头顶上又不、又不曾戴着红茜

巾、白毡帽。[①]

杆棒与朴刀、红茜巾等成为盗贼的象征。其实杆棒不像朴刀那样简单，主要是底层人物使用，杆棒比较复杂，连皇帝一级的人物都使过，然而杆棒常与朴刀联系起来，是因为宋代产生一类文艺作品，这就是“朴刀杆棒”。

4. “说话”的分类

这里“说话”是指宋代通俗文艺演出方式，类似于今天的说书、评书、大鼓书等。上面说的“朴刀杆棒”不是指朴刀和杆棒两种兵器，而是指南宋以来说话的分类。

当代的评书、大鼓书等与宋代说话有一定的传承关系[②]，北方流行的传统评书以武打的故事为主，传之于今日的大约二十九部。根据书的内容，大体可分为四类，包括：一、长枪袍带书，有《封神榜》《列国演义》《西汉演义》《东汉演义》《三国演义》《隋唐传》《薛家将》《五代残唐杨家将》《十粒金丹》《精忠说岳》《明英烈》《明清演义》；二、短打公案书，有《粉妆楼》《大宋八义》《宏碧缘》《明清八义》《永庆升平》《三侠剑》《包公案》《海公案》《彭公案》《施公案》《于公案》《小五义》《水浒传》《儿女英雄传》；三、神怪书，有《济公传》《西游记》；四、狐鬼书，有《聊斋》。我们生活在今世，觉得这种分类没有什么意义，最多也只是便于掌握评书书目而已。宋代说话也有分类，并把这些

---

① ［明］臧晋叔：《元曲选》，第160页。

② 明末清初，说书艺人柳敬亭于康熙元年（1662）随漕运总督蔡士英来北京说书，收王鸿兴为徒，是为北京有说书艺人之始。后世艺人都是王鸿兴的传人。清雍正十三年（1735）曾在掌仪司立案，有皇家颁发的龙票。评书最初是说唱相兼，如同西河大鼓、乐亭大鼓等。光绪间，引入清宫，因在禁地演唱诸多不便，遂改“评讲”，去掉弦鼓，改用评话演说。于是，说评书这种表演形式就被固定下来。

类目记载下来，这给后世研究者提供了十分宝贵的信息。因为传世的有关宋代说话评介资料十分稀缺，这些分类及其名目提供的信息是十分丰富的。

北宋孟元老记录汴京繁盛的《东京梦华录》在“市瓦伎艺”条中记载瓦子里的说话科目，比较简略，仅提到五种，都是最常见的，即：

讲史、说三分、说诨话、小说、五代史。

没有提“朴刀杆棒”“发迹变泰”等类，不等于北宋没有这类故事。“小说”一类涵盖面广，许多后世提到的分类如“烟粉(男女情爱)、灵怪、传奇、说公案”都可以包括其中。然而，关注到“朴刀杆棒”这一类内容的故事，并把它作为一类提出来是在南宋稳定下来之后，即十二世纪中叶。

创作于十三世纪初的《董解元西厢记》开篇就唱道：“打拍不知个高下，谁曾惯对人唱他说他？好弱高低且按捺。话儿不提朴刀杆棒，长枪大马。”十三世纪初，在北方是金末；南方是南宋中叶。此时通俗文艺作品已经有了“朴刀故事”一类。“董西厢”一开篇就这样演唱，意在表明《西厢记》是“银字儿”一类哀艳缠绵的爱情故事（当时分类为“烟粉”），与“朴刀杆棒”“士马金鼓”类的武故事划清界限，宜于闺中人欣赏。

“朴刀杆棒”这一分类最早见于耐得翁的《都城纪胜》。他是南宋中叶以后人士，《都城纪胜》记录了南宋初年至中叶杭州工商百业和服务业、娱乐业繁盛的状况。我们从“瓦舍众伎”的记载来看，南宋初期，由于战乱，游民激增，影响到了通俗文艺作品。一、由于江湖人多了，以通俗文艺为业者也多了；二、题材更丰富了，由于社会动乱制造着生死苦难、悲欢离合，“国家不幸诗家幸”，这些为文艺创作提供了丰富的题材。因此《都城纪胜》中“说话”分类细腻（如“说话有四家”之类）正反映了当时通俗文艺的繁盛与发展。

5. 朴刀杆棒的含义

历来通俗小说的研究者们没有把“朴刀杆棒”作为“说话”中的一类，给予充分的注意。胡士莹先生甚至把“朴刀杆棒”“发迹变泰”一律归入“银字儿”之中，认为它们所表现的也是“哀艳动人”的故事。[①]我们仅从字面上看“朴刀杆棒”的粗犷勇武与“发迹变泰”的大悲大喜，怎么能与“哀艳动人”联系在一起呢？这个结论离事实太远了，很难为人们所接受。数十年来一直研究说唱艺术的陈汝衡先生不同意这个意见，他在《说书史话》中说：

> 所谓“朴刀杆棒”，是泛指江湖亡命，杀人报仇，造成血案，以致惊动官府一类故事。再如强梁恶霸，犯案累累，贪官赃吏，横行不法，当有侠盗人物路见不平，用暴力方式，替人民痛痛快快地申冤雪恨，也是公案故事。

也就是说，“朴刀杆棒”是讲述与“武”有关的故事的，但它又不是表现正规军队之间的对抗，其中的战斗所使用的多是短的或不太长的兵器，并且是以徒步和单个作战为主，仿佛戏曲中的“短打”。陈先生的叙述使“朴刀杆棒”的故事不仅与“银字儿”划清了界限，而且也和“士马金鼓”区别开来。陈先生在文中还点出了这些使“朴刀杆棒”者是“亡命江湖”的人和打抱不平的“侠盗”，“朴刀杆棒”的故事是表现他们的“亡命”生活的。

这一点非常重要，因为它把这类作品与古代讲述的游侠与刺客生活的故事分别开来（游侠和刺客的故事可以称为古代的“短打”）。还要注意到《都城纪胜》和《梦粱录》讲到朴刀杆棒、变泰发迹都把它们附在“公案”类之后，无论是“武打”（朴刀杆

---

① 胡士莹著 :《话本小说概论》，中华书局 1980 年版，第 111 页。

棒）还是“发迹”（发迹变泰）都与“公案”（也就是被官府冤枉的案子）有关。这一点我原先也感到奇怪，因为我们一见“公案”马上就会联想到包公、海瑞断案的故事。其实在宋元时不然，“公案”类作品一般都带有平反“冤假错案”和打抱不平的因素，而造成冤假错案的一定都有官府势力或黑恶势力掺入其中。这就需要正义的武力去解决，朴刀杆棒就代表了出自社会底层的武力。我们一看元代的水浒戏就明白这个道理了。那些戏都是写梁山英雄的，也就是写“朴刀杆棒”的，但几乎个个都可以纳入公案戏范畴。水浒戏的作者认为当时官府的权力掌握在异族的“达鲁花赤”（戏中往往用“衙内”来代表）手里，受冤枉者像窦娥那样空自呼天喊地也没用，而替天行道的“朴刀杆棒”一来问题就解决了。于是，管他是不是戴着“茜红巾”使用朴刀杆棒的盗匪呢！

| 朴刀杆棒与发迹变泰 |

1. 朴刀杆棒故事的创新意义

唐代诗人白居易与元稹有着兄弟般的友好关系。有一次元稹写了一首长达一百韵的诗赠给白居易，以代书信，其中有两句是“翰墨题名尽，光阴听话移”。元稹自注：“乐天每与余游，从无不书名题壁，又尝于新昌宅说《一枝花话》，自寅至巳，犹未毕词也。”新昌宅是白居易在首都长安的住宅，地在新昌里。《一枝花话》——熟悉唐传奇的都知道是《李娃传》。诗中说元白二人在白宅听“说话”，讲的是《李娃传》，从早上五点钟开始说，一直说到中午十一点还没有说完。如果艺人的说词记录下来，大约有四五万字，相当于中篇小说了。可见唐代一些说唱艺术产生并已发展起来。这是世俗的，还有宣讲宗教故事的寺庙俗讲。韩愈的《华山女》写道：“街东街西讲佛经，撞钟吹螺闹宫庭。广张罪福资诱胁，听众狎恰排浮萍。黄衣道士亦讲说，座下寥落如明星。”诗一开始描写和尚俗讲演说因果报应，长安信众争先恐后去听讲，而道士讲道听者则寥寥无几。后来老道出高招，打出美女牌，令“华山女”描眉画鬓“升座演真诀”，轰动了长安和皇宫。另外还有介于世俗与宗教性之间的变文。

就唐代已经有的说唱作品，我们与《都城纪胜·瓦舍众伎》中说唱作品的分类对比一下，看看宋代以前已经有了的有哪些：

> 说话有四家：一者小说，谓之银字儿，如烟粉、灵怪、传奇；说公案，皆是搏刀赶棒及发迹变泰之事；说铁骑儿，谓士马金鼓之事。说经，谓演说佛书；说参请，谓宾主参禅悟道等事。讲史书，讲说前代书史文传、兴废争战之事。最畏小说人，盖小说能以一朝一代故事顷刻间提破。合生与起令、随令相似，各占一事。商谜旧用鼓板吹“贺胜朝”，聚人猜诗谜、字谜、戾谜、社谜，本是隐语。

如“说经”“说参请”就是唐代寺院俗讲；烟粉、灵怪、传奇，就是《一枝花话》之类；“铁骑儿”“士马金鼓”是以正规战争为主的，变文中就有这类作品，如《张淮深变文》《张义潮变文》《李陵变文》都可以说是这类作品；“讲史书”，李商隐《骄儿诗》中的小孩“或谑张飞胡，或笑邓艾吃”，”模仿的应该就是“讲说前代书史文传、兴废争战之事”。所以说宋代说唱艺术上的各种类别大多在唐代已经有了。唯有两种是宋人独特的贡献，即“朴刀杆棒”“发迹变泰”两类，而且它们都与公案有关。

2. 朴刀杆棒故事的性质

《朴刀的故事》和《杆棒与朴刀杆棒》两文中说到“朴刀杆棒”的故事都是以打斗为核心内容的，但这种打斗不是两国或两支正式的武装之间的交锋，只是一帮执短兵器、不穿盔贯甲的人之间的打斗。

前文曾说到这是“短打”的故事。“短打”是借用中国传统戏曲中的术语，它是指使用拳脚或短兵器与敌人打斗，打斗者不穿武将所穿的“长靠”“箭衣”，一般也不骑马（在舞台上就是不拿马鞭)，穿的也属于短打扮，穿“包衣包裤”或“夸衣”，裤口袖口紧缩，显得干练利索。这样才有利于徒步作战、近战。述说这类故事的戏曲称短打戏，像《三岔口》《快活林》《八蜡庙》《恶虎村》《白水滩》《连环套》及《野猪林》(鲁智深的兵器是禅杖，似乎很像长兵器，其实，它是杆棒的变形，仍属于长兵器中的短兵器，一般用来徒步作战)之类。因此，借用戏曲中“短打戏”这个术语来定义宋元时期通俗文艺作品的“朴刀杆棒”故事。只是短打戏所涵盖的内容更为宽泛一些。“朴刀杆棒”这一类故事主要是描写游民闯荡江湖生活的，朴刀杆棒是他们闯江湖的工具。这种游民闯荡江湖的生活，小者是作奸犯科，大者则是违法乱政，造反闹事。故事中的主人公——江湖人干的事情大多都是反主流的，是为主流社会所不容的。但因为这类故事内容的新鲜、刺激、富于趣味，又为各个阶层的受众所喜爱(人的内心大都怀有一种冲破既定秩序的冲动)，长期处在边缘状态，甚至是禁而不绝。

宋代以前没有朴刀杆棒的故事，这是宋代江湖艺人的创造。宋以前文学作品中述及“短打”的故事多是描写贵族或上层人士之间的打斗，或者说多是游侠与刺客的故事。这些游侠刺客手中所用的兵器大多是匕首(专诸刺王僚、荆轲刺秦王都用的是匕首)、吴钩(也称吴刀，是一种双锋两刃状如弯刀的短兵器)和宝剑(宝剑更能体现使用者身份的华贵，所谓“美人如玉剑如虹”)，这些短兵器名贵而华丽，为富贵家庭的青年所喜爱，也与他们身份相合，因此吴钩和宝剑就成了游侠的象征。这与游民、底层人士和与盗匪密切相关的“朴刀杆棒”是大异其趣的。

曹植是较早以诗歌描写侠客(与汉代游侠不同的一种“游侠”)生活的，从这些描写中可以感受到，如果侠客们要打斗的话也是近距离的短打。如鲍照《代结客少年场行》中写道：

骢马金络头，锦带佩吴钩。失意杯酒间，白刃起相仇。追兵一旦至，负剑远行游。去乡三十载，复得返旧丘。升高临四关，表里望皇州。九涂平若水，双阙似云浮。扶宫罗将相，夹道列王侯。日中市朝满，车马若川流。击钟陈鼎食，方驾自相求。今我独何为，坎壈怀百忧。

这是可以“十步杀一人”的侠客。侠客也会因杀人报仇、躲避官府的追捕而行游四方，但是他们不是穷途末路的流浪汉，一般也不会因为生活无着而去拦路抢劫。他们本来都是富贵人家的子弟，纵然一时不便，也是交游遍天下，自有朋友接济的，如同李白诗中所说“天生我材必有用，千金散尽还复来”。而且许多朋友以能接济这样的侠客而自豪呢！

游侠即使不能像王侯将相那样风光，却也别有一种豪气。唐代陈子昂《感遇》诗第三十四首描写的就是一位“避仇至海上，被役此边州”的报国类的游侠，他们敢于攻击现实秩序，“赤丸杀公吏，白刃报私仇”。但就是远走避仇，处于逆境之时，他们所想的还是“每愤胡兵入，常为汉国羞。何知七十战，白首未封侯”。这些都是带有贵族气派的侠客，他们手中所执、腰间所佩的只能是金妆玉饰象征其贵族身份的吴钩和宝剑。

古代的刺客也是持短兵器的，但他们的短兵器多是匕首，它短小易藏，便于发动突然袭击。曹沫要盟，专诸刺王僚，荆轲刺秦王，都是为历代文人所熟知的。这种匕首虽然体积小，但为了发动突然袭击，要求兵器短小锋利，可以刺穿重甲，甚至要以剧毒之药淬之，以期一击而致敌人死命。因此，这种匕首也是以珍异名贵著称的，持匕首遂成为刺客的象征。连汉代砖刻中描述曹沫、荆轲故事的也多突出他们的匕首。

宋代以前的短打故事大多是描写统治阶级之中的青年人追逐冒险生活的，但其基础是全社会的尚武精神，习武是统治阶级中的青年人不可缺少的教养。其中有些人不甘于平庸生活，向往冒险新奇，仗剑远游，才为歌咏游侠的诗歌提供了新题材。五代以后，重文轻武，整个社会丧失了尚武精神，士大夫已经彻底文人化，上层社会的青年沉溺于温柔富贵之乡，一些精英的所谓高雅生活，不过就是吟诗作文，拍曲填词，整个统治阶层都在弱化。好武之风下沉于社会底层，自宋元以来所谓“武林”都不免有些江湖色彩。偶尔一见的尚武好侠，也不过就是《儒林外史》中“侠客虚设人头会”一类的滑稽戏，那些推崇张扬武风的大多是非愚即妄的人物，如娄三、娄四公子之类。

所谓尚武之风下沉，也就是说尚武精神转移到主流社会以外的游民身上（他们如不“尚武”也难以生存），他们或为谋生，或为健身，有的甚至向往“学成文武艺，货与帝王家”。这是宋代的通俗文艺作品中之所以产生了以“朴刀杆棒”为内容的武故事的根本原因。《水浒传》前七十回就是朴刀杆棒的故事。主人公多是游民和社会边缘人，手执朴刀杆棒，游走江湖，演出一幕又一幕活剧，为明代“水浒”成书奠定了基础，这也是《水浒传》中最感人中最感人、最精彩的篇章。

4.“发迹变泰”的故事

如果说“朴刀杆棒”的“说话”是以演说游民生活内容为主的话，那么“发迹变泰”则反映了游民的心态与向往。

“发迹变泰”，其意非常简单，就是现今普遍流行于口头的“发了”，也就是说由社会底层突然跃居社会高层，由一贫如洗暴发为富可敌国，由处处倒霉突变为万事亨通。总之，是从一无所有转变为无所不有，从万人之下变成万人之上。这种向往，不仅处于社会最底层的游民有，也是不满足于现状的人们（用负面语言说也就是“不逞之徒”）的共同愿望。就人的本质来说，它也是人们的共同向往，可惜对绝大多数人来说这只能是镜中花、水中月，是可望而不可即的。于是，他们就想听一听或看一看别人发迹变泰的故事以求得慰藉，因为文艺的功能之一就是使观赏者心中的愿望能够虚拟地实现。自己不能“发迹变泰”，看看别人也聊胜于无。

中国秦朝以后社会等级与经济上的阶级虽然还存在，并且界限森严，不容混淆，但是绝非一成不变，而是时时处在流动之中。

唐朝中期以后，经济上的阶级分化与社会等级上的垂直流动日渐迅速。五代十国期间，游民或兵痞的发迹变泰和出身低微的宋朝太祖赵匡胤的黄袍加身给人们留下了深刻的印象。再加上北宋的灭亡和南宋的建立，一些人从社会的顶端跌了下来，一些人由社会的底层升了上去，发迹变泰成了司空见惯的现象。特别是两宋小规模的兵变、民变以及游民结社反抗和绿林山寨扰乱社会秩序与地方治安出问题的情况特别多，据何竹淇《两宋农民战争史料汇编》记载，仅北宋就有三百余起，其中用“抚”的办法解决的有数十起，而且在北宋中叶以后，随着宋王朝的衰落，统治者更多地采取了“抚”的策略。总的来说，宋代三百多年的历史中，统治者对待大规模骚乱的态度是以“抚”为主，以“剿”为辅。所谓“抚”也就是《水浒传》经常提到的“招安”。招了“安”，大小首领皆有官做。《青琐高议·王寂传》中写到王寂造反以后，久而厌倦，又恰逢朝廷大赦，“一切无道得从自新”。此时作为领袖的王寂打定了主意：

> 乃取酒饮其徒，告之曰：“山行水宿，草伏蒿潜，跳跃岩谷中，与豺虎为类，吾志已倦。今幸天子濡大泽，以洗天下罪恶，吾党转祸为福之祥，愿从吾者皆行，不然吾自为计。”党中有鼠辈睥睨，颜色拂厉，悖语嗫然，寂捽斩之坐前。他皆跳跃叫呼曰：“吾今得为良民，归见故乡亲戚，死无恨焉。”

这段虽然是小说，但是很真实，的确反映了力量不够强大的造反者的心态。一般造反者希望归乡与亲属一起过安定生活，而造反队伍的领袖则向往获得一官半职。王寂也是如此。“朝廷闻其名，许自陈其艺，欲以一官荣之。”宋代历史上也有不少类似的例子。绍兴六年（1136），福州一带自号“滚海蛟”的海盗郑广，纵横海上，“云合亡命，无不以一当百，官军莫能制”，朝廷没有镇压良策，于是，下诏招安，封郑广为“保义郎”。当了官的郑广在拜谒上官时众官不肯理他，他愤愤不平，写下一首“诗”云：

> 郑广有诗上众官，文武看来总一般。众官做官却做贼，郑广做贼却做官。[①]

从“罪在不赦”的罪犯陡然升为管辖一方的官员，这种变化有多大，简直是天差地别，这不是发迹变泰是什么？这类事例，当时很多，乃至形成民谚，广泛流传。

> 建炎后俚语，有见当时之事者。如“仕途捷径无过贼，上将奇谋只是招”。又云“欲得官，杀人放火受招安；欲得富，赶着行在卖酒醋”。[②]

在两宋之交这种事件极多，游民从中发现了一条求生存、图发展的道路。此时也正是江湖艺人非常活跃和通俗文艺创作兴盛的时期，它们必然会在江湖艺人的头脑里留下更深的印象，目睹了世事沧桑、人海浮沉，“说话”才开发出了“发迹变泰”这一门类。这类作品与其他题材的作品一样，是现实生活在作者头脑中的反

---

① ［南宋］岳珂：《桯史》卷四，中华书局 1987 年版。

② ［北宋］庄绰：《鸡肋编》卷中，中华书局 1983 年版。

映。在北宋相对还算太平的时代，那时虽然也有小规模的游民造反、农民武装反抗，但总的说来对社会影响不大，没有进入公众视野，因此艺人也就没有以此为题材的创作。

5. 通俗文艺作品中的"发迹变泰"

作为游民的江湖艺人特别向往改变自己的处境，梦想一步登天，发迹变泰。他们在编演这类通俗文艺作品时寄托了对发迹变泰的向往，并把它表达得淋漓尽致。《史弘肇龙虎君臣会》话本写游民史弘肇、郭威的发迹变泰，并处处流露出羡慕之情："这位发迹的好汉姓甚名谁，怎地发迹变泰？""史弘肇是个发迹变泰的人""指望投拜符令公，发迹变泰""则是史弘肇合当出来，发迹变泰"。看说话人这样描写史弘肇发迹变泰后的景象：

> 做到单、滑、宋、汴四镇令公。富贵荣华，不可尽述。碧油旌拥，皂纛旗开。壮士携鞭，佳人捧扇。冬眠红锦帐，夏卧碧纱厨。两行红袖引，一对美人扶。

除了文字华丽一些，其实质内容是不是与阿Q在土谷祠做梦自己成了"革命党"之后的得意情景漫然无别？最后作者还要补上一笔：

> 周太祖郭威即位之日，弘肇已死，追封郑王。诗曰：结交须结英与豪，劝君莫结儿女曹。英豪际会皆有用，儿女柔脆空烦劳。

读者从这些叙述中可以感受到"说话"艺人垂涎三尺的情态，因为"发迹变泰"本身也是江湖艺人们强烈的向往。这种故事也在感染着当时的广大听众。

大约最早讲"发迹变泰"的是讲《新编五代史平话》的江

湖艺人。五代十国的最高统治者与文臣武将许多都出身于游民或兵痞。《新编五代史平话》中述及他们的“出身”特别是在表现其无赖的一面时，要比正史详尽多了。正史是据文献和官方记载所修，多有讳饰。而“平话”则演出老百姓专爱听的统治者不甚光彩的故事，因此，统治者种种流氓行为是艺人们津津乐道的。有些民间传说，反映了江湖艺人对重要历史人物和重大历史事件的理解，但总的说来，“平话”还是摆脱了“为尊者讳”的桎梏，也许更真实一些。如《汉史平话》中写后来成为后汉皇帝的刘知远家世贫困，父亲早丧，随母改嫁到慕容家，因为其流氓习气，不能见容。后入赘于李家，受到妻舅的侮辱与排挤。在战乱之中只有当兵才有“发迹”（《汉史平话》已经用“发迹”这个词）的可能，刘知远终于走上这条路，在乱世中脱颖而出，最后登上皇位。这个故事流传极广，刘知远的幸运，刘妻李三娘对丈夫的忠贞，以及她为此所付出的极其悲惨的代价，故事所体现的世态凉薄，都特别能打动听众或观众。在说唱艺术中有《刘知远诸宫调》（现有残本，据考证是十二世纪的金刻本），其中很细致地描写了在贫困与痛苦之中的李三娘看到刘知远初步发迹变泰的标志——“九州安抚使金印”时的行动和心态，她紧紧抱住金印，不肯还给刘知远：

> 【黄钟宫·出队子】三娘变得嗔容恶，骂薄情听道破。你咱实话没些个，且得相逢知细琐，发迹高官非小可。
>
> 【尾】金印奴家紧藏着，休疑怪不与伊呵，又怕是脱空谩唬我。

这种女人对于富贵的态度不论在今人眼中，还是在古代文人士大夫眼中不仅不美，而且令人厌恶。可是作为江湖艺人——也就是游民知识分子，他们就是这样理解生活的——生怕这突然来的富贵是假的，要狠命把住——没有人对此加以指责。元杂剧作者刘唐卿有《李三娘麻地捧印》（已佚），从剧名来看可能更强化了这个令人作呕的场面与情节。而几经文人修改和刊刻的南戏《白兔记》便删去了这个情节，只是突出了三娘谴责刘知远的再娶，忘了苦难中的前妻。从这个细节可见江湖艺人与文人作者价值取向的差别，文人在发迹变泰面前总还有点矜持。

在皇权专制社会中最大的发迹变泰是登上皇帝宝座，特别是由出身于最底层的游民一跃而成为皇权专制社会金字塔尖上的人物，其中要经过多少艰苦的奋斗，有过多少传奇般的机遇，当事者要运用多少阴谋诡诈之术，干过多少背信弃义的勾当，使用过多么残忍不仁的手段才能实现！这些都是富于刺激性的通俗小说的题材。

《新编五代史平话》中所写的朱温、石敬瑭、刘知远、郭威，加上吴越国主钱镠（见《喻世明言·临安里钱婆留发迹》），乃至宋代开国君主赵匡胤（说到赵匡胤时艺人们有所忌讳），这些从社会底层崛起的游民，因为行为全无规范，敢于向社会强行索取，没有任何顾忌与心理障碍。正是基于此，他们才能获得成功，从而发迹变泰，登上皇帝的宝座。他们是蔑视和根本不遵守现行的社会规范的。

在叙述这些故事时几乎都有一个固定的模式：他们都是上天属意的贵人，即使在穷困潦倒之时，也会得到“天”在冥冥之中的呵护。他们遇到灾难就会逢凶化吉，有超自然的力量相助；他们睡觉休息时，不是蛇穿七窍，就是红光罩体。此时往往就会被有德、有远见之人识破，如果此人是老者就要把女儿嫁给他以改换门庭（如刘知远就是被李三娘之父发现的；郭威是被柴仁翁发现的——《平话》的说法）；如果此人是位女子，那便非嫁他不可（如《史弘肇龙虎君臣会》：姓阎的妓女发现未来的高官史弘肇；从宫中被遣散的柴贵人发现郭威等）。这在士大夫或今人看来是十分可笑的，而且极庸俗的，可是在江湖艺人眼中这就是慧眼识英雄。《史弘肇龙虎君臣会》中写从后唐宫中遣出的掌印的柴夫人，十分富有，却要嫁卖狗肉的“郭大郎”（郭威），并派媒人王婆去说。这是为常人所不能理解的。王婆劝阻道：“夫人偌大个贵人，怕没好亲得说，如何要嫁这般人？”这件事连郭威本人都不相信，当王婆向他认真去说媒时，郭“心中大怒，用手打王婆一个漏风掌”，把王婆打倒在地，他认为“兀谁调发你来厮取笑”。这时只有柴夫人自己坚信：

自看见他是个发迹变泰的贵人！

所以非他不嫁，当然最后都是不负期待者所望的。正像上面所引《史弘肇龙虎君臣会》最后的下场诗所说，交朋友、结亲都是一笔投资，一定要认准人。这种模式不仅宋元通俗文学作品中如此，它一直影响到后来的各种类型的通俗文艺。许多通俗文艺作品中千篇一律的“大团圆”格局，就来源于此。后世的“才子佳人”“洞房花烛”，中状元、做高官的模式就是“发迹变泰”故事的变种。直到现在，这种模式成了观众的心理期待的定式，因此许多现代作品，特别是面向广大民众的通俗文艺作品仍然摆脱不了这个公式。

发迹变泰不仅是做皇帝，当高官也可以。史弘肇（五代时人，见《史弘肇龙虎君臣会》）、赵旭（北宋时人，见《赵伯升茶肆遇仁宗》）、郑信（北宋熙宁间人，见《郑使节立功神臂弓》）、范希周（南宋时人，见《冯玉梅团圆》）、杨温（南宋时人，见《杨温拦路虎传》），这些故事中的主角除了赵旭外都是游民，他们或曾闯荡江湖，或曾参与造反，都不是宗法社会中的循规蹈矩之人。他们毫无例外地通过各种途径或手段成为高官。

从早期通俗文艺作品来看，其中叙述的发迹变泰的故事都是描写主人公做皇帝或做官的，也就是说他们通过掌握政治权力来改变自己的地位与处境。从这一点上来说作者——江湖艺人或书会才人都是“皇帝本位”和“官本位”的信奉者。他们认为只有掌握了权力才是发迹变泰的根本，有了权就有了一切（当时的现实生活也就如此）。至于通过发财致富来改善自己社会地位的故事还没有进入他们的视野之内（明代通俗小说就有了这个主题）。这一方面是生活没有为作者提供这类素材，另外也与他们思想意识的局限有关。游民本是一无所有的，社会动乱才为他们提供了发迹变泰的机会，他们凭着一刀一枪改变自己的现实处境。中国自唐末以后哪一次大动乱没有造成大规模的、剧烈的社会垂直流动？在这样的垂直流动中，变化最大的就是原来位于社会顶层的皇室与原来处于社会底层的游民。这中间巨大的变迁是最引人注目的，并且是极富戏剧性的。作为游民的江湖艺人对这类题材有亲切感，容易引起共鸣与创作的冲动。至于平常时期一点一滴的财富积累，最后积沙成塔，成为富甲一方的财主，就很少有戏剧性（除了像传说中的沈万三发现了“聚宝盆”），很难成为通俗文艺的题材，何况这种资本积累在宋元时期还没有普遍出现，怎么会引起通俗文艺作者的关注呢？

6.“发迹变泰”故事的社会影响

表现游民生活与理想的通俗文艺作品的大量产生，除了现实生活与作者思想意识上的原因之外，听众与观众的喜好更是决定性的因素。通俗文艺本质上是市场文艺，它是商品，受到市场的约束与规范，也就是说，听众或观众手中的货币决定着它的兴衰。“朴刀杆棒”和“发迹变泰”这类以反映游民生活和梦想为主的故事，之所以繁荣到可以成为独立的品种，关键在于有许多对此极感兴趣的听众，也正是这个原因它历经数度打压而不灭。

在城市瓦子勾栏中，艺人面对的是平民百姓，其中不少是游民和接近游民的市井细民，如佣工、店员、小商小贩、手工业者以及游手好闲之徒。两宋京城汴京、临安还有一群特殊的听众——军人。前面讲过两宋禁军（俗称八十万禁军）多是游民无赖所组成，他们大多驻扎在京畿以拱卫京师，无事时便容易聚众闹事。统兵者怕他们无事生非，便有意利用听书看戏以耗散他们多余的精力。京都艺人也懂得这一点，把他们当作重要的服务对象。《东京梦华录·诸色杂卖》记载：

或军营放停乐人，动鼓乐于空闲，就坊巷引小儿妇女观看。

可见军营之中也常常聚集（放停）艺人演出，艺人的鼓乐一响，自然就会招引许多附近坊巷居住的小儿妇女（可能大部分是禁军家属，宋代是募兵制，可以带家属）一同观看。这是北宋的情况。到了南宋，这一点成为带兵将领的自觉意识。《梦粱录·瓦舍》云：

顷者京师甚为士庶放荡不羁之所，亦为子弟流连破坏之门。杭城绍兴间驻跸于此，殿岩杨和王因军士多西北人，是以城内外创立瓦舍，招集妓乐，以为军卒暇日娱戏之地。

“杨和王”指杨沂中（杨存中），代州人，故他所统率的士兵多是“西北人”。南宋初绍兴间，杨率部勤王，驻扎在临安，他怕士兵背井离乡，过不惯南方生活，再加上闲暇生事，因此建立瓦舍，召集艺人，以娱悦士卒，发泄他们过剩的精力。由此可知，平时这些士兵必然也是艺人们重要的听众和观众。因此，“说话”与杂剧中必然要有一些迎合他们的需要与口味，以及反映他们思想意识和精神需求的作品，这样才能拢住这批听众和观众。而生活状况、社会地位与这些游民听众十分接近的江湖艺人或书会才人，对他们的需求与口味也是不陌生的。这些听众大多数对那些“哀感顽艳”的才子佳人类的作品兴趣不大，而那些凭着朴刀杆棒打遍天下最终发迹变泰的故事，却一定能激起他们的共鸣。这些故事富于传奇性、刺激性，对那些流落在外归乡渺茫的士兵们也有抚慰作用，何况表现游民英雄的故事里也包含着他们的梦想呢！而他们参军打仗又何尝不是类似于“朴刀杆棒”和“发迹变泰”的故事呢？韩世忠、岳飞等南宋初年一大批高级将领就是出身于社会底层。

“发迹变泰”类的通俗文艺作品是现实生活的反映，更表现出了游民的政治向往。其中渗透了游民对于当时政治现实的理解，他们认为出现了社会动乱就有了机遇，抓住机遇就可能彻底改变自己的命运。他们不仅在“说话”中这样讲，在戏曲中这样演，用这种思想意识去影响听众与观众（以致连近世的阿Q都懂得借“革命”之机发迹变泰，胡传魁也知道“乱世英雄起四方”之必然），有时甚至把它变成现实生活，自己真的这样去做。明初的陶宗仪《辍耕录》第二十七卷“胡仲彬聚众”条记载：

> 胡仲彬，乃杭城勾阑中演说野史者，其妹亦能之。时登省官之门，因得夤缘注授巡检。至正十四年七月，招募游食无籍之徒，文其背曰：“赤心护国，誓杀红巾”。八字为号，将遂作乱。为乃叔首告，搜其书名簿，得三册，才以一册到官，余火之，亦诛三百六十余人也。

这是一位善于寻找机会发迹变泰的江湖艺人，看来还是江湖世家，因为不仅他会“演说野史”，其妹也是个行家。他熟知古往今来黑暗的政治操作（江湖艺人把这一点更加强化、赤裸裸化，从而更加放大了），已经通过关系做了“巡检”的小武官，按照现实游民追求的标准已经算发迹了，宋代一些被招安的授“保义郎”也就是正九品阶官，相当于职官巡检。当然，这离通俗文艺作品中经常写到的发迹变泰还很遥远，不能满足这位熟知话本野史艺人的欲求。当时正处于红巾大起义之中，他便以“护国”和镇压“红巾”为旗帜，聚集力量，待机而起，想在乱哄哄的武力政治角逐中分得一杯羹，从而彻底改变自己的地位。胡仲彬没有想到会被自己的叔父告发，戏未开场就结了尾。那些想借着这个机会跟着胡仲彬一起发迹变泰的三百六十余个“游食无籍之徒”，只是为了这一点点梦想而丢了脑袋。

等级分明又缺少公正的社会中，发迹变泰就成了底层人物期盼改变自己命运的黄粱梦。古代统治者对于稍微有点不服自己统治的“刁民”一律予以打压，明代连“口陈欲反之言，心无真反之计，又无状可查者”也归入“谋反”之罪（十恶不赦的大罪之首），而且不论首从，一律凌迟处死。就是如此严厉的惩治，揭竿而起者仍是前赴后继，近代地理学家张相文先生曾著《帝贼谱》两卷，所著录的皆是历代敢于武装造反之人，根据成王败寇的原则，成事者就是帝王，失败者则为寇，全书一共收录七百余人，宋代以后尤多。这一方面是老百姓身处苦难，使得许多人除了死和造反再也无法解脱，既然都是死，那就不乏敢于拼个鱼死网破之士；另外一个原因就是宋代产生的发迹变泰理念的推动，它也培植了野心家，特别是那些久历江湖的游民，“学成文武艺，货与帝王家”只是摆上桌面的台面话，最大向往还是打天下坐天下，然后“卧榻之侧，岂容他人酣睡”，一统江山，唯我独尊。这些是宋代以后谁都懂得的至为浅显的道理。清代被雍正皇帝逮住的企图煽动岳钟琪谋反的书呆子曾静，在其所著《知新录》里也知道历代做皇帝的都是“世路上英雄做”“甚者老奸巨猾，即谚所谓‘光棍’也”[①]，一语道破身披光环的真龙天子的实质。当

① 参［清］雍正编著：《大义觉迷录》卷二，上海书店出版社1999年版《〈大义觉迷〉谈》最后一部分。

然，被蛊惑起来的众人之中也夹杂了许多愚不可及之人和一些妄人。

7. 改朝换代的路径——从“朴刀杆棒”到“发迹变泰”

“朴刀杆棒”与“发迹变泰”这两类表现游民生活与理想的通俗文艺作品在宋代以前是没有的，我们应该充分肯定其原创性的意义，而且它们逐渐演变为一种模式，深刻地影响了后来通俗小说的发展。从朴刀杆棒到发迹变泰逐渐演变成为一种模式，并用此模式解释古代各朝代的兴盛衰亡。杜甫有诗云：“兵革自久远，兴衰看帝王。”[①]“看帝王”不是看他是否真龙天子，而是看他是否能够选贤任能，遵循尧舜周公孔孟之道，杜绝战争，实行仁政，风俗归于淳朴，共享太平，这是古代一般文人士大夫的史观；而受到底层文化影响的江湖艺人对动乱持欢迎态度，认为这也是一种天理。在战乱中真龙天子出现，登上龙庭，拯民众于水火。真龙天子与帮他打天下的“短衣帮”的“世路英雄”共享富贵荣华。这种意识渗透在他们参与创作的许许多多通俗话本与讲史之中。

中国历史悠久，自古重视历史，通俗文艺兴起之后也有大量讲史作品出现。最初大多讲史作品基本上是编年史的改写，不少小说就是直接抄《资治通鉴》，如《唐书志传》在写李世民与他麾下将领扫灭群雄、逐鹿天下时，大段大段地抄《通鉴》。这些大多是底层文人创作。当江湖艺人参与之后，就有可能把本来属于“讲史”类的作品（如“东西汉”“说唐”等）转化成为个人英雄传奇。艺人们在塑造这些“个人英雄”形象时往往远离历史，按照他们的理想好恶去处理人物，于是豪门贵族也好，文人士大夫也好，一律向游民靠拢，成为游民化了的形象。这样就把“朴刀杆棒”“发迹变泰”两种故事类型设计成为一种“打天

---

① ［唐］杜甫：《入衡州》，见《杜工部集》卷八，辽宁教育出版社 1997 年版。

下坐天下”的模式，凡是改朝换代的历史都成了一些手执朴刀杆棒、出身社会底层的草莽英雄挑战现实秩序、打倒“老贵”、跻身“新贵”的过程。他们奉真龙天子为主子，在夺取天下的同时改换门庭。这逐渐成为江湖艺人惯用的套路，凡涉及改朝换代，概莫能外。例如，唐兴隋亡是个代表了不同的贵族集团利益的群雄争霸过程，可是在江湖艺人口中变成了程咬金、秦琼、徐懋功、尉迟敬德一帮游民在打天下坐天下争斗中逐渐识别出真龙天子的过程。程咬金做了三年瓦岗寨的假皇帝——混世魔王（这是毫无历史依据的。为了编造这个情节，作者甚至割舍了瓦岗寨第一任真正的领袖翟让），但他最后带着一帮拜把子的兄弟投了大唐，成为唐王朝的开国功臣，他们的图像被画在凌烟阁上。这些出身底层和游民的英雄都经历了从朴刀杆棒到发迹变泰的过程。其他述说王朝兴亡的评书如《西汉演义》《东汉演义》《飞龙全传》《大明英烈传》都可以说是由朴刀杆棒到发迹变泰的故事。

总之，朴刀杆棒是社会底层人士游走江湖、保卫自己和争取生存、反抗统治阶级的武器，而发迹变泰是他们美丽的梦想。前者似乎是实现后者的手段，后者是前者奋斗的终点。随着人口的激增与人均占有土地量的减少，游民人数在不断增长，而中国古代社会结构和统治者治理天下的思想却不能产生根本的变化以适应这种变化，并着力解决这一矛盾（例如开放国门，倡导国人走出国门到人口少的地区谋求生存）。这样从日渐瓦解的现时社会秩序里涌现出的大量游民绝不会有真正的出路，更不可能有辉煌的终点。由于竭力打拼和机遇，少数游民在社会动乱中最终出人头地和改换门庭，但绝大多数底层人士不会有如此好运气，等待他们的是更多的苦难，甚至是辗转沟壑。

自秦始皇实现了“大一统”以来，古代的中国就在一治一乱中动荡，基本上是两百年一个轮回；宋代和宋代以后人口的增减也成为社会稳定与否的要素，因为当小农的生产方式和宗法的组织结构不能适应过多人口时，游民便大量产生了，他们的生存受到威胁，常常处在焦虑之中，自然而然，他们必然是反抗既定秩序的先锋与中坚，再有了游民文化的启示，造反就会成为寻常事。游民和各阶层的社会边缘人争生存、求发展的进程，仿佛就是在朴刀杆棒与发迹变泰的现实和梦想的交替之中不停地挣扎，重复着世世代代的悲喜剧。从而使全社会成员都要在“太平犬”与“乱世人”中做出可悲的选择，使得古代的中国社会在一治一乱的反复震荡中徘徊不前。

8.《水浒传》是许多“朴刀杆棒”“发迹变泰”故事的有机结合体

前面说过，两宋时“朴刀杆棒”类故事中，有些是描写梁山泊好汉冒险生涯的故事，它们的流传演变成为“水浒”系列。这个系列的故事在南宋颇为流行，并被《醉翁谈录》著录。故事中有奋斗，有暴力，当然更有发迹变泰，然而，由于民族斗争十分激烈，本来只是伸张游民追求的故事不得不用“忠义”这个带有意识形态色彩的观念加以包装，强调实践“忠义”与发迹变泰并不矛盾，这一点在后来的《水浒传》中又加以张扬。甚至直接用忠义命名“水浒”故事，称为《忠义传》。

元代出现了大量的“水浒戏”，传世的元代“水浒戏”中多是手执朴刀杆棒的梁山泊好汉在“替天行道”，他们攻破黑牢，解救遭受冤屈的人们，为之报仇雪恨。

明代写成的《水浒传》在主题上继承了“忠义”“替天行道”这两种看似矛盾的思想意识，但在当时特殊情势下和传统的浮云蔽日、奸邪蔽主这一命题统一起来。外抗强敌，内除奸佞都是“替天行道”，也更符合忠义的原则。

《水浒传》是集“朴刀杆棒”“发迹变泰”的故事于大成的长篇小说，它真实地反映了游民的奋斗与生活，是许多江湖人的个体奋斗史。《水浒传》前七十回就是林冲、史进、鲁智深、晁盖、武松、宋江、戴宗、李逵、石秀、杨雄、柴进、张青、孙二娘、顾大嫂、卢俊义等等许多游民或社会边缘人的故事，从他们的行事与行事方式和喜怒哀乐中刻画人物，反映生活。这些江湖人几乎都是手持朴刀杆棒打开通道，杀出新天地，因此可以说《水浒传》就是写朴刀杆棒的。翻一下宋元传世的话本和明代通俗小说，它们涉及朴刀杆棒的次数全部加起来也没有《水浒传》一书多。《水浒传》比较集中地表现出了游民的意识和理想，成为游民反抗主流社会的教材和江湖人奋斗的百科全书。

记录宋代说话技艺与资料的《醉翁谈录》把“朴刀”故事和“杆棒”故事分别著录。属于“朴刀”的有《李从吉》（又名《徐京落草》），李、徐二人原先都是山大王。他们也是《水浒传》中的人物。第七十八回写高俅带领“十节度使”围剿梁山，十节度使中就有李从吉、徐京、杨温，并说他们“旧日都是绿林丛中出身，后来受了招安，直做到许大官职”。因为这些人不属于梁山系统，其故事没有在《水浒传》中展开。“杆棒”类故事中记录有《花和尚》和《武行者》，熟悉《水浒传》的读者一看便知，这是写鲁智深和武松的。《水浒传》前七十回，分别以大量篇幅写他们闯荡江湖的故事。鲁智深原属于小军官，属于社会边缘人物，因为主动出击，救弱惩恶，沉沦于江湖；武松本来就是游民，游荡江湖，希望凭自己的能力打入主流社会，可是事与愿违，最后落草二龙山。这些以刻画个人英雄形象为主的故事在宋代就已形成，《水浒传》吸收了这些朴刀杆棒和发迹变泰的故事。后面与朝廷剿灭部队作战，征辽、征田虎、征王庆、征方腊的故事，按照说话分类应该属于“士马金鼓”，离朴刀杆棒远了一些。

《水浒传》把手持朴刀杆棒的游民们的造反精神写到极致，并且把发迹变泰的路径也说得极为显豁明确。或直截了当地说，梁山好汉们造反聚义的目的就是实现忠义，向皇帝贡献忠义就能有官做。怎么能把造反与忠义联系在一起呢？有时看似可笑，但作者却有自己的解释。例如智取生辰纲之后，案子被破，官府来捉，围剿三阮所住的石碣村，三阮与晁盖等人用计抵抗。当官府的捕盗巡检与何涛观察乘船向石碣湖进剿时，只听得芦苇中间有人嘲歌：

> 打鱼一世蓼儿洼，不种青苗不种麻。酷吏赃官都杀尽，忠心报答赵官家。

这是阮小五用渔歌嘲弄来捕人的官府衙役。他把武装拒捕、攻击地方政府武装说成是对皇帝的忠心和最好的报答，因为他们都是一帮“酷吏赃官”。《水浒传》第三十二回宋江与已是戴罪之身、并准备上山寨落草的武松告别时说：

> 如得朝廷招安，你便可撺掇鲁智深、杨志投降了，日后但是去边上一枪一刀，博得个封妻荫子，久后青史上留得一个好名，也不枉了为人一世。我自百无一能，虽有忠心，不能得进步。兄弟，你如此英雄，决定得做大官。可以记心，听愚兄之言，图个日后相见。

把朴刀杆棒、发迹变泰、忠义、青史留名结合得天衣无缝，但究其实质可以说这是为了达到发迹变泰的目的才倡导造反。梁山好汉一度被招安授官，从表面上看也是发迹变泰了，可是最终还是悲剧。他们不仅没有解决促成他们走上造反道路的社会问题，而且连自己的问题也没有解决，一些人再次游荡江湖，一些人丢掉了性命。有论者说因为走招安道路，所以造成了悲剧，如果坚持造反，“杀到东京，夺了鸟位”，就不是悲剧了。这些人不懂得皇权专制与游民武装造反只是一个问题的两面，做皇帝仅仅是一个人，不可能是集体做皇帝。且不说一人称帝万骨枯，就是靠武力打下天下后，皇帝周边功劳盖世的文臣武将恐怕也很难久享富贵，会有许多人沦为悲剧，因为靠暴力打天下的王朝都有一个暴力继续释放的过程。历代屠戮功臣并非是当事的皇帝特别残暴（如刘邦、朱元璋等），而是事态使然，不得不这样做。与此相反，宋代开国皇帝赵匡胤陈桥驿黄袍加身，靠政变起家，他就采取了“杯酒释兵权”的温和手段。因此即使是“夺了鸟位”宋江做了皇帝，不仅社会结构没有变，就是李逵一类打天下的勇敢分子也未必不会悲剧收场。

|《水浒传》流传后世的话语|

1. 世上流行的话语

过四十岁的人们大都还会记得“牛奶会有的，面包会有的，一切都会有的”这些《列宁在十月》里的经典台词。尽管这部电影极其粗糙，其中还有不少篡改历史、伪造历史之处，但那时人们对此尚不了解，而且也没什么电影可看，就这一部苏联二十世纪三十年代的影片一演就是好几年，有人反复看过十多次，几乎熟悉其中每一句台词。当然在那个什么都没有的时代，这几句话最刺激人，所以许多人都爱说，一直说了一二十年，直到“牛奶”“面包”拿钱随便买的时代，它们才消失，或说被新的流行话语取代。这新的流行语，大多也是来源于电影或电视剧，或因幽默，或因好玩，或与当时思潮有合拍之处，于是便流行个一两年，如“打死我也不说”“一点技术含量没有”“二十一世纪最缺什么？人才啊！”“做人要厚道”……不过这些话语流行时间都很短，多则两三年，少则一年半载。为什么？我觉得一方面是影视及娱乐发展太快，后浪推前浪，新旧交替，新的流行，旧的也就忘了；其二，也是最根本的一条，就是缺少深刻的内涵，不是大多数受众念兹在兹的问题。所以流行了一个时期，就被遗忘了。

这还不如二十世纪二三十年代流行于北京的京剧（当时称为“皮黄”），当时京剧在北京热的程度绝不亚于现今的流行歌曲。它也制造了许多流行语，在北京流行了二三十年，直到五十年代才逐渐消退。

八十年前，戏剧学家齐如山先生曾就此做过一番调查，写成《戏文警句》。文中列举流行于二三十年代北平的“戏文警句”185句，读此文可以帮助我们了解那个时期北平人的想法和心态。这些警句有的是表达自己的情怀。如《打渔杀家》“家贫哪怕人笑咱”，这是萧恩唱的，用以表现落魄英雄的无奈；《桑园会》中的“一日离家一日深，好似孤雁宿寒林”，这是离家日久的秋胡唱的；《挑袍》中关老爷唱的“身在曹营心在汉”，表达了自己对汉室的忠诚；《打樱桃》中书童说的“我想平儿，平儿不想我”是单恋的自嘲。更多的警句可以反映一般市民的心态，如《朱砂痣》中的“银子是好宝贝”；《四郎探母》中的“起誓当白玩儿”；《一匹布》中的“真是清如水，明如镜，我的青天大老爷”；《珠帘寨》中的“家家有本难念的经”；《玉堂春》中的“羊入虎口，有去无回”等。不用分析，读者都可以看到当时小市民的处境和与此相关的种种想法。

流行话语中更多的是关于世态的警句，如：《群英会》中蒋干的“这曹营的事，真是难办得很喏”；《捉放曹》中曹操的“先下手的为强，后下手的遭殃”；《乌盆计》中张别古说的“莫谓东风常向北，北风也有转南时”；《连环套》中窦尔墩的“鸟枪换炮，越闹越壮”“如今晚交朋友，真真叫人寒心”；《苏三起解》中崇公道的“王法就在我腰里呢”（讽刺法律的随意性）；《三堂会审》中绿袍所说的“大人说比得就比得”（讽刺官大一级压死人）；《大登殿》中国舅说的“金殿上不论亲戚”；《甘露寺》中家人乔福转述乔玄的话：“要做个防而不备，备而不防”；等等。其中许多警语如“起誓”“这曹营的事”“王法”等在我小的时候

（二十世纪五十年代）尚活跃在人们的口头，从这些流行语中可见当时北平市民所关注的问题。这就是当时大众文化所展现的社会学的意义。

齐先生在“小序”中虽然也注意到这些警句多是“编剧的人，经过一番苦心烹炼制造的”，甚至可以与“莎士比亚等相提并论，实无愧色”；但他更为强调戏曲的精彩对白在民众间的影响。他说这些流行的话语，“真能感化人民心理，左右社会趋向。使人们口类（疑有误）一念出两句话，听者便觉得是合理的制裁（剪裁制作）。若论社会教育的力量，恐怕这几句话，比经史还大得多”。虽然齐先生“左右社会”云云，我觉得有些称誉过当，但是回顾文学史，通俗文艺对民间的影响往往大于“经史”确是不争的事实。然而，不论现在的流行语，还是前几十年的京剧流行的台词都没有化入日常话语，只有化入日常话语，才会进入人们的心灵，并潜移默化地影响人们的行为方式。我们考察近三四百年的社会运动，通俗文学遗留下的话语也曾起过很大作用。现在人们讲传统文化一开口就是“儒释道”三家，或是“四史”“三通”，而忽略了通俗文艺作品，我以为这是不够全面的。

通俗文化，当然也包括《水浒传》，《水浒传》自其产生之后，在明代一直是畅销书。清代是屡禁屡刻，而且大量地改编为戏曲、曲艺在社会上流行，使那些没有读书能力的人们也能接触到它，其影响力更超过一般图书。

历来谈叙事性文学艺术作品的影响，大多关注作品的故事情节和人物形象，对于作品的话语很少有人涉及。其实话语的影响更深入、更持久。而且《水浒传》所提供的话语与主流话语有根本的区别，它是一套造反者的话语体系。

2. 主流话语与非主流话语

历来我见于书面的只有一种话语体系，那就是主流社会的话语。这些不仅充斥于经史子集和文人士大夫的各种著作之中，也流行于老百姓的口头，久而久之，成为一种集体认知（许多情况下还是集体无意识），支配着人们的思想意识和行为。为什么简单词语就能支配人的思想和行为呢？因为每个词语都有特定的文化内涵，甚至社会意义。二十世纪五十年代，新社会要和过去彻底决裂，在这种社会背景下，哲学史家冯友兰提出“抽象继承法”。其意思是古代社会儒家思想中的仁义礼智、忠孝节义是封建的东西，不能继承，但这些词（如仁义礼智、忠孝节义等）可以继承下来，填充进无产阶级思想中。此论一出，群起而攻之。认为“语言是思想的物质外壳”（斯大林语），两者不能剥离。当然这种说法绝对了一些，怎么不能剥离？但剥离需要时间，词句话语的转变需要一定的环境和时间。那时急着革命，一看到这流行了几千年、携带着陈腐内容的词语就感到恐惧，因此怀疑冯友兰借继承之名，行贩卖之实。由此可见，简单词语往往携带丰厚的内容或有强烈倾向的情绪。马克思的名言，统治阶级的思想就是统治思想。这是如何实现的呢？就是通过对话语权力的掌握实现的。

从《水浒传》出现以后，逐渐形成了一整套与主流社会相对立的话语体系。这些大多是不登大雅之堂的，只在社会底层流行，逐渐为更多阶层的人士接受。这种话语不是作者编造的，最初它们一定活跃在广大游民、流浪者的口头，经过江湖艺人的总结提炼，写成了文字，编织在通俗著作里，通过各种渠道流播在广大民众之中。这种话语与主流话语一样也是蕴含着特定的思想意识的。《水浒传》所提供的与传统悖谬的思想意识许多也是通过话语的流播实现的。

经过五六百年的流传，生活在现代的我们不觉得《水浒传》在话语方面提供了些什么新东西。这一点只有通过文学史、文化史的对比才看得出来。这样的例子还很多。这里我们选一些对后世影响较大的词语做些分析。

3. 好汉

“好汉”这个词儿虽然不始见于《水浒传》，但是它在此书中的独特含义被后世的下层民众所接受。我们从《旧唐书》中初见这个词的使用：

> 初则天尝问仁杰曰：“朕要一好汉任使，有乎？”仁杰曰：“陛下作何任使？”则天曰：“朕欲待以将相。”对曰：“臣料陛下若求文章资历，则今之宰臣李峤、苏味道亦足为文吏矣。岂非文士龌龊，思得奇才用之，以成天下之务者乎？”则天悦，曰：“此朕心也。”仁杰曰：“荆州长史张柬之，其人虽老，真宰相才也。且久不遇，若用之，必尽节于国家矣。”

到了宋代宋祁修《新唐书》，认为“好汉”不雅，改为“奇士”，这个解释是对的，但少了点口语神韵。不过在实行重文轻武政策的宋代，士大夫认为通过读书取得功名的人才算得上“好”。《默记》中记载，韩琦帅定州时，要惩处总管狄青手下将领焦用，狄青为之讲情，说焦用有军功，是“好儿”。韩琦驳斥他说：“东华门外以状元唱出者乃好儿，此岂得为好儿耶！”“好儿”也即“好汉”。在韩的眼中，通过科举考试考出来的状元才是“好汉”，有“军功”算什么，充其量不过一个兵痞而已。

宋代江湖上开始把“好汉”这个称号给予一些英勇的打拼之士。《齐东野语》记载了活跃在山东一带，南宋年间时附时叛的强人李全。这是个很像梁山人的人物，淄州、青州地界内有个杨堡仿佛是《水浒传》中扈家庄之类。

淄、青界内有杨家堡，居民皆杨氏，以穿甲制鞾（同靴）为业。堡主曰杨安儿，有力强勇，一堡所服。亦尝为盗于山东，聚众至数万。有妹曰小姐姐（或云其女，其后称曰姑姑），年可二十，膂力过人，能马上运双刀，所向披靡。全军所过，诸堡皆载牛酒以迎，独杨堡不以为意。全知其事，故攻劫之。安儿亦出民兵对垒，谓全曰："你是好汉，可与我妹挑打一番。若赢时，我妹与你为妻。"全遂与酣战，终日无胜负，全忿且惭。适其处有丛篠，全令二壮士执钩刀，夜伏篠中。翌日再战，全佯北，杨逐之，伏者出，以刀钩止，大呼，全回马挟之以去。安儿乃领众备牛酒，迎归成姻，遂还青州，自是名闻南北。

这位杨姑姑是扈三娘式的人物，其兄杨安儿对李全说："你是好汉，可与我妹挑打一番。若赢时，我妹与你为妻。"从这里可见江湖人对好汉的理解。《水浒传》承继的就是这种意义的"好汉"，它不仅与"武"联系在一起，而且还带有不遵守国家法纪，专干一些作奸犯科之事的意思。《水浒传》中第一次出现"好汉"就是指少华山上的强盗朱武、陈达、杨春等三人。第八回在介绍柴进时说他"专一招接天下往来的好汉，三五个养在家中"，所谓"好汉"多是"流配来的犯人"。第十四回说他接待天下"好汉"，又说他"最爱刺枪使棒，亦自身强力壮，不娶妻室，终日只是打熬筋骨"。第十五回，介绍阮氏三兄弟，说他们"与人结交真有义气，是个好男子"，"好男子"也是"好汉"之义。其他如不怕死、遇事敢作敢当等都属于"好汉"的行为。这些说法与主流社会对"好汉"的看法有了根本的区别。

我在论《水浒传》主题时曾说过"水浒"是写游民的成功与失败的，最初这个故事的创作者与演播者是江湖艺人，江湖艺人实际上是一种有才艺的游民。他们对"好汉"的理解实际上是游民对自己的认识和评价。这种自我肯定和评价由于《水浒传》的艺术感染力量得到广大受众的理解与认同。因此，自“水浒”故事普及以后，社会公认了这个用法。于是，“好汉”之名流于天下，不仅通俗文艺作品使用，而且也用于现实生活，为那些处于社会下层，又不甘于穷困以没世，并有几分强力的游民，找到了一个恰当的称呼。凡是敢于与主流社会对抗的秘密组织的成员、打家劫舍的绿林豪强、闯荡江湖的各类人士，乃至称霸一方、为人所惧的痞棍，都会被畏惧者恭送一顶“好汉”的帽子。驯良的老百姓突然遇到一个劫道的匪徒，惊恐万状，对匪徒如何称呼，过去没有，自读了《水浒传》之后，便有了一个现成的称呼：“好汉爷”。现代作家老舍也说“土匪们对于下过狱的人们，谥以嘉名曰‘好汉’”（《老张的哲学》）。有了“好汉”这个“嘉名”，便有了自我慰藉，干了违反社会舆论的事情，在心理上也不会造成负担。

4. 义气

“义”作为伦理观念在先秦就产生了。义者，宜也。宜就是应该的，那什么是应该的？不同的人可能会做出不同的回答。因此也自先秦开始，义就有了多种解释。孔子把“义”看作“利”的对立物；而墨子把“义”“利”打成一片，说义是“有力以劳人，有财以分人”（《墨子·鲁问》）。因此，古人说到义，一定要进行分析。“义气”是“义”的通俗表达，两者本来是一回事，士大夫也用。南宋初，抗金将领韩世忠与刘光世不合，宋高宗为他们和解时说：“烈士当以义气相许，先国家之急而后私雠。小嫌何足校。”[①]这里的“义气”就是义。为了国家才是义，个人之间一些小恩怨，根本不值得计较。但“义气”这个概念普及到民

① ［南宋］李心传：《建炎以来系年要录》卷八四，中华书局 1985 年版。

间是靠通俗小说，最初是“说三分”中所创造的“桃园三结义”，故事中把刘关张的结合视为义气的样板。金元南戏《杀狗记》中就有这样的唱词：“却不道赛过关张有义气？冷清清冻死你做街头鬼，又还是孙荣背负你归。”明代的《水浒传》和《三国志通俗演义》将义气做了淋漓尽致的描写和宣扬以后，“义气”逐渐与“义”区分开来，它成为人与人之间交往的道德观念。我在《游民文化与中国社会》中曾指出义气是游民借以团结同伙的道德，它是与“报”联系在一起的，它是游民和带有游民气的人们在江湖上的一笔笔投资。宋江在江湖上最负盛名的就是“义气”，这是他凭金钱和冒险行为买来的，所以常常自我表白。“及时雨”“呼保义”的绰号以及后来他在梁山上的地位就是这些投资的回报。

义气是包含着感恩图报的内容的，因此当这个词随着通俗文艺作品流播到民间的时候，下层社会的人们就把它看作是同命运的人们互相帮助的道德，像宋江舍给卖药汤的王公一具棺木，帮衬卖糟腌的唐牛儿一些赌资，这是有去无回的施舍，是慈善，而非义气。宋江对武松和李逵慷慨资助就明显地带有拉拢同伙的色彩，这是同命运人之间的互相帮助，企望回报是隐隐蕴藏在慷慨大度之中的。明清以来帮会等秘密组织张大了这一点，并且把它作为凝聚团体和连接会众的纽带。洪门、青帮、哥老会开香堂，掌门的训话，千言万语都会围绕着“义气”二字。没有了义气，这些组织就不存在了。从这一点上说，义气就成了这些组织的意识形态。

江湖人浪迹四方，很少有帮他出头的资源，靠的就是人缘，多一个朋友多一条路，结交朋友就靠义气，不讲义气就会寸步难行。这与儒家讲究志同道合的交友之道是大不相同的。样板戏《沙家浜》中的反派人物胡传魁也懂得“俺胡某讲义气终当报偿”，就因为胡传魁是江湖人，他懂得自己报偿了他人的滴水之恩，将会得到更大的利益，也就是“吃小亏占大便宜”。老舍先生描写下层社会人们生活的作品，在判断一个人是否关心他人时，用的就是“义气”这个概念。至于脱离了主流社会的“江湖客”们则更是把义气作为判断一个人是否是自己人的一个标志。“义气”这个概念虽然没有完全摆脱游民气质，但还是被大多数人所运用、所宝贵。那些干犯法纪的人也以义气（主要指不出卖同伙）互相勉励。义气实际上是隐性社会的人们对抗主流社会的一种武器，然而此后主流社会的人们也在用，有些大人物也常说“我们是讲义气的”，可见这个词义也在慢慢演变。“义气”这个词还是为伦理学增加了一个新概念，它是应该写入伦理学史的。

5. 聚义

佛学中有“聚义”这个词，但与《水浒传》中所用的“聚义”不相干。“聚义”是“好汉”们结合起来的专用词。拙作《游民文化与中国社会》曾对“桃园三结义”做了分析、解译。“聚义”的含义比“结义”更广泛一些，游民们凡是在“干大事”（大多是干与当时法律相抵触的事情，比如拦路抢劫、上山造反等）时的结合，这种结合有暂时的，也有较为久远的，都称为“聚义”。《水浒传》中智取生辰纲前晁盖、吴用、公孙胜、三阮等人就有“七星聚义”。这是为取生辰纲的暂时结合。结合前也有些仪式。如在“后堂前面列了金钱、纸马、香花、灯烛，摆了夜来煮的猪羊、烧纸”。然后六人在神前发誓，“我等六人中但有私意者，天诛地灭，神明鉴察”，烧化纸钱，喝散福酒。较为长久的“聚义”可以第七十一回《石碣受天文　英雄排座次》为例。这是梁山最大的一次“聚义”。这次是以“聚义”的形式，在梁山这个地盘上建立一个带有政权性质的法外秩序。当然，这次“聚义”的仪式也更为隆重。

游民“聚义”的目的是做干犯当时社会法纪的事情，大多情况下就是劫财取物，那么他们坐地分赃的地方也就称为“聚义厅”。梁山在宋江掌权之后把“聚义厅”改名为“忠义堂”，虽然只是“招牌换记”，但确有向主流社会靠拢之义。

“聚义”这个词产生以后是用于游民的组织化过程，游民在社会上争取自己的利益，面对的是强大的有组织的政府和带有组织色彩的宗法网络，而他们则是无权无勇的个体。要使自己强大就要组织起来。最简单的组织是结拜义兄义弟，“聚义”是结义的发展。不过“聚义”始终没有像“好汉”那样得到主流社会的普遍认同。游民把自己的结合加一个“义”字以自慰，可是在主流社会的人们看来“聚义”这个词仍然带有绿林色彩。明清两代，乃至近代，“聚义”这个词几乎被通俗小说用滥了，但主流社会的文件上基本没有出现过。可见主流社会认为它只属于盗匪或江湖。鲁迅讽刺二十世纪三十年代国民政府大员们就有这样的句子：“大江日夜向东流，聚义群雄又远游。”这是把这些居于庙堂的大人物视为山大王了。其实事实也是这样，推翻清政府的辛亥革命中，有不少绿林人物，著名的王金发就是一个；因此国民政府中也有不少江湖分子，热衷于结拜之类（冯玉祥、蒋介石、张学良就是换帖的兄弟），称他们“聚义”也不为过。“聚义”一词反映了游民对自己组织化的向往与肯定。

6. 上梁山与逼上梁山

西汉末年新市人王凤、王匡组织荆州的饥民武装起义，并以绿林为根据地，这支军队当时称为“绿林军”。从此留下“绿林”这个词，用以指聚集在山林荒野的武装反抗者和武装劫盗集团。继承西汉的东汉政权创业者刘秀武装起事不过是绿林的继续，乃有所谓“光武创基，兆于绿林”。因此，主流社会是肯定“绿林”的，然而它却变成了与主流社会对抗的武装力量的代名词，而且这个词语所带有的褒扬性质也并没有改变。例如唐代李涉诗《井栏砂宿遇夜客》有句云：“暮雨潇潇江上村，绿林豪客夜知闻。”“绿林豪客”虽然是强盗，但在这首诗中却如此温文尔雅。正因为它不完全是个负面词语，才有人以做土匪或干革命的“上绿林大学”的经历而自豪。后世能和“绿林”齐名，并作为民间武装反社会力量象征的称呼是《水浒传》的“梁山”。《水浒传》中有云：

撞破天罗归水浒，掀开地网上梁山。

这是前七十回各路英雄好汉的共同向往。如果说“绿林”仅仅是武装造反者的象征或代号，没有更丰富的内容，那“梁山”则不同，它有《水浒传》和大量各种文艺形式的“水浒”故事为依托，一百零八将的上梁山和在梁山上相处的事迹都是“梁山”的丰富内涵。

自从“水浒”故事中的“梁山”这个词产生后，它就不是那个坐落在今山东省的小土山包了。它成为造反者的圣地，给许多武装反叛者以想象力，成为他们敢于把造反事业坚持下去的精神力量。早在明代初年，刘基写的《咏梁山泊分赃台》诗云：“突兀高台累土成，人言暴客此分赢。饮泉清节今寥落，何但梁山独擅名？”那时《水浒传》还没有问世，仅凭南宋人创作的“水浒”故事和元杂剧中的“水浒戏”，梁山就独享大名于世了。明末《水浒传》几乎成了家喻户晓的作品，梁山的影响更是不可估量。崇祯时的刑科给事中左懋第在向皇帝上奏时写的“题本”中说：

李青山诸贼啸聚梁山，破城焚漕，咽喉梗塞，二东鼎沸。诸贼以梁山为归，而山左前此莲妖之变，亦自郓城、梁山一带起。[①]

明代万历间，白莲教起事的首领徐鸿儒特别相信梁山泊的故事，特意把自己的活动总部迁至郓城梁家楼，并模仿宋江礼贤下士。清代的秘密会社则把他们的组织直称作梁山。

《水浒传》描写和塑造了梁山的形象，为了说明“上梁山”的合理性，书中从第七回起叙述了好汉林冲被迫上梁山的过程。通过这个故事，读者把同情心都交给了林冲，并从内心赞同他这个选择。“逼上梁山”这个词就是这样产生的。这就给了现实生活中许许多多受到不公正对待又无法伸张正义的人们以勇气，给在现实生活中实在活不下去的人们指了一条“出路”。当这些无路可走的人们或因为传统的熏陶浸渍而有些畏葸的时候，“上梁山”“逼上梁山”这些简单的词语会给他们以鼓舞，鼓励他们迈出那关键的一步。主流社会中有些人士也会因为有“逼上梁山”的故事，对某些造反者产生些同情的理解。“上梁山”与“逼上梁山”是“造反有理”的过程与归宿。沈从文就说“近三十年来，所有土匪都用‘逼上梁山’为借口；合伙吃血酒时且照例引用‘桃园三结义’的典故”（《新烛虚·读〈论英雄崇拜〉》）。这些词语也进入了主流社会，谢冰心谈到读书也说“凡小时候看书，是逼上梁山的。哪个小孩子愿意整天坐在家里看”。我们用这个词语时只是用了其中的一个“逼”字。

7. 江湖

如果问《水浒传》所创造的词语以何者最为流行，那么肯定是“江湖”一词。有人可能觉得奇怪，江湖这个词不是《庄子》中就有了吗？但《水浒传》中说的“江湖”与庄子说的大自

① 转引自朱一玄：《水浒传资料汇编》，百花文艺出版社 1981 年版。

然的“江湖”不是一回事，甚至与范仲淹名文《岳阳楼记》所说“处江湖之远，则忧其君”之文人归隐的“江湖”也不是一回事。文人的江湖是脱离了朝廷的鸡争鹅斗和名利是非的，这里是安谧的，是文人士大夫修心养性的好去处；而《水浒传》告知我们的江湖则是充斥刀光剑影、阴谋诡计的，是争生存、求发展的所在。我们现在所说的江湖多指此类。《水浒传》第一次告诉读者有这个江湖的存在。第九回林冲发配，在沧州官道上的酒店之中，店主人对林冲说：

> 你不知，俺这村中有个大财主，姓柴名进，此间称为柴大官人。江湖上都唤做小旋风。

这是《水浒传》中第一次出现这种异类的江湖，它是有别于主流社会的。柴进是贵族，又是财主，必然与主流社会、官府、士大夫有频繁的交往，但柴进在书写拜帖（类似今天的名片）时，绝不会写上“小旋风”三个字，“小旋风”是属于江湖的，是江湖上的字号。这个江湖到底是什么样子的呢？第二十八回有段描写：

> 两个又说些江湖上好汉的勾当，却是杀人放火的事。武松又说：“山东及时雨宋公明，仗义疏财，如此豪杰，如今也为事逃在柴大官人庄上。”两个公人听得，惊得呆了，只是下拜。武松道：“难得你两个送我到这里了，终不成有害你之心？我等江湖上好汉们说话，你休要吃惊，我们并不肯害为善的人。我不是忘恩背义的。你只顾吃酒，明日到孟州时，自有相谢。”

武松与张青、孙二娘谈论的江湖，连押送武松的两个解差听了都“惊得呆了”，解差出入衙门，什么伤天害理的事情没见过，他们对恐怖与残酷的耐受能力比常人不知高出多少倍。令他们惊恐的江湖，其残酷可以想见。这里是干犯法纪、为非作歹的渊薮，背离于主流社会之外，为主流社会所不容。因此后世把许多非官方的场合都称作江湖，本身带有挑战官方之意。把官场以外其他的“场”（指一些实有却无形、又很难把握的存在），比如商场（商业争斗）也称为江湖，则是反映人们以农业社会为主流社会之意。

江湖这个词语进入各个领域，很活跃。江湖的纵横捭阖、血腥杀气也都随之而至，使其失去本色。江湖这个词的流行对主流社会的游民化与江湖化起到推动作用。特别是近四五十年来，新派武侠小说把“江湖”浪漫化、文人士大夫化，人们几乎不知江湖的本来面目，把江湖看成很美的一个场，引起更多的青年人的追捧。实际上用这个艺术化的江湖与现实生活中的江湖一比较，就可以看出它们是南辕北辙的。《水浒传》中“江湖”的出现本来是宋代以来的社会生活的反映，但这个语词的出现确实带动了“江湖”的发展，推动了隐性社会的形成。

8. 不义之财，取之何碍

这是智取生辰纲之前，刘唐赶到郓城鼓动晁盖领头劫取生辰纲时所说：

> 小弟打听得北京大名府梁中书，收买十万贯金珠宝贝玩器等物，送上东京，与他丈人蔡太师庆生辰。去年也曾送十万贯金珠宝贝，来到半路里，不知被谁人打劫了，至今也无捉处。今年又收买十万贯金珠宝贝，早晚安排起程，要赶这六月十五日生辰。小弟想此一套是不义之财，取而何碍！便可商议个道理去半路上取了。天理知之，也不为罪。

晁盖接受了这个意见，后来他对吴用也说“此等不义之财，取之何碍”。后来公孙胜也说过这样的话。意思是梁中书作为大奸臣蔡京提拔的赃官，他大刮地皮，攒了十万两银子的金银珠宝，运到东京给蔡京祝寿。在晁盖等人看来，这些就属于“不义之财”，他们就可以掠取它，“大家图个一世快活”。这些话所显示的观念有别于正统的、传统的价值观。孔子说：“不义而富且贵，于我如浮云。”西汉刘向的《列女传·齐田稷母传》中说：“不义之财，非吾有也；不孝之子，非吾子也。”这些人都对“不义之财”采取了推拒的态度。《水浒传》提出的却是不义之财取之无碍，大有凡是不义之财人人可取之意。劫取财货者代代有之，可是在《水浒传》之前没有如此理直气壮为这种掠取做辩护的。唐代诗人刘叉为人特立独行，与韩愈交好，一次拿了韩愈数斤金子走，丢下一句话说：“这是谄媚死人（指韩愈常为人写墓志铭，其中多讲死人的优点）所得的稿费，不若与刘君为寿。”这种做法与说法带有点玩笑性质，又显示出刘叉不受世俗礼法束缚、放荡不羁的个性，似乎不是被贪财好货思想所支配的。“水浒”讲的故事就是赤裸裸地掠取钱财，没有其他含义。然而这种贪财在“水浒”故事所造成的语境里却很容易被读者接受，蔡京、梁中书都是臭名昭著的赃官，他们的钱财也多是搜刮老百姓得来的，这是真正的不义之财，掠取它的人又都是未来的梁山好汉。于是“不义之财，取之无碍”，说得堂堂正正，做得理直气壮。自《水浒传》以后，这个道理被下层民众接受，并且成为游民劫掠生涯中的一个重要“理论”。实际上，尽管在它产生的具体语境上有几分合理性，但总的说来，它仍是“强盗逻辑”。

然而这种“逻辑”有个貌似有理的支撑，那就是“劫富济贫”。实际上就《水浒传》中的描写来看，梁山好汉“劫富”是经常的，“济贫”则难得一见。生辰纲是被劫掠者们瓜分了，没见他们救助任何人。梁山泊的好汉们攻打下高唐州、华州、曾头市这些富庶的城镇，也没见他们接济民众，而当地民众倒是饱受了梁山好汉与防守者之间战争的苦难。只有在打下祝家庄、青州、东平府之后，他们稍有表现，不过大多也是补偿性质的。因此，“劫富济贫”永远是游民在反社会活动中寻求社会下层民众普遍支持的一种手段，不会给一般老百姓带来多少好处。

“不义之财”，这个“不义”到底由谁来确定？很明显这是由劫掠者来定的。这样就造成了他想劫掠谁，谁的财货就属于“不义”。这样的说法实际上使劫掠者扩大了劫掠范围，因为谁都有可能成为被害者。怎么能说“取之何碍”呢？它妨碍到了整个社会。

这种观念不仅流行于秘密会社、非法团体，而且社会下层的一般民众对此还能谅解，觉得“为富不仁”之徒被抢被劫，大快人心。这种意识如果在“人治”社会中流行，危害尚不明显，因为那时本来就是多重标准的。假如在法治社会中仍持这种观念，其实就是以犯罪对待犯罪了。

9. 论秤分金银，异样穿绸缎，成瓮吃酒，大块吃肉

这段话是吴用邀请阮氏三兄弟参加劫取生辰纲时，阮小五对吴用说的赞美梁山好汉的话。这也表明了下层社会的人们对于物质生活的追求。如果再稍全面一点的话，加上前面的“不怕天，不怕地，不怕官司”，这可能就是他们全部的精神与物质追求了。中国古代生产力低下，下层民众的物质生活一直处于低水平状态。吃饱饭的问题历来是中国最大的问题，下层社会中的老老实实的普通人，但求一饱也就可以了；而那些“豪杰”之士的要求就会高一些，食肉饮酒就是他们对生活最大的向往。战国时期孟子谈到他所鼓吹的“仁政”时，说在“仁政”条件下，“七十者可以食肉矣”。“人生七十古来稀”，在那时的医疗条件下，有多少人能活到七十？人生苦短，仁政难期，劳动者能食肉的机会是少而又少的。至于更为困苦的游民，衣食尚且不足，他们对温饱的诉求就更为强烈。“成瓮吃酒，大块吃肉”，这对于不愁衣食的

文人士大夫来说不仅平淡无奇，而且可鄙可嗤，因为他们追求的是“食不厌精，脍不厌细”。然而，这却能给那些辗转于沟壑的游民以强烈的刺激。如果联想到“水浒”故事产生的背景——两宋之交的时候，中原经济受到战乱的严重破坏，粮食奇缺，饥人相食，就更会感到奔走江湖的游民的这种要求是很容易理解的。

这是从物质层面来说，实际上“酒、肉”本身还有精神层面的意义。“成瓮”“大块”的吃法就不是那些文质彬彬的文人士大夫和循规蹈矩的人们所敢问津的，它带有尚武之风，带有一股豪气，或者说蛮气，这正像鸿门宴上，樊哙在盾上切生彘肩而食一样，显示出那些敢于与主流社会抗争的人们的英雄气概。这样它不仅刺激了饥饿者的肠胃，而且也壮了那些畏葸退缩者的肝胆，鼓励那些缺少衣食的游民去挑战现实秩序，武装抗争，实现自己的追求。

《水浒传》的这股草莽气特别富于浪漫色彩，数百年中被这种追求所鼓动的游民和下层人士不知凡几。对于这一点，清末的梁启超有一段话说得很好：

> 今我国民绿林豪杰，遍地皆是，日日有桃园之拜，处处为梁山之盟，所谓“大碗酒、大块肉、分秤称金银、论套穿衣服”等思想，充塞于下等社会之脑中，遂成哥老、大刀等会，卒至有如义和团者起，沦陷京国，启招外戎，曰：惟小说之故。[①]

这段话说的主要就是《水浒传》。如果我们深入研究一下这些下层民众组织的内部文献，就可以发现他们从理想到组织、从观念

① 梁启超：《论小说与群治之关系》，转引自朱一玄、刘毓忱编《水浒传资料汇编》，百花文艺出版社 1981 年版。

到语言几乎都是借鉴《水浒传》的。

10. 仗义疏财与劫富济贫

仗义疏财只出现在前七十回，出现在游民挣扎奋斗的故事之中。儒家文化重义轻利的传统对于财货是主张有聚有散的。传说禹父鲧得知人们要反对自己，于是高筑城池，保护财货，而“禹知天下之叛也，乃坏城平池，散财物，焚甲兵，施之以德，海外宾伏，四夷纳职，合诸侯于涂山，执玉帛者万国”[①]，认为散财施惠，安抚四方，才能真正避免灾难。人们把这样做看作政治智慧。《说苑》中记载了晋文公的故事，也提到“财聚而不散，人将争之”这个命题，把不能散财看作灾难的根源。可是现实生活中聚财成为大多数人在财货问题上的选择，认为如此才能安家立身，有安全感。因此，散财或说疏财成了难能可贵的品质。而脱离了宗法网络、无依无靠的游民，需要别人帮助和扶持，更希望世间的有钱人都是能够散财的人。

《水浒传》是写游民的奋斗与理想的，书中毫无保留地歌颂仗义疏财是很自然的。为什么要加上“仗义”二字？这就明确地告诉人们，救济的对象应该是游荡江湖、朝不保夕的穷哥们。最被歌颂的三位仗义疏财者是晁盖、宋江、柴进。《水浒传》中第一次出现“仗义疏财”这四个字就是由作者出面表彰柴进，称他是“仗义疏财欺卓茂，招贤纳士胜田文”，把他比作汉代不与人计较利益的贤吏卓茂和战国慷慨纳士的孟尝君。柴进资助梁山山寨的初创，帮助林冲上梁山，宋江、晁盖、武松等许多梁山好汉都得过他的好处。所谓好处，说明确些就是银子。宋江更是这样，他走到哪里，银子便撒到哪里。

“仗义疏财”这四个字在书中除了作者评论外，多出于身处

---

① ［汉］刘安：《淮南子 · 原道训》，《诸子集成》本，上海书店出版社 1986 年版。

困境的游民之口。林冲报仇雪恨、火烧草料场之后，四处逃亡，又为柴进所救。他感谢柴进说："既蒙大官人仗义疏财，求借林冲些小盘缠，投奔他处栖身。异日不死，当效犬马之报。"此时，林冲已经从一个小军官彻底变为有罪案在身的游民；武松杀嫂之后，流放的路上，在十字坡黑店与张青夫妇谈起江湖，盛赞宋公明"仗义疏财，如此豪杰"；宋江初见李逵便给他十两银子，李逵感激不已，寻思道："难得宋江哥哥，又不曾和我深交，便借我十两银子。果然仗义疏财，名不虚传。"身在社会底层，为钱所困，才会对他人的仗义疏财特别敏感和特别感激。

"仗义疏财"这个词大约起源于元代民间，元杂剧屡有使用，如郑廷玉的《看钱奴买冤家债主》就有"如今那小的仗义疏财"的句子。元代的仗义疏财还没有什么特别深的含义，主要是指不吝啬，肯施舍，任何人都能用。经过《水浒传》的使用，仗义疏财有了特别的含义，带有江湖气和英雄气了。它是英雄好汉之间的惺惺相惜，又是他们之间的连接纽带。仗义疏财是江湖人崇仰的精神品质，哪个仗义疏财，经过江湖人的宣扬就会名满江湖，成为此人在江湖上行走的资本，手面特别大的就有可能成为江湖领袖。明中叶以后，通俗文艺作品中使用仗义疏财的逐渐增多，它逐渐成为标准甚至是优秀江湖人的标志。《说唐》中秦琼、单雄信在绿林中享有极高的声望就在于他们仗义疏财，也是这种品质奠定了他们在江湖上的领袖地位。就连不是写江湖生活的《儒林外史》，其中也有一回是《马纯上仗义疏财》，写马为了救蘧公孙的灭门之灾，在蘧公孙不知情的情况下，为朋友两肋插刀，花光了一年的束脩。这个"仗义疏财"为有点迂腐的马二先生也涂上了几分侠气、英雄气。

后世论及梁山好汉往往以"劫富济贫"评价其行为的正义性，其实他们根本没有做过以此为目的的事情。《水浒传》中写散财货于民众仅有三处。一是打破祝家庄之后，宋江本来要洗荡村坊，石秀陈述了祝家庄村民钟离老人帮助他的事迹，祝家庄才免遭洗荡，每家发了一石米；第二次是打下青州后，考虑到作战时烧了许多民房，“天明，计点在城百姓被火烧之家，给散粮米救济”，其他金帛米粮都装车运回梁山；三是打下大名府后，把“金银宝物、缎匹绫锦，都装载上车子”运回梁山，并打开粮仓，一部分运走，一部分给“满城百姓”。真正无条件分粮给百姓只有大名一次，可能还与大名距梁山太远，而粮食体积大、长途运输不便有关。因此很难说梁山以劫富济贫为宗旨，甚至这个词都没有在《水浒传》中出现过。劫富济贫这个词出现于明末，那时海上枭雄郑芝龙（郑成功之父）自称是“劫富施贫”。而且当时朝廷也承认，工科给事中颜继祖上言：“海盗郑芝龙生长于泉，聚徒数万，劫富施贫，民不畏官而畏盗。”[①]此后，如清代的通俗文学作品，特别是侠义小说中才较多用“劫富济贫”这个词。

为什么人们对《水浒传》有劫富济贫的印象，从而认为这个概念出自“水浒”呢？我以为这与《水浒传》屡屡讲到仗义疏财，而且往往在仗义疏财之后会说到“扶危济困”或“济困扶危”有关。张顺第一次见到宋江纳头便拜：“久闻大名，不想今日得会。多听的江湖上来往的人，说兄长清德，扶危济困，仗义疏财。”武松、石勇等好汉见到宋江时都在“仗义疏财”之后，加上“济困扶危”。疏财是肯花钱，扶危是接济贫困。这不是“损有余而补不足”吗？不过这是自愿的，并非“劫”的结果，劫富济贫与《水浒传》没有什么关系。

11. 话语的力量

《水浒传》所贡献的、又被后世广泛应用的造反者的话语体系除了上面罗列的“好汉”“义气”“聚义”“江湖”“上梁

---

① ［清］谷应泰：《明史纪事本末》卷七六，吉林出版集团 2005 年版。

山”“逼上梁山”“不义之财，取之何碍”“大碗吃酒，大块吃肉”“仗义疏财”及其衍生的“劫富济贫”，还包括“替天行道”“招安”等，但这两个词已经不是单纯的话语问题，涉及的太多，须专文述之。这些词语，就单个来看，似乎没有大逆不道之处，但它们组织结合在一起便构成了与主流社会抗争的话语系统。这些不仅意在说明造反有理，而且也在告诉造反者应付统治者的技巧和策略。这些话语既是他们对抗主流社会时的心理支撑，也是他们应付社会现实生活的手段。这一点也被统治阶级中的敏感者所发现，上面所引的明末左懋第“题本”就说《水浒传》一书：

> 以宋江为梁山啸聚之徒，其中以破城劫狱为能事，以杀人放火为豪举，日日破城劫狱，杀人放火，而日日讲招安，以为玩弄将士之口实。不但邪说乱世，以做贼为无伤，而如何聚众竖旗，如何破城劫狱，如何杀人放火，如何讲招安，明明开载，且预为逆贼策算矣。①

左懋第也看到这两个方面：一方面是造反者有了与官府朝廷对抗的手段与策略（明末统治者对此感受最为真切，张献忠就是用忽而接受招安，忽而反叛来捉弄镇压的明朝军队）；另一方面，“有强力而思不逞”的人们也被《水浒传》解除了精神束缚，使他们意识到对于既定的社会秩序反一下也没有什么了不起（梁山好汉不是已经这样做了吗？最后他们还都成了官员），从而大胆地走上造反的道路。

晚清四大“中兴名臣”之一的胡林翼说“一部《水浒》，教

① 转引自朱一玄、刘毓忱编《水浒传资料汇编》，百花文艺出版社 1981 年版。

坏天下强有力而思不逞之民”[①]。其实这只是问题的一个方面，它还以潜移默化的方式使主流社会的人们对那些铤而走险的抗争者产生几分理解。他们认识到这些造反者并非是不可理喻的人物。明末郑敷教的笔记中记载了他在黄河中遇盗的情况，群盗必欲杀之，但未得到首领的批准，郑敷教终被释放，他在笔记中感慨地写道：“余深感宋公明仁人大度也。”[②]这也是通过这一套话语系统实现的。强盗与被劫的一方有了共同的话语，就比较容易沟通了，不会因为误解而付出不必要的成本了。

当然，主流社会对《水浒传》这一套话语的接受程度也是不一样的。有的接受程度比较深一些，如“好汉”“义气”“江湖”等几乎各个阶层的人们都在用，甚至忘记了其原本意义；有的较浅，如“不义之财，取之何碍”“论秤分金银，异样穿绸缎”等，这大体上是在绿林人士中流传，其他如“聚义”“梁山”“逼上梁山”“替天行道”“招安”等介于二者之间。

话语不仅形成物质力量，影响着此后的社会运动，实际上它也是一种思想，《水浒传》的独特话语表达的是敢于通过武装力量争取自己利益的游民的思想。这种思想也应该在思想史上有它的一席之地。

---

① 转引自朱一玄、刘毓忱编《水浒传资料汇编》，百花文艺出版社 1981 年版。

② 同上。

皇恩大赦与《水浒传》

“大赦”和“赦免罪犯”这一类词语，人们已经很陌生了，因为在近三十多年中我们现实的政治生活没有了这类事件。最近一次赦免罪犯是在1975年3月17日特赦释放全部在押战争犯罪人共293名，距今已经三十多年。这是接近两代人的时间，四五十岁以下的人基本上没有听过“恩赦”“赦免”“大赦”这些词语了。

可是古代不是这样。“大赦天下”是个经常会出现的事情，中国自秦以来两千多年的历史中竟大赦1200多次，如果再加上曲赦（对特定地区放赦）、别赦（个别赦免）、减等、赎罪、德音（与减等相似，死刑改流刑，流刑改徒刑，徒、杖、笞则全部赦免）等减宽措施，绝不下于2000次[①]，平均每年一次，极其频繁，因此古代的社会小说中基本会提到大赦，《水浒传》也是这样。

鲁迅先生的短篇小说《风波》，其背景是宣统在辫子兵大帅张勋支持下所演出的一场复辟闹剧。小说中写到，当“皇帝坐了龙庭了”的消息传到绍兴邻近小村时，七斤嫂的第一个反应就是：“这可好了，这不是又要皇恩大赦了么！”“皇恩大赦”这个

---

① 闫凤娟：《赦免制度的法理分析》，南京师范大学硕士学位论文，2007年。

本属皇帝和朝廷的政治行为，可是连一个不识字的普通农妇也都理解，而且非常熟练地脱口而出，仿佛她多关心这件事似的。其实她家里并没有干犯王法而被通缉或在押于监狱的亲人，她的“关心”，只是一种习惯性的反应。在特定的时间里如果某件事频繁地重复出现，这就会在受众的心里形成一个“动力定型”。因为千百年来，皇帝登基都要大赦天下，不仅现实中如此做，而且通俗小说和通俗戏曲中也这样写、这样演，久而久之，就连大字不识的普通百姓也无不知道这个规律了，因此七斤嫂的这句无意之语，恰恰说明了“登基”与“大赦”长久地联系在一起，已经十分深入人心了。平民百姓也把它当作一件好事来欢迎，因为大赦不仅事关犯罪人员，就是普通百姓也会得到程度不同的好处，如减免租税等。

1. 赦罪溯源

犯了罪被发现而判刑，照道理说这是公义彰显、大快人心之事，为什么还要赦免那些罪有应得之人呢？这与惩罚是不是构成悖论了呢？不是，因为法律是文明社会的产物，在文明社会里对于犯罪惩治的目的，已经不是如原始社会中那样只是实行简单的报复。它是具有多种功能的、实现社会有效控制的一种惩戒机制，统治者逐渐懂得惩治罪犯不是为惩治而惩治，因此就有了与惩治相反的赦免。当然，不是一进入文明社会、一有法律，统治者马上就认识到这一点了，赦免制度并非是伴随着法律产生的。

宋仁宗嘉祐二年（1057）苏轼参加科举考试，主考官是大文学家欧阳修。苏轼的文章题目是《刑赏忠厚之至论》，其中有一小段：

> 《传》曰：“赏疑从与，所以广恩也；罚疑从去，所以慎刑也。”当尧之时，皋陶为士。将杀人，皋陶曰“杀之”

三，尧曰“宥之”三。故天下畏皋陶执法之坚，而乐尧用刑之宽。[①]

意思是说，古书有云：奖励如有可疑，应该从宽给予，以推广恩泽；如果惩罚有疑，则应除去，涉及惩罚一定要慎重。帝尧之世，皋陶做法官，每次用刑杀人，帝尧都赦免，皋陶三次要杀，帝尧赦免三次。所以天下人都害怕皋陶坚持执法的坚定，也感念、感谢帝尧的仁爱心怀。欧阳修特别欣赏这篇文章，把苏轼取为第二。本来欧阳修想取为第一，但他认为这样精彩的文章只有自己的学生曾巩能写得出来，为了避嫌，把它列在第二；可是开卷一看，原来是苏轼的，使考官大跌眼镜。欧阳修又有点困惑，不知“杀之三”“宥之三”之典出自何处。他一问苏轼，苏轼竟然回答说：“想当然耳！”这个回答很妙，一方面表现出苏轼的才情豪放；另一方面，真的是想当然，那时不可能有“杀之三”“宥之三”的做法出现，苏轼深信尧舜不过是儒家为了宣传仁政而制造出来的集仁孝于一身的偶像。

尧舜属于传说时代，如果用现代史观的分法则是氏族社会晚期。当时虽然有了不成文法，也可能有了法官审判（大多为巫师）。那时还是蒙昧时期，人们对神的信仰代替了对现实的理性分析与判断。审案、判断是非曲直还是靠神兽——獬豸，传说此兽独角，善于分别曲直，见有人争，它就用角顶没有道理的一方，法官据此做出判断，谁有罪，谁无罪。在这样的时代，惩罚主要的目的是对犯罪人的报复，或许再加上“以儆效尤”，当法律还处在实现如此简单目的的时期，怎么会有赦免的出现呢？苏轼为了夸张帝尧的仁爱，造出这个“杀之三”“宥之三”的典故，

① ［北宋］苏轼撰；［明］茅维编；孔凡礼点校：《苏轼文集》第一册卷二，中华书局1986年版。

自然是“想当然耳”。

然而它又不是完全的想当然，先秦文献确实记载过“三宥”在处理案件中实施的过程。比如《礼记·文王世子》：

> 公族无宫刑。狱成，有司谳于公。其死罪，则曰某之罪在大辟；其刑罪，则曰某之罪在小辟。公曰：“宥之。”有司又曰：“在辟。”公又曰：“宥之。”有司又曰：“在辟。”及三宥，不对，走出，致刑于甸人。公又使人追之，曰：“虽然，必赦之。”有司对曰：“无及也！”①

这有些像演戏，但不是表演统治者对所有民众的“宽仁”，而是表演统治者对有宗族血缘关系的犯罪人的亲情。公族（王族）成员犯了死罪，法官把结案的文件给周王看，周王说赦免他们吧，法官说有法律条文在。经过三次求情，法官把犯人送往刑场了，周王又派人追出来求情，法官说已经执行了，来不及了。《文王世子》实际上是从血缘亲情角度阐释周天子尽管应该按法律办事，但同时也应该对五服之内的同族保持一份亲情，因此在对这些亲族执行法律时应该有这“三宥”的仪式。

《周礼》中在记载“司刺”这一官职的功能时说他“掌三刺三宥三赦之法”。所谓“三宥”是对“不识”（没有辨别能力）、“过失”（疏忽大意）、“遗忘”这三种情况的犯罪，按照“三宥”原则实行宽大处理。所谓“三赦”是对于未成年人（幼弱）、七十以上老人（老耄）、智障人（蠢愚）的犯罪，按照“三赦”原则免除其罪。这种制度性规定，只是表明周代对于司法和执法的重视和慎重，以期少制造冤案，与后世皇帝的恩赦还不是一回事。但从这些规定也可见周朝为政注重宽恕的倾向。

---

① ［清］阮元：《十三经注疏·礼记正义》卷二〇，中华书局1980年影印本。

君主对于犯罪人的恩赦也确实是起源于周代。《易经·解卦》中就有“君子以赦过宥罪”的象辞，说明当时已经有了“赦过宥罪”的现象。《逸周书·寤儆》也有“赦有罪，怀庶有，兹封福”的句子。周公告诫周王说：“作为君王要常常宽恕赦免罪人，关心百姓的幸福。”当然这不是周公一人的意见，它反映了周民族关爱生命、关注民命的传统。

商周两朝相接，商周两个民族共存了相当长的一段时间，但商周有着截然不同的传统。王国维总结了四条，“尊尊，亲亲，贤贤，男女有别”，其实更重要的一条王氏没有说，就是对待生命的态度。商人重鬼神，漠视民命；周族重视人，关注生命。从现在考古发掘来看，殷人墓多有殉葬，从甲骨卜辞记载来看，有关人殉的有2000多条，有一次人殉高达500人，这简直就是一场大屠杀。在安阳武官村北殷王陵考古发掘中，发现的祭祀场中人殉有1178具。[①]而周族与此相反，不仅在《周礼》等经典记载中没有用人殉的，就是考古发掘中也很少见到。不管历史学家如何解释这种现象，这个事实说明周人重视生命，不草菅人命。孔子是殷人后裔，可是他继承的是周文化，儒家的仁学是基于同类意识的觉醒和对生命的尊重，并由此引申出爱人、尊重人的主张。这都是对周文化的继承和发展。因此，对罪犯赦免的意识和实践，产生于周代并被后世儒家弘扬是不奇怪的。

儒家主张“以德治国”，因而孔子在治国上主张“道之以政，齐之以刑，民免而无耻；道之以德，齐之以礼，有耻且格”。孔子不主张为建立和维持秩序而使用过多的暴力，最好是启发人们的自觉意识。他不赞同法治，也与当时“法”的重点在于“罚”、在于“刑”有关。而且这个刑罚基本上又是身体刑，如五刑：墨（刺字涂墨）、劓（割鼻子）、刖（砍脚）、宫（毁坏生殖器）、大

---

① 中国国家博物馆编：《文物夏商周史》，中华书局2009年版。

辟（死刑），都是摧残犯人肢体或取其性命的，极为残忍。但刑罚又不可避免，而且已经成为社会现实，甚至闹得踊贵屦贱（踊是被处以刖刑的人穿的鞋子，屦是正常人的鞋子）。于是，儒家设想理想的尧舜时期，这些残酷的身体刑都是象征性的“象刑”。此时的五刑“以幪巾当墨（以头巾蒙面替代墨刑），以草缨当劓（在冠上加草带以代劓刑），以菲履当刖（以穿草鞋替代刖刑），以艾韠[bì]当宫（韠，蔽膝。割去罪人之韠以代替宫刑），布衣无领当大辟（以穿没有领子的麻布衣服替代死刑）”。这段记载虽然来自被后人视为法家的慎到所撰的《慎子》，但其所反映的思想意识却是儒家的，因为这是儒家的不以暴力建立、维持、调整社会秩序思想发展的必然结果。因此，儒家特别是强调仁政、性善的一派（传世的主要是思孟学派）力主和支持最高统治者建立制度性的恩赦。

2. 为什么要恩赦

1）济法律之穷

迄今为止，在历史上实行过的管理和控制社会的诸多手段中还是以“法治”较为省力、较为公正，弊病也较少。然而这不是说法治没有它的局限、盲点，甚至它的优长之处有时也会产生弊害。例如，古今法律虽然千差万别，但如果它是良法，就有个共同点，那就是普适性原则，或说是法律的齐整划一性，而且不论什么人和在什么情况下都用这一把尺子衡量，实现“王子犯法，与庶民同罪”（完全做到只是幻想，但法治搞得越好，可以越趋近这一点）。然而生活现实是多种多样的，法律再细，也细不过生活现实。这样往往同样的罪行由于犯罪主体不同、社会条件不同，对于社会的危害与其可恶的程度可能会有天壤之别。孔子反对铸刑鼎，在儒家看来，是孔子看到了生活的复杂性，例如“共犯一法，情有浅深，或轻而难原，或重而可恕”“于小罪之间，或情有大恶……于大罪之间，或情有可恕”。犯的法一样，其情节有轻重，有的很轻，如果动机极邪恶，也不可原谅；有的情节虽重，但无犯罪的主观动机，也可原谅。没铸刑鼎，这些都可以由法官心裁，把成文法公布出去，法官裁量的自主权没了。孔子反对法律公开化虽然有悖于历史的进步，但他的担心不是毫无道理。世间既有不少善于钻法律空子的人，也会有被人诱入法律彀中憨直的人（林冲误闯白虎节堂就是被诱犯罪）。按律执法，固然应该，但也应该承认这是法律的死角，必要时就应通过赦宥以“济法律之穷”。

另外，从社会学角度来看，没有一个社会的法律是完全公正无瑕的。法律的制定与执行也很难做到完全公正，统治者总会把维护自己利益的条款塞进法律之中，恶法也常常会出现。这样，所谓犯罪之后受到法律惩处不一定是社会公义的实现，反而可能是对社会公义的践踏。因此，赦免，特别是对特定犯罪的“特赦”（如政治犯）有益于社会的整合及避免司法和执法过程中的非公正现象给社会带来更多伤害。这也是法律难以解决问题，用政治手段（赦免）来解决的一例。

2）启发社会的善性

恩赦虽然是最高统治者发出的，但它体现了社会的慈悲意识。宽恕犯错误的人、饶恕罪人是世界上各大宗教都包含的内容，虽然宽恕的出发点有所不同。现代伦理学也多认为，慈悲、怜悯、宽恕等美德都是凝聚社会的力量，有助于实现社会的和谐。当然，慈悲、宽恕不是无条件的，也不是无度的，一味地宽恕不仅会伤害被罪犯侵权的主体，而且对于守法公民也是不公正的。因此，恩赦也要有度，对于一些惯犯和犯有人神共愤罪行的人在宽赦中就要慎重。

儒家的慈悲意识和仁爱意识都是站在宗法立场上推己及人的。著名的“盗弄潢池”的典故就是一例。汉宣帝派龚遂为“盗贼并起”的渤海郡的太守，皇帝问龚如何打击这些罪犯，“息其盗贼”，龚遂回答说，渤海边远，得不到朝廷的好处与教化，老百姓迫于饥寒，官吏又只知道打压，所以皇帝的赤子才盗用了皇帝的兵器舞弄起来。于是皇帝要求宰相暂时不要按照现行的法律条文处理渤海郡的事情，许可龚遂暂时可以便宜行事。实际上这就是赦免过去渤海郡民众一切犯法行为，重新开始。龚遂到了渤海郡之后也是对过去一概不问，“悉罢逐捕盗贼吏。诸持锄钩田器者皆为良民，吏毋得问”。在一郡内，实行大赦政策，开仓放粮，资助贫困，果然，老百姓积极响应，放下武器，卖剑买牛。从此渤海郡安定下来，老百姓过上安定生活，龚遂也成为历史上循吏的典型。这是儒家思想的体现。儒家对待犯罪及刑狱政策的基础是把天下视为一体，大家血脉相连，人民都是皇帝的子民，子民犯了罪，皇帝及其派出的官吏也有责任，因而在惩处犯罪上就要慎重，仿佛对待家中犯了错误的子弟一样。因此，龚遂对待渤海郡造反者和盗贼时在政策上的宽恕和赦免，既充满了人情味，也表现出他对现实法律和执法的反思。

3）协调上下关系，营造亲善和谐的社会氛围

社会中统治者与被统治者之间总是存在张力的，人们认识统治者总是从限制他们、管制他们这个角度来看的。宋代有本讲命相学的书，名为《滴天髓》，其“六亲论”中，清代任铁樵为之作注说：“夫官者，管也。朝廷设官，官治万民，则不敢妄为，循守规矩。家庭必尊长为管，出入动作，皆遵祖父训是也。不服官府之治者，则为逆子。”这是民间对于官民关系的理解。当然，统治者认为保持这种张力有必要，但不能太过，所以有“一张一弛，文武之道”之说。“弛”包括的面很广，恩赦就是其中之一。古代皇帝放赦，往往还会伴随赏赐给官人爵位、加阶，减免百姓赋税徭役，甚至蠲免民间公私债务，等等。在实现恩赦时，往往还要举行仪式，使得官民上下皆知，造成一种万善皆出于皇帝的

喜庆氛围。七斤嫂一听皇帝登基，脱口而出就是“这可好了”，就与这种喜庆氛围的熏陶有关。皇帝在大赦的诏书里往往要写上“与民更始”，这就否定了此前的社会各阶层之间的紧张关系，要与广大民众重新建立和谐亲善的社会关系，开辟一个新时代。

当然在中国古代皇权专制制度统治下，恩赦只是体现了皇权专制的另一面，就其本质来说还是巩固皇权专制的。

3. 恩赦中最高等级——大赦天下

宋代既是专制制度发展得比较完备的时代，也是历代王朝中统治相对宽松的一朝。说它宽松主要是讲在统治手段上，善于运用专制统治中比较柔软的一面。例如，在严刑峻法中宋代统治者还很关注对赦免的运用。美国汉学家马伯良在他的《宋代的法律与秩序》一书中说：“特赦在宋代施行之广泛，远过于中国的任何朝代。它被认为是一种能够有效地感召罪犯，使其改过自新以回馈帝国之仁政的手段。”两宋享国三百余年，各种赦免活动近千次，而且常常有“常赦所不原者，咸赦除之”的大赦，这等于向所有的犯罪人员放赦。

皇恩大赦是所有赦免中最高级的，它往往是与开国、新皇帝继位、换年号、立太子、立皇后、平定叛乱等大庆联系在一起的。大赦表示与民更始和举国欢庆之意。大赦的第一步是皇帝下大赦诏，此后一切活动都由此展开。这里以《太祖即位赦天下制》为例做些分析，看看最高级的赦免能达到什么程度，其赦免的范围有多大。赵匡胤取后周自代，建立了新朝，国号宋，年号建隆。他在元年（960）正月初五日登基，大赦天下。下面就是即位恩赦天下的诏书：

> 门下：朕以五运推移，上帝于焉眷命；三灵改卜，王者所以膺图。朕起自侧微，备尝艰险。当周邦草昧，从二帝以

徂征；洎虞舜陟方，翊嗣君而纂位。但罄一心而事上，敢期百姓之与能？属以敌国侵疆，边民罹苦，朕长驱禁旅，往靖边尘。鼓旗才出于国门，将校共推于天命。追回京阙，欣戴眇躬，幼主以历数有归，寻行禅让。兆庶不可以无主，万几不可以旷时，勉徇群心，以登大宝。昔汤、武革命，发大号以顺人；唐、汉开基，因始封而建国。宜国号大宋，改周显德七年为建隆元年。乘时抚运，既协于歌谣；及物推恩，宜周于华夏。可大赦天下，应正月五日昧爽以前，天下罪人所犯罪已结正、未结正、已发觉、未发觉、罪无轻重、常赦所不原者，咸赦除之。应贬降责授及勒停等官，并与恩泽。诸配徒役男子女人等，并放逐便。其内外马步兵士，各与等第优给。诸军内有请分料钱者，特与加等第添给。中外见任前任职官，并与加恩。文武升朝官、内诸司使、副使、禁军都指挥使以上及诸道行军司马、节度副使、藩方马步军都指挥使，应父母妻未有官及未曾叙封者，并与恩泽；亡父母未曾封赠者，并与封赠。诸处逃亡军都限赦到百日内，仰于所在陈首，并与放罪，依旧军分收管。如出百日不来自首者，复罪如初。念彼愚民或行奸盗，属兹解网，咸许自新。诸军有草寇处，仰所在州府及巡检使臣晓谕招唤，若愿在军食粮者并与衣粮，如愿归农者亦听取便。于戏！革故鼎新，皇祚初膺于景命；变家为国，鸿恩宜被于寰区。更赖将相公王，同心协力，共裨寡昧，以致隆平。凡百军民，深体朕意。

这篇比较典型的大赦天下的诏书保存在《宋朝事实》卷二。先对诏书做些解释。“门下”即门下省，它是皇帝发出诏令的机关，并负责审查诏令，签署章奏。从这里一直到“建隆元年”都是叙述宋朝建立的过程，宋太祖言自己出身寒微，跟着周朝二帝（郭威、柴荣）打天下，不料天数有变，陈桥驿黄袍加身，开创了新朝。自己是“乘时抚运”，但不能一人独享，应该懂得推己及人，使天下都得到恩惠，因此要“大赦天下”。以下除了最后（“于戏”之下）号召上下一心，同心协力以致太平外，都是讲大赦操作中的技术问题的。

第一是时限：正月初五昧爽以前。昧爽就是天刚刚亮，鸡叫的时候。在此以前所有触犯法律的罪行及其由此应受的责罚，统统消失了，不存在了。

第二是赦免的对象：“已结正”指已经审结完毕、定案判刑的；“未结正”指已经被抓起来，正在狱中关着，尚未审理完毕者。“已发觉”指已经犯了罪，被发现了，但犯人在逃，未能归案。《水浒传》中负案在逃的例子太多了，如生辰纲案子破了，官府侦查到罪犯是谁，也知道这一伙上了梁山，但抓不来；武松血溅鸳鸯楼之后，大小人命十九条，而且留下自己的姓名，但他跑了，官府连他去了哪里也不知道，当然也就更抓不来。这些都属于“已发觉”的。“未发觉”指有人犯了罪，但官府不知是谁干的。梁山好汉讲究好汉做事好汉当，不做神不知鬼不觉的事情，所以《水浒传》中很少有这样的例子。智取生辰纲之后，缉捕使臣何涛尚未侦查出是谁干的之时，可算“未发觉”的。

第三是赦免的程度：“罪无轻重、常赦所不原者，咸赦除之。”这一条最重要，这也就是无论罪大小，包括那些平常赦免所不能原谅的罪行，这些一律赦免。换句话说，此时牢门大开，把所有在押犯统统释放，使得囹圄一空。当时监狱关的主要是“未结正”的犯人，此诏书一下，他们就可回家了。

第四是对于犯案后的在逃人员：赦免也包括这些人，他们的罪行也没有了，但前提是限在一百天内自首。“诸处逃亡军都限赦到百日内，仰于所在陈首，并与放罪，依旧军分收管。如出百日不来自首者，复罪如初。念彼愚民或行奸盗，属兹解网，咸许自新。诸军有草寇处，仰所在州府及巡检使臣晓谕招唤，若愿在军食粮者并与衣粮，如愿归农者亦听取便。”在逃人员中大概最多的就是逃兵了。这在当时是重罪，抓回来，一般都是斩首示众。此诏中讲明，百日内归来即可免罪，即使在逃亡中有新的犯罪，即使犯了“奸盗”一类的大罪，也许可自新。如果落草为寇了，只要回到主流社会，也可以从军，也可以为民，当兵给予粮饷衣服，愿意为农也提供方便。

第五，读者可能更关心的是那些判死刑的、罪行特别严重的，比如聚众造反、土匪强盗、强奸杀人等重罪是否会被赦免呢？诏书没有说，但这一点我们对比另一些诏书就可以看得很清楚。宣和七年（1125）宋徽宗因为对付不了金人入侵让位给他儿子宋钦宗，大赦天下的诏书中就写道：“赦书到日，昧爽以前，罪人除谋反（造反）、谋大逆（毁坏皇帝宗庙、宫室、坟墓等）、谋叛（叛国）、恶逆（殴打或残杀父母、祖父母等）不赦，其余罪无轻重，已发觉、未发觉，已结正、未结正、常赦所不原者，咸赦除之。”而宋太祖的诏书没有“除”某些“不赦”这个限制，自然是全部释放，没有例外。不过《宋刑统》中规定因杀人而定死罪者，大赦之后，要从家乡迁移。其第十八卷为此专设一条“杀人移乡”。其中云：“诸杀人应死会赦免者，移乡千里外。”这也算一种惩罚吧，虽然移乡的目的，是怕被杀者亲属复仇，两家陷入冤冤相报之中。《水浒传》中的李逵最初也是因为在家乡“打死了人，逃走出来”。戴宗说他“虽遇赦宥，流落在此江州，不曾还乡”。这可能与限制被大赦的、有人命官司的犯人回乡有关。

第六，“常赦所不原者”是什么意思？这是古代赦免诏书中常用的术语，也称“常赦所不免者”。常赦就是一般的赦免，“不原”和“不免”是一个意思，即不原谅、不赦免。在一般赦免中不能原谅的罪行有哪些呢？首先是“十恶”，所谓“十恶不赦”的成语就源于此。“十恶”除了上面说的“谋反”“谋大逆”“谋叛”“恶逆”四条外，还有“不道”（杀一家非死罪者三人、肢解人等）、“大不敬”（盗重要祭祀用物、盗皇帝用物）、“不孝”、“不睦”（谋杀近亲、殴打丈夫）、“不义”（杀府主、地方官员、受业师等）、“内乱”（族内通奸）。“十恶”属于情节恶劣，并非都是重罪，例如殴打丈夫属于“不睦”，但只判徒刑一年。当时认为这些罪都是人神共愤、情节恶劣的，因此一般赦免都不包括犯这些罪的人。另外，故杀、谋杀、劫杀和官员犯罪中的“官典犯赃”（主要指监守自盗、受财枉法等）都属于既重又恶劣的罪行，这些也都是一般赦免所不宽赦的。“常赦所不原”主要指这些。因此大赦诏书如果不写“常赦所不原”，只说“罪无轻重，咸赦除之”，那么这次赦免就不是牢门大开，犯“十恶”等罪的人，还要继续服刑。而这次宋太祖建隆元年（960年）诏书写的是“罪无轻重，常赦所不原者，咸赦除之”，这就是皆大欢喜了。

上面都是对老百姓的。对于官员，大赦更要考虑，要降职左迁的也一律停止，遭贬而远离京城的也逐渐向中原“量移”。犯罪官员虽然也会像一般罪犯得到赦免，但被“除名”（褫夺官员的身份）这一处分是不能免的。也就是犯罪官员遇赦也不会官复原职。

大赦天下的诏书中当然还少不了施恩泽的许愿，特别是对官员与军队。主要还是三项，提升官级、多发补贴和封赠（封赠官员已死和活着的亲属），这最后一条是精神性的，不过也很管用。对于老百姓最实惠的也就是蠲免租税，有的甚至连私债也一并放停（宋以前很多，宋代渐少，也偶见）。这便是慷他人之慨了。

《水浒传》中也写到了这种大赦，如第二回写到“后来哲宗天子因拜南郊，感得风调雨顺，放宽恩大赦天下”。宋代的“南郊”不是一般的郊祭，它合祭天地，是个极隆重的祭祀大典，三年一祭，每次祭祀之后，一般都要大赦天下。《水浒传》写到宋哲宗郊祭之后，发布大赦天下的圣旨。被开封府尹断了四十脊杖，然后“迭配出界发放”的高俅正住在淮西临淮州。他也由此得到了“赦宥”，可以回东京了。宋哲宗在位期间曾两度在南郊合祭天地，一是元祐七年（1092），一是元符元年（1098），这两次都颁布了大赦天下的诏书。

4．皇恩大赦典礼

宋朝大赦虽多，但每一次都郑重其事，要举行盛大的仪式，并夹杂有杂技表演，以吸引观看，仿佛在过狂欢节。这些在《东京梦华录》《宋朝事实》《武林旧事》《宋史》《齐东野语》等书中都有详尽的记载，这里参照诸书记载，描述一下南宋大赦仪式的实况。

大赦那一天，皇帝要亲临皇宫正门丽正门（北宋时首都在汴京则为宣德门）的御楼，教坊奏乐引导，艺人们朗诵表达欢庆的韵语。御驾至，进入御幄，做行礼的准备，礼官进“中严外辨”牌子，礼仪正式开始。御药高唱“卷帘”，鸣鞭，钟磬齐鸣，皇帝出幄，帘卷扇开，诸臣罗拜，分班站立。中书令宣布：“有圣旨下，树立金鸡。”象征着皇恩大赦、高达数丈的金鸡竿子在御楼东南角竖立起来。金鸡竿子一树起来，杂技艺人从竿子四面悬垂下的四根绳子争相攀缘而上，夺取金鸡口中衔着书写有“皇帝万岁”的红幡子。先到竿顶、抢夺到金鸡嘴里红幡子者高呼“万岁”，全场欢声雷动。此时装扮成为仙人童子的官员再乘木鹤捧着圣旨从城楼上缘绳滑下，把圣旨放在香案之上。太常寺的官员擂起大鼓，在鼓声中，他们把香案捧到御楼前广场的中心。主持仪式的知阁朗声高呼：“把圣旨宣付给三省。”副宰相参知政事代表“三省”下跪接旨，再交给阁门提点将圣旨拆开，然后由起居舍人接过圣旨，站在宣旨台上，高声诵读。当读到“咸赦除之”之时，待赦的犯人早已经集合在广场上，穿戴光鲜、帽簪鲜花的狱吏马上给犯人解脱枷锁，罪囚获释，他们“三呼万岁，歌呼而出”。圣旨宣读完毕，舍人捧大赦诏书授给宰相，宰相转授予刑部尚书，尚书授刑房录事（以备抄写转发），又传皇帝有圣旨，宰相领众官跪拜，知阁传皇帝答语云：“这是普天同庆的大事，我与诸位爱卿共同庆祝。”大家又跪拜如前。此时中书令奏“礼毕”，扇合帘降，乐止。皇帝回宫，礼部郎中宣布解严。全部礼仪结束。

仪式之后，各地驻首都办事处的官员都在等候取旨。办事处“各有递铺（驿站）腰铃黄旗者数人，俟宣赦讫，即先发太平州、万州、寿春府，取‘太平万寿’之语。以次俱发铃声，满道都人竞观”。这样，大赦信息很快传遍全国。

参加皇恩大赦仪式的人皆披彩簪花，姜夔有诗云：“六军文武浩如云，花簇头冠样样新。惟有至尊浑不戴，尽将春色赐群臣。”这种仪式不仅有官员、胥吏及各方面有关人员参加，老百姓也可以随意观看。所以皇恩大赦就带有狂欢节性质，如当时诗人所写“凤书乍脱金鸡口，一派欢声下九天”“不知后面花多少，但见红云冉冉来”。民众的参与放大了皇恩大赦的效应，使得许多触犯刑律的人对它充满了期待。

5.《水浒传》与赦免制度

如果议论《水浒传》不谈赦免制度，这就很难理解小说后半截的故事为什么那样写，也很难读懂许多梁山好汉喁喁望赦的心态，总之不懂这个制度就难以理解生活和人物性格的复杂性。

《水浒传》是写江湖人生活与奋斗的。江湖人脱离了主流社会，游荡于合法与非法边缘。他们十分容易触犯刑网，或是被人和形势所逼迫，或是被恶势力所陷害，也有为了生存和发展有意去触犯的。当他们一旦成为在押的犯人或逃逸者的时候，他们最迫切的期待就是皇恩大赦，特别是那些与主流社会有着千丝万缕联系的江湖人。

1）对于个人犯罪的赦免

梁山泊中聚拢了成千上万的江湖人，许多江湖人是个人触犯了法律，成为罪犯从而堕入江湖的。宋江杀阎婆惜以后，成为逃匿的罪犯，虽然他在杀惜之前就已经游走在江湖边缘，可是一旦江湖就在眼前时，他犹豫了，留恋家庭，心系老父，希望能够遇到大赦，免除或减轻罪责，回到主流社会。他从家中逃脱之前，与父亲兄弟商议："今番不是朱仝相觑，须吃官司。此恩不可忘报。如今我和兄弟两个，且去逃难。天可怜见，若遇宽恩大赦，那时回来父子相见，安家乐业。"可见犯了法的人是把皇恩大赦当作自己回归主流社会的机会来期待的。不仅这等较为平常的刑事案案犯，就是被奸佞陷害的林冲也有这种幻想。林冲本着对青春年少的妻子负责的态度，被发配之前，给妻子写了一封休书，任凭她改嫁他人，重建家庭。林娘子"一时哭倒，声绝在地"。林冲岳父张教头安慰他说："你顾前程去，挣扎回来厮见。你的老小，我明日便取回去养在家里，待你回来完聚。"所谓"挣扎回来"，也就是期待国家有喜庆，只要一有赦免，大多发配犯人就可以回原籍。

宋江犯的是杀人罪，一般的赦免不可能把他的罪行一笔勾销，也只是"减等"（减轻处分的等级）。宋江在柴进家、孔家庄躲避一时之后，在清风寨被陷害，宋江不得已投入了武装造反集团，并把队伍带往梁山。这是个比杀阎婆惜严重百倍的罪行，庆幸的是官府还不知道，尚未就此通缉宋江。在前往梁山的路上传来父亲去世的谎信，宋江连夜赶回家乡，到村口碰见张社长（居民基层组织的头头），张社长一开口就是"且喜官事已遇赦了，必是减罪了"。当然，张社长还不知道宋江的"新科"。只是根据他的阎婆惜一案，认为他可以不必抵偿了。宋江到家后，县里的公差来抓他，父亲急得向公差求情，宋江对父亲说："明日便吃官司也不妨。已经赦宥的事了，必当减罪。"果然宋江被捕之后，郓城县知县时文彬原本对宋江很好，此时有意开脱宋江，把"故意杀人"定为"误杀"，即宋江自供所云："典赡到阎婆惜为妾。

为因不良，一时恃酒争论斗殴，致被误杀身死。”时文彬“依准了供状”，以犯人所供为审定底案。宋朝县一级没有处理人命案的权力，县官审定后要解往州府衙门定案，郓城县属于济州，因此，由县里做成文案，“待六十日限满，结解上济州听断。本州府尹看了申解情由，赦前恩宥之事，已成减罪。拟定得罪犯，将宋江脊杖二十，刺配江州牢城”。州府掌握着判决权，府尹看了郓城的审定文案，又考虑到这些罪都是犯在大赦之前，于是减等处理，发配到江州。

也有罪大自知一般的恩赦是难以赦免的。第三十二回，宋江邀请武松与他一起去清风寨投奔花荣，此时身负十九条人命血案（血溅鸳鸯楼十五条，飞云浦四条）的武松，感到自己与宋江不同，宋江只是杀了一个阎婆惜，他说：“哥哥，怕不是好情分，带携兄弟投那里去住几时。只是武松做下的罪犯至重，遇赦不宥。因此发心只是投二龙山落草避难，亦且我又做了头陀，难以和哥哥同往，路上被人设疑。便是跟着哥哥去，倘或有些决撒了，须连累了哥哥。便是哥哥与兄弟同死同生，也须累及了花荣山寨不好。只是由兄弟投二龙山去了罢。天可怜见，异日不死，受了招安，那时却来寻访哥哥未迟！”武松练达人情，怕自己给宋江、花荣等找麻烦，因为自己罪重，不是一般恩赦能够赦免的。实际上也是如此，当皇朝有特大喜事、颁发赦令时，往往要加上一句“常赦所不原者，咸赦除之”。武松这个案子就是“常赦所不原”的，非得有极大的喜事，或者专为他或他所属的一伙所发的特赦，招安也就是这个特赦的前提。

也有本是集团犯罪，然而冒充个人犯罪的。比如浪子燕青，本来也是梁山人，但他在汴京联系招安时，在李师师家巧遇宋徽宗，皇帝面前他自称是李师师的弟弟，把自己从梁山集团中摘出，请求宋徽宗对他单独赦免。

燕青奏道："臣自幼飘泊江湖，流落山东，跟随客商，路经梁山泊过，致被劫掳上山，一住三年。今日方得脱身逃命，走回京师。虽然见的姐姐，则是不敢上街行走。倘或有人认得，通与做公的，此时如何分说？"李师师便奏道："我兄弟心中，只有此苦，望陛下做主则个！"天子笑道："此事至容易！你是李行首兄弟，谁敢拿你！"燕青以目送情与李师师。李师师撒娇撒痴，奏天子道："我只要陛下亲书一道赦书，赦免我兄弟，他才放心。"天子云："又无御宝在此，如何写的？"李师师又奏道："陛下亲书御笔，便强似玉宝天符。救济兄弟做的护身符时，也是贱人遭际圣时。"天子被逼不过，只得命取纸笔。奶子随即捧过文房四宝，燕青磨的墨浓，李师师递过紫毫象管，天子拂开花笺黄纸，横内大书一行。临写，又问燕青道："寡人忘卿姓氏。"燕青道："男女唤做燕青。"天子便写御书道云："神霄玉府真主宣和羽士虚靖道君皇帝，特赦燕青本身一应无罪，诸司不许拿问。"下面押个御书花字。燕青再拜，叩头受命。

其实这样的事情只能在小说中出现，现实生活中皇帝也要受到很多制度的约束，哪能如此随意？宋徽宗与李师师的浪漫故事多是带有文学色彩的传说。作者写这个情节意在突出燕青这个小精灵随机应变的能力和在安排个人出处问题上的精明能干、有远见，也反映了宋徽宗的颟顸昏庸。梁山好汉被招安后，征讨方腊取胜，许多人战死，部分人得官。卢俊义作为梁山第二把手，立有大功，希望能够封妻荫子，衣锦还乡。燕青劝卢要懂得和拿准"进退存亡之机"，功成身退，否则不免鸟尽弓藏之祸。卢俊义不信，认为自己忠诚于皇帝，不会有韩信的下场。燕青见微知著，怀揣赦书，"当夜收拾了一担金珠宝贝挑着，径不知投何处去了"。他早就想到了远走高飞这步棋，早求赦书就是为这步棋着的眼。因此后人赞美他：“雁序分飞自可惊，纳还官诰不求荣。身边自有君王赦，洒脱风尘过此生。”

2）对于集团犯罪的赦免

《水浒传》中描写个人触犯刑网之后，强烈期待皇恩大赦，以使自己免受刑事处分，这种对赦罪的期待是被动的，希望有朝一日，喜从天降；然而梁山这个造反集团则不一样，他们充分调动和运用自己的能量去创造条件，要求最高统治者对他们尽快实施赦免，进行招安。

所谓的招安，前提是赦免，只有赦免了其罪恶，才有“招而使之安”的进一步安排。但这个赦免是对某个集团或对某个特殊案例的赦免，是一种特别赦免，历史上称为“别赦”，与特赦类似。从历史真实来看，对于武装造反或叛乱，宋代统治者也常采取招安政策，招安时，先必有赦。宋仁宗时保州兵变，皇帝派太监武继隆携带着赦书去招安。结果还是互不信任，没有完全达成协议。

梁山一百零八将中很少有人觉得自己干的是正义的事业，于天、于地、于人，无所愧疚，不需要社会原谅和法律赦免的，包括那些不赞成招安的人士，如武松、鲁智深等。我们读《水浒传》都会感受到从头至尾都充满了一种不安全感和焦虑，梁山好汉在临近下海落草之前，许多人有个犹豫再三的过程。在少华山山大王神机军师朱武劝他落草于此做寨主时，史进回答说：“我是个清白好汉，如何肯把父母遗体来点污了？你劝我落草，再也休题。”后来的杨志、秦明、宋江等都有过类似的担心。不排除他们对于自由自在、“大碗吃酒，大块吃肉”粗豪而浪漫的生活可能有些羡慕，然而他们更懂得下海容易上岸难。一旦落草为寇，除了缺少安全感外，也看不到人生价值之所在。此时，他们又要算计如何回归主流社会了。第七十一回刚刚排完座次，梁山泊正处于高峰时期，九九重阳，梁山好汉欢聚一堂，饮酒作乐，宋江醉酒之后，填了首《满江红》，其中就有“望天王降诏早招安，心方足”的句子。虽然当场有人反对，但这确实反映了大多梁山好汉的一种期待，这就是皇恩大赦。久占山寨，不是个了局。无论古代还是近世的绿林都像演艺界一样是养小不养老的，不会像武侠小说《鹰爪王》中凤尾帮那样，给年华老去的帮会成员搞个养老堂，让他们在那里安度晚年。用个不很恰当的比喻，绿林中人也与沦落风尘的女子一样，没有不想从良的。谁能把山寨生活作为终生的追求目标呢？照一些盲目赞美“农民起义”的史学家所责备的，为什么不反皇帝，把旧王朝推倒重来呢？他们似乎不懂得改朝换代是需要诸多条件的，不是任何时候底层社会的造反活动都把推翻旧王朝作为目的来追求的，何况像梁山泊这样由抢劫集团发展成的造反集团呢，这种集团在先天上就是以经济诉求为主的。

3）梁山好汉被赦免

梁山好汉不仅在打仗上有一套，在与最高统治者的沟通上也有很强的能力。《水浒传》中的造反者在其一帆风顺之时追着统治者积极主动要求赦免与招安，这是很少见的，这不仅仅是由价值观所决定的，也说明他们对梁山前途有清醒的判断。

古代社会统治者的合法性除了天命以外，还有一条就是宗法社会的亲情。儒家把天下视为一家，皇帝就是大家长，所以又称“君父”，老百姓称为“子民”。这一道理把皇权专制社会装点得很有人情味。平民百姓一旦参与了造反活动，除了触犯法律以外，也表明与最高统治者恩断义绝，两者除了你死我活之外，更无转圜的余地。因此自古造反者不是有必胜的把握，谁也不愿意公开承认反对皇帝，承认其至高无上的地位是不容挑战的。梁山好汉花了很大力气，要皇帝相信他们并没有挑战皇帝的最高权力，所反对的只是奸臣佞幸。经历许多曲折，宋徽宗终于承认宋江这个说辞，发下了赦罪诏书。宋江等又争取到由他们认可的朝中要员宿太尉来执行这一行动。宿太尉到了济州对从梁山到此迎接他的吴用等人说："下官知汝弟兄之心，素怀忠义。只被奸臣闭塞，谗佞专权，使汝众人下情不能上达。且今天子悉已知之，特命下官赍到天子御笔亲书丹诏，金银牌面，红绿锦缎，御酒表里，前来招安。汝等勿疑，尽心受领。"这是对于梁山泊武装造反动机的肯定，宋江等人的目的已经达到。为此也搞了隆重仪式，《水浒传》用浓墨重彩加以铺张：

出了济州，迤逦前行。未及十里，早迎着山棚。宿太尉在马上看了，见上面结彩悬花，下面笙箫鼓乐，迫道迎接。再行不过数十里，又是结彩山棚。前面望见香烟拂道，宋江、卢俊义跪在面前，背后众头领齐齐都跪在地下，迎接恩诏。宿太尉道："都教上马。"一同迎至水边。那梁山泊千百只战船，一齐渡将过去，直至金沙滩上岸。三关之上，三关之下，鼓乐喧天。军士导从，仪卫不断，异香缭绕。直至忠义堂前下马。香车龙亭，抬放忠义堂上。中间设着三个几案，都用黄罗龙凤桌围围着。正中设万岁龙牌，将御书丹诏放在中间，金银牌面放在左边，红绿锦缎放在右边，御酒表里亦放于前。金炉内焚着好香。宋江、卢俊义邀请宿太尉、张太守上堂设坐。左边立着萧让、乐和，右边立着裴宣、燕青。卢俊义等都跪在堂前。裴宣喝拜。拜罢，萧让开读诏文：

"制曰：朕自即位以来，用仁义以治天下，行礼乐以变海内，公赏罚以定干戈。求贤之心未尝少怠，爱民之心未尝少洽。博施济众，欲与天地均同；体道行仁，咸使黎民蒙庇。遐迩赤子，咸知朕心。切念宋江、卢俊义等，素怀忠义，不施暴虐。归顺之心已久，报效之志凛然。虽犯罪恶，各有所由，察其情恳，深可悯怜。朕今特差殿前太尉宿元景，赍捧诏书，亲到梁山水泊，将宋江等大小人员所犯罪恶尽行赦免。给降金牌三十六面，红锦三十六匹，赐与宋江等上头领；银牌七十二面，绿锦七十二匹，赐与宋江部下头目。赦书到日，莫负朕心，早早归降，必当重用。故兹诏敕，想宜悉知。

宣和四年春二月　日诏示。”

萧让读罢丹诏，宋江等山呼万岁。再拜谢恩已毕，宿太尉取过金银牌面，红绿锦缎，令裴宣依次照名，给散已罢，叫开御酒，取过银酒海，都倾在里面。随即取过旋杓舀酒，就堂前温热，倾在银壶内。宿太尉执着金钟，斟过一杯酒来，对众头领道：“宿元景虽奉君命，特赍御酒到此，命赐众头领。诚恐义士见疑，元景先饮此杯，与众义士看，勿得疑虑。”众头领称谢不已。

写得很排场，为了突出这是梁山好汉的人生转折点，从此要做官了，梁山好汉大多还是想做官的。连被视为“最革命”的李逵，在回家接他妈时，也诈言“铁牛如今做了官，上路特来取娘”；在寿张县，他也逞了一回做县太爷的威风。我在前面说过水浒的故事就是写江湖人通过自己的打斗拼搏，力图发迹变泰的。梁山人都知道要发迹变泰还是要从招安做官开始，也就是宋江所说“图个荫子封妻，共享太平之福”。所以作者也就尽力铺排了一下招安过程的郑重庄严与欢乐喜庆。不过其中的一个细节显得不够真实。赦免招安是个很隆重的仪式，朝廷放赦的主持人是文官之首、官居一品的中书令，宣读赦书的是负责皇宫礼仪的起居舍人，而这里却让梁山的铁面孔目裴宣主持，由他做司仪，宣旨的是圣手书生萧让。这显得有些不伦不类。当时赦免尚未开始，招安也未完成。从身份上说，裴宣、萧让尚属要被赦免的罪人。只有赦书读到“将宋江等大小人员所犯罪恶尽行赦免”一句时，他们才算良民。另外，为了突出梁山宋江等人的“忠义”，在诏书中对他们极力褒扬，这也不合此类诏书的规范，因为这会丧失朝廷的体面。下面是一份载于《全宋文》的宋徽宗赦免武装造反“盗贼”的圣旨，其发生只比小说中晚两年：

令京东路群盗出首一切不问诏

（宣和六年十二月二十四日）

京东路见今作过群盗如能出首，应已前罪犯一切不问，概与释放，更不解上京，便令各归原业，军人依旧本营收管。内有首领人，当议优与补受官资。其归业人如阙食不能自存，仰所属州县量行赈给，务令安堵。

诏书非常简单，只是对自首的“盗贼”“一切不问”，一般人员一律释放，各归本业，不必押送来京。如果缺吃少穿，其所属州县给予赈济。对其中的头头，“当议优与补受官资”。其精神实质与给梁山的一样，但诏书并没有表扬他们。用这份真诏书与小说中作者拟写的假诏书一比就可知，《水浒传》的作者是站在梁山好汉立场上来写的。

梁山好汉是被赦免、被招安了，然而，统治者与梁山并没有建立起基本信任。[①]梁山好汉想招安，但又怕放弃武装、离开根据地梁山泊后无法保障自己的安全，所以宋江就以“我一百八人，上应天星，生死一处”为由，不肯分离，保持自己的力量，以维护生命安全；朝廷则怕梁山借此机会壮大自己、不断反复，所以高俅等奸臣一说宋江等人的坏话，宋徽宗马上就信，对奸臣是言

---

① 这个问题在专制社会中永远解决不了。专制社会是个人治社会，事情的最后结局决定于最高统治者。他说过的话、许下的诺言可以不算，主意可以变来变去。处在被动的、弱势的往日的反抗者放下武器之后如何放心呢？招安是宋代统治者使用很频繁的政策，但成功的不是很多，关键就在于互不信任，早晚会摊牌，或是被招安者被杀，或是重新燃起战火，如果再有权臣破坏的话，这个结局来得会更快一些。

听计从，因此，宋江一伙的悲剧下场是必然的。

历史上宋江是真的被朝廷赦免、招安了，而且确如宣和六年诏书中所说其中的“首领人”都“议优与补受官资”了。过去关于宋江是否被赦免、宋江是否投降人们还有争议，待宋徽宗、宋钦宗时代著名忠臣李若水的《捕盗偶成》一被人们发现，宋江被招安就是铁板钉钉了。他生动地写道：

> 去年宋江起山东，白昼横戈犯城郭。杀人纷纷翦草如，九重闻之惨不乐。大书黄纸飞敕来，三十六人同拜爵。狞卒肥骖意气骄，士女骈观犹骇愕。今年杨江起河北，战阵规绳视前作。嗷嗷赤子阴有言，又愿官家早招却。我闻官职要与贤，辄啗此曹无乃错。招降况亦非上策，政诱潜凶嗣为虐。不如下诏省科繇，彼自归来守条约。小臣无路扪高天，安得狂词裨庙略。

大约，确如宣和六年诏所说，罪犯“更不解上京”，上京的，只是“补受官资”的首领，所以是“三十六人同拜爵”。李若水不同意用招安安抚盗贼与造反者，他认为与其招安造反者，还不如轻徭薄赋，减轻农民负担，让老百姓活得轻松些。可见不仅奸臣高俅等不容宋江集团，就是像李若水这样的忠臣也不同意招安，起码他不会反对高俅对宋江的陷害。至于被梁山好汉封为忠臣的宿太尉之所以庇护宋江集团，不过是他拿了宋江集团的许多好处罢了。

大赦除了给罪犯免罪外，更重要的是给老百姓施加恩惠。宋代平定一方叛乱都要下“曲赦”诏书，给被战争祸害地区的人们施仁政。宋徽宗政和八年“平刘五”后，给淮西地区放赦；宣和三年“平方腊”后，对两浙、江东、福建路三地发布德音，都有“赦过宥罪，斯发政以施仁”的表示，要赦有罪、施仁政。梁山被招安也是个重大事件，但史书上没有正式记载。《水浒传》也没有写朝廷对当地老百姓进行宽慰，但提到梁山好汉们离开梁山时，考虑到附近百姓多年来所受到的骚扰，宋江对朝廷代表宿太尉说："小可水洼，自从王伦上山开创之后，却是晁盖上山。今至宋江，已经数载，附近居民，扰害不浅。小可愚意，今欲罄竭资财，买市十日。"所谓买市就是一种以买卖为名犒赏老百姓的方式，用这个方式向民众道歉。在临行前，梁山泊发布公告向附近百姓致歉：

> 梁山泊义士宋江等，谨以大义，布告四方：昨因哨聚山林，多扰四方百姓，今日幸蒙天子宽仁厚德，特降诏敕，赦免本罪，招安归降，朝暮朝觐。无以酬谢，就本身买市十日。倘蒙不外，赍价前来，以一报答，并无虚谬。特此告知远近居民，勿疑辞避，惠然光临，不胜万幸。

到了约定的日子，"四方居民，担囊负笈，雾集云屯，俱至山寨。宋江传令，以一举十。俱各欢喜，拜谢下山。一连十日，每日如此"。搞得皆大欢喜。其实这件事本来应该朝廷做的，却让宋江他们做了，这也是一种另类的"替天行道"罢。应该说，作者这种描写有其微言大义在，朝廷在看顾老百姓方面还不如梁山。

| 武举、武监、武学生 |

林冲火烧草料场之后投奔梁山，梁山寨主白衣秀士王伦嫉贤妒能，生怕林冲来了抢了他那一把手的位置，坚决不肯收纳。林冲无处去，苦苦哀求，再有梁山旧人杜迁、宋万、朱贵也替他求情，王伦给林冲一个活口，要求林冲在三天之内，“把一个投名状来”。林冲以为是让他写个保证书、决心书之类，正要笔，朱贵笑他说：

> 教头，你错了。但凡好汉们入伙，须要纳投名状。是教你下山去杀得一个人，将头献纳，他便无疑心。这个便谓之投名状。

急切入伙的林冲下山杀人，不巧遇到的是虽然倒霉，但武功极高的青面兽杨志，两人你来我往，厮杀了几十回合，不分胜负，被观战的王伦喝住。王伦想拉杨志上山，制约林冲，邀请杨志上山，杨遂向梁山头领介绍自己说：

> 洒家是三代将门之后，五侯杨令公之孙，姓杨名志，流

落在此关西。年纪小时，曾应过武举，做到殿司制使官。道君因盖万岁山，差一般十个制使，去太湖边搬运花石纲赴京交纳。不想洒家时乖运蹇，押着那花石纲来到黄河里，遭风打翻了船，失陷了花石纲，不能回京赴任，逃去他处避难。如今赦了俺们罪犯。洒家今来收得一担儿钱物，待回东京去枢密院使用，再理会本身的勾当。打从这里经过，顾倩庄家挑那担儿，不想被你们夺了。可把来还洒家如何？

杨志这段话的意思很丰富，其中最重要的是，杨家的军人传统和自己的武举出身。宋代重文轻武，开国之时许多武人出身的人感到“武”没有出路，弃武从文。苏辙曾说：“今天下有大弊二：以天下之治安，而薄天下之武臣；以天下之冗官，而废天下之武举。彼其见天下之方然，则摧沮退缩而无自喜之意。今之武臣，其子孙之家往往转而从进士矣。”最典型的是吴越国主钱镠的曾孙钱惟演，钱镠赤手空拳打江山，其孙钱俶归宋，到了惟演这辈就以“文辞清丽”著称于世，名与西昆体代表人物杨亿、刘筠不相上下。“于书无所不读，家储文籍侔秘府。”钱家是彻底文人化了。周末宋初，帮赵匡胤取天下的王审琦的儿子王承衍就已经改变家风，“喜为诗，所至为一集，晓音律，多与士大夫游”[①]。像《水浒传》中王伦向杨志所说的“不是王伦纠合制使，小可兀自弃文就武，来此落草”的，应属特例。

这段话有两个关键词值得关注，一是我在以后会谈的“投名状”，还有一个就是“武举”。投名状是社会人加入绿林必须履行的仪式，包括宣誓和证物；武举则是普通百姓通过演练考试进入统治机器的一条重要的道路。

---

① ［元］脱脱等撰：《宋史》本传，中华书局 1977 年版。

一、武举

1. 武举始于唐

武举是相对于文举来说的，所谓“举”是指取得参加进士考试的资格。明清两代科举考试大体上分秀才、举人、进士三级，可是科举制度初期即唐宋时期，进士之前考试尚不完备，进士考试之前仅有获取举荐资格的考试。“武举”既指科举制中的武科，也指取得了参加武进士考试资格的考生。

唐代以前本来是文武不分的，两汉、南北朝选官实行的是察举制度。这个制度要求地方州郡长官按科目的要求定期地或适时地向王朝贡上合乎相应标准的士人。定期的察举科目有秀才、尤异、孝廉、廉吏等名目，不定期的（或称之“制举”）有贤良方正、文学、明经、明法、尤异、治剧、敦朴、有道、至孝、明阴阳灾异、勇猛知兵法等科。定期的察举中没有武科，只有不定期察举中的“勇猛知兵法”接近后世的“武举”，但它所取的不是一般的武官，而是懂得谋略的高级将领，而且这还是不定期要求地方官吏举荐，并多在“灾变不息，盗贼众多”之时举行。

科举制度产生之初也没有选拔武人的科目，武举产生于武则天时代。武则天掌握政权之后，为了赢得更多的支持，“滥以禄位收人心”，大开制科，同时也开了武科。如果我们结合此时由朝廷出面在东西两京建立“太公尚父庙”，祭祀齐国姜太公，后又封太公为武成王，选历代良将为“十哲”，陪祀太公，树立姜太公为武圣人，享受与文圣人孔子一样的待遇，这说明文武分途，到盛唐时期已经成熟。

唐代的武进士科都考些什么呢？据《新唐书》记载，考试的内容包括：1）射长垛（长距离射箭）；2）马射（骑马射箭）；3）步射（射草人）；4）平射；5）筒射（用弩机射箭）；6）马枪（马上耍枪）；7）材貌（以身长六尺以上者为上）；8）言语（有神采，话语有号召力）；9）负重（负米五斛，行二十步）；10）翘关（指单手持一丈七尺、径三寸半门闩，从一头翘起十次，以试筋力）。这些通过了，说明考生在体能、武艺、组织能力上可以统领少量士兵，做个下级军官了。

武举在武则天时代只是个扩大自己政治力量的工具，但到了唐玄宗、唐肃宗时代成为国家的重要政策。唐玄宗好大喜功，炫耀武力，开拓疆土，需要大批的将领；唐肃宗则是为了平定安史之乱。唐德宗因建中四年（783）长安出了“泾师之变”（士兵哗变），一度被迫流亡奉天，因此他对兵变特别敏感。贞元十四年（798）颁旨停止武举，因为当时的谏议大夫田登上奏说：“兵部武举人持弓挟矢，数千百人入皇城，恐非所宜。”德宗听了，悚然一惊，马上停止武举。其实，当时参加武举考试的，每年不过十来个人，构不成对皇宫的威胁，唐德宗是被兵变吓破了胆。唐宪宗是想有所作为的皇帝，元和三年（808）他恢复了武举，意在选拔忠于唐室的武官，壮大中央的力量。不过在唐代科举中，武科占的地位还是很微末的。

唐朝武举所取进士不多，从军的不多，因为士人要从军道路很多，不必非要通过武举。武举在军中和政治中发挥的作用也不显著，因为唐代先有府兵制，后有藩镇割据，武将多出于行伍。但武举中还是出现了一位大名鼎鼎的人物，这就是在平定安史之乱和其后抑制藩镇割据力量中发挥重大作用的郭子仪。《旧唐书·郭子仪传》中说他“长六尺余，体貌秀杰，始以武举高等补左卫长史”，最后官至中书令，封汾阳王，成为中国历史上的名将。

2. 武举制度化于宋，主导的是文人

战乱和打江山时期，武举自然衰落。宋朝建立之初，开国打天下的将领士卒还在，不缺武将，但立朝三四十年后，宋真宗咸平二年（999）因为与辽国作战，缺乏将领，就开始讨论重开武

举问题。实际恢复武举是在宋仁宗天圣七年（1029），此时开国将领凋零已尽，开始筹划“置武举以待方略智通之士”，似乎晚了一些。但这武科的重开，功劳全在文人。

宋代武举从一开始就是文人士大夫来主导的。不仅文官多次上书，催促早开武科，以征求民间的豪杰之士，而且在武科考试的设计中，渗透的都是文人理念。但仁宗朝是个太平的年代，对于武官的需求并不迫切，武举尚未成为常科。武举真正成为三年一届制度化常科是在宋英宗治平二年（1065）之后。此后“武科举”也如文科举一样，三年考一次，终宋之世，一共有七十八科，产生了数千名武进士。

然而武科举所造成的声势却与一般科举（文科举）无法相比。其根本原因在于宋朝重文轻武的政策，对武举不重视。其设立武举的目的不是加强国家军事力量，而是从文人士大夫立场出发来改造武官队伍，使其摆脱自唐末以来的流氓化倾向，从而更符合文人士大夫的文化口味。文官们提出武举不是选拔一般的武官，而是选取所谓的“儒将”。结果选出的不仅没有什么“儒将”，就连一般的“将”也很少，取中的多是一些“才术肤浅”的半吊子“儒”，有的士人干脆贬之为“市井粗才”。

从制度上看，武举每科录取的人数很少，据传世的资料记载，武举最多的一科录取六十一人，最少的一科仅两人，平均是三四十人。这与一科平均为三四百人的进士科没法相比。考中之后的授官，也较科举为低。武进士在北宋只授九品官，到南宋孝宗期间才授予从八品的秉义郎，而文进士一般是授八品官。武官的迁转也较文官慢，文官是三年一迁，武官则为五年。

更重要的是社会上看不起武举出身的，苏洵在《上皇帝书》中说武举“所得皆贪污无行之徒，豪杰之士耻不忍就”。由于考武科的门槛低，应试者大多不是武人，而是考文举而不中的投机分子，皇帝曾数次下诏，禁止进士、诸科解试的落第者再参加武举考试，但也不能从根本上解决问题。这样社会上逐渐形成一个共识——武举是较科举低着一级的考试，考中的武进士也不能与文进士齐肩等论，甚至不被视为从此进入了士大夫的圈子。北宋宋庠在上奏给仁宗皇帝的《贤良等科廷试设次札箚子》中讲到他目睹的“贤良方正”考试的情景：

> 伏睹贤良方正苏绅等就试之日，并与武举人杂坐庑下，洎摛辞写卷，皆俯伏毡上，自晨至晡，讫无饮食，饥虚劳瘁，形于叹嗟。虽仅能成文，可谓薄其礼矣。又况武举人等，才术肤浅，流品混淆，挽弩试射，与兵卒无异。使天子制举之士，并日较能，此又国体之深讥者也。臣窃为朝廷惜之。

在宋庠心目中“贤良方正”是制举，是皇帝诏试有特殊造诣士大夫的，对他们应该礼贤下士；而武举则是“与兵卒无异”的一帮人的考试。把皇帝亲召士人与武举混杂在一起，让他们在一起考试，不仅有辱斯文，侮辱了士大夫，而且有失国体。武举在文官眼中地位如何，在这里表达得清清楚楚。因此许多中了武举的还要千方百计地参加“锁厅试”（命官参加的考试）转入文官队伍。

从宋代一直到清末民间有一种科举崇拜，中进士、点状元为人们津津乐道，所谓“高文举中状元名扬天下，游三宫进六院帽插金花”，唱词里充满了羡慕和想象。可是这种崇拜没有波及武科，文人士大夫遗留下的文字中也很少记载和谈论武举，只有江湖艺人创作的演义小说（如《说唐》）才津津乐道“武科场”。

3. 宋代的武举考试重文不重武

有宋一代的君臣对于唐末五代的骄兵悍将十分警惕，他们要通过武举选拔既忠君爱国又有战略眼光的儒将，因此宋代重开的武举，不可能是唐代武举的翻版。宋代的武举考试特别注重考“文”，这个“文”包括宋神宗颁行的《武经七书》(《孙子兵法》《吴子兵法》《六韬》《司马法》《三略》《尉缭子》《李卫公问对》)，考的方法是“如明经之制，于太公韬略，孙、吴、司马诸兵法，及经史言兵事者，设为问目，以能用己意或引前人注释，辞明理畅，及因所问自陈方略可施行者为通”。[①]更重要的是“策论”，而且策论在整个的考试成绩中占的比重很大。在武举常科化的治平年间就定下的录取方针是：

> 以策略定去留，以弓马定高下。其间以策略、武艺俱优者为优等；策优艺平者为次优；艺优策平者为次等；策艺俱平者为末等。如策下艺平或策平艺下者，并为不合格。……如有策略虽下而武艺绝伦者，未得落下，别取旨。

录取方针很清楚，“策论”是决定性因素。可是在具体操作中是先考“弓马”的，如果弓马不及格就被淘汰，则没有机会参与考策论。司马光对此有意见，他上书说“考校弓马武艺是选拔士卒的方法，不足以用之考察将帅。将帅之才主要表现在对策上，如果弓马不合格就被淘汰，不得参与对策考试，这样就有可能使得有将帅之才的考生被遗漏”。后来的考试接受了司马光的意见。

是不是注重策论就能选拔到有战略眼光的儒将呢？我的答案是否定的。我看了武举策论的考题，许多是大而无当的，只能空议论，缺乏可操作性。这里我们以苏辙为皇帝拟定的武举“策论”考题为例：

> 问：王者之兵不贵诈谋奇计，至于临敌制胜，良将岂可少哉！朕以天下为度，怀柔四夷，而西戎背诞，腰领未

---

① [南宋]李焘：《续资治通鉴长编》，中华书局1986年版。

得，凡吾接之以恩信，怀之以礼义者，固有道矣。若夫示之以形，禁之以势，使之望而不敢犯，犯而无所得者，其术何由？伐其谋，散其党，使之退而不得安，安而不能久者，其道何以？夫隐兵于民，井田之旧法也；材官府兵，犹行于后世。而保甲之复，民以为劳，以车即战，邱甸之遗制也；武刚鹿角，犹见于近事。而牛车之役，世以为非古者，兵有奇正，旋相为用，如环之无端。其出入之法，今几绝矣。敌有阴阳，客主异宜，易之则败；其先后之节，将何施焉？淮阴之伐赵，胜亦幸耳；使左车之说行，则计将安出？仲达之却蜀，非其功也；使孔明不死，则胜将孰在？子大夫讲于兵家之利，而明于当世之务，审矣。其以所闻，著之篇，朕将览焉。

这是一组题，其主要之题来源于现实的西夏入侵，可是在回答之前，考题已经为答案定了基调："王者之兵不贵诈谋奇计。"没有实力，也不搞"诈谋奇计"，还要"怀柔四夷"，但入侵者照打你无误，这就很荒唐了。还提出如何"夫示之以形，禁之以势，使之望而不敢犯，犯而无所得者"，也就是说怎么样做出一种姿态来，使得西夏者不敢来犯，即使来犯了，也无所得。这除非孙悟空使出定身法，或者把边境八百里以内实行坚壁清野，百姓、军人统统撤走，否则哪有如此便宜的事？我想，这个题所求的不是能够有操作性的现实方案，而是一番空议论。这样的"以文求武"，哪能得到帅才？

在考查武艺方面的及格标准也较唐代大大降低了。王安石的同年苏颂曾写了《议武举条贯》详细考察唐宋武举考试标准的差异。从唐代所考的标准来看，所录取的就是能带兵、身先士卒的武将，他们有较强体力和格斗技艺，至于这些人是否能够成为帅才，是要在战争中去锻炼的。武举出身，后来成为方面大员和全军统帅的郭子仪，起初考的也不过是"翘关负米而已"（南宋末词人魏了翁有《鹧鸪天》“人间事会无终极，分付翘关老令公”。注云：郭令公以武举翘关负米科），经过数十年的拼搏才走上事业的巅峰。冷兵器时期，身体强健和格斗技能是武官必备的素质。《三国志演义》中描写两军交战仿佛只是将领甚至统帅在单打独斗，而且就此决定战争的胜负，虽然有点夸张，但将领武艺高强，身先士卒，在战争胜负中起着不可忽视的作用。

宋代武举在考试中的“武”的部分，只考弓马（宋军中弓弩兵占的比重很大），分为两场，先“步射”，后“马射”，由侍卫亲军、马军都指挥使具体承办。其标准如苏颂说的，“今定弓射一石一斗力（130斤左右），马射八斗力，各满不破体（破体指头部或身体的倾斜），及使马精熟”就能及格。换句话说就是能拉开130斤的硬弓，把箭射出去，武艺就算合格。唐代考的长枪、翘关、负重、射札（考查射箭的穿透力）等等全都不考了。我们从南宋名将岳飞、韩世忠等能拉开300斤（宋斤，合现在360市斤）的硬弓，并能左右射箭来看，武举关于“武”的标准定得太低了。

4. 考武举目的

上面说到统治者设立武举的目的是选拔有教养、有战略眼光的军官，甚至是高级将领，他们的目的没有达到。因为绝大多数投考武举者的目的不是从军，不是做军官，而是改换门庭，加入士人队伍，做官，而且是做被统治者和社会所重视的文官。事实上也是这样，尽管朝廷多次下诏禁止。

武进士为什么不愿意从军当武官为国效力？其根本原因就在于他们是读书人，其努力的目标就是成为士人，而宋代军队说难听点就是一个游民集团，其所形成的军队文化是士人很难适应的。南宋王楙《燕翼诒谋录》有云：

淳熙甲辰，距治平百二十载矣。仲父轩山公知贡举，武举林嘌、陶天麟等来拜谢，仲父问之曰：朝廷设此科以择将帅，而公等不从军，何也？答以不堪笞棰之辱。仲父因奏孝宗皇帝，乞更旧制，申饬三衙，沿江军帅待以士礼。

王楙的叔父王蔺主持进士考试时，对通过武举考试的进士不参军感到很奇怪。问武进士，回答是“不堪笞棰之辱”。士可杀而不可辱，但军人不在此例。其实士人不愿意参军不单纯是个“不堪笞棰之辱”的问题。宋代的军人多是“天下失职犷悍之徒”，由这些人组成的军队，其风格必然带有游民色彩，这是士人很难适应的。因此，武进士们，或是到衙门里去做官，或是到武学监中做武学博士，结果武科考试成为读书人进入士人大门的一条出路。他们很少到军队里发展，因为那里还是大兵的天地，而宋朝的大兵大多是从城市游民中招募来的，虽然物质待遇不错，但朝廷却视之如罪犯，入伍要在脸上黥上文字，防止逃跑。这是个被褫夺自尊的军队，读书人不愿意与他们混在一起。

5. 武举没有给江湖豪杰以出路

宋朝设置武举还有一个目的就是“以待方略智勇之士”，网络天下豪杰，实际上并没有达到这个目的。许多英雄豪杰还是失职不平，或终老牖下，或流荡江湖。

《水浒传》中写了四位参与武举的人，除了前面谈到的杨志外，还有白衣秀士王伦。他对杨志说：“制使，小可数年前到东京应武举时，便闻制使大名。”另外还有随呼延灼一起攻打梁山的百胜将军韩滔。第四位是第九十回写到的燕青的朋友隐士许贯忠，在宋江等人征辽回程的路上，燕青偶遇这位老朋友，并与他一起回到其隐居的地方。燕青对许说：“昔日在大名府，与兄长最为莫逆。自从兄长应武举后，便不得相见。却寻这个好去处，何等幽雅！像劣弟恁地东征西逐，怎得一日清闲？”看来许贯忠也是大名府人，他去汴京应武举后，两人失去联系。这个隐士有点流离出“水浒”故事情节之外，有的研究者认为他可能是《水浒传》作者之一罗贯中的夫子自道。如果对照前面说到宋代武举考试标准，大约谁也不能通过，因为策论这一关不用说对草莽英雄，就是对通俗文艺作品作者如罗贯中、施耐庵等人来说也是高不可攀的。他们长期浸淫在通俗文艺市井话语和游民话语中，很难进入主流的、正统的话语体系。这些我们从《水浒传》的一些诗赋和四六文中就可以感受到。

从武艺来说，李逵的双板斧、鲁智深的禅杖、众多英雄的朴刀杆棒都是不被承认的，这些也不在考试范围之内。因此，虽然《水浒传》提到了武举，武举也确实许可平民百姓投考，可是没有一位梁山好汉把去投考武举作为人生未来的选择，虽然他们的武艺早早超过一般武举的水平，但是武举是“以文求武”，那个“文”是他们永远达不到的，他们也不屑达到，而且他们对这个“文”是敌视的。

二、武监

1. 宋代所独有的武监

武监指国子监一级的武学，用现代的话说就是国家军事学院，因为它是国子监的一部分，所以又称武监。自隋代设立国子监以来，只有宋代有武监。唐代开元年间，太学生张纲曾上书建议，在武圣人姜太公庙中设置“武监”，与“国子监相对”，用以教育达官贵族子弟学武，春秋两季祭祀先师姜太公，如同祭祀孔子一样。但这个建议没有被采纳，唐代有武举而无武监。宋代之后，虽然还有武举考试，但武监没有了。明清两代，民间人士办武学的不知凡几（特别是在底层社会），可是国家级的高等军事院校没有了。可能当时的统治者认为，武学人才，不是武监这类高等军事学校能够系统培养出来的。有宋一代，办了一两百年武监，也没有培养出来什么杰出的武学人才，反而以“积弱”闻名后世，总为外来侵略所苦，为人所笑。

2.《水浒传》中关于武监的故事

一味讲“武”的《水浒传》也很少提到武学、武监，这些高级玩意与挣扎在社会底层的游民、江湖人没多大关系。只是在第一百回和第一百零一回写到武学。在宋江等人擒田虎后，奏凯京师，宋徽宗要临幸武学（其实北宋没有一个皇帝到过武学，南宋的孝宗、度宗曾临幸过），百官先到，太师蔡京座上谈兵，大家洗耳恭听。“内中却有一官，仰着面孔，看视屋角，不去采他。蔡京大怒，连忙查问那官员姓名。正是：一人向隅，满座不乐。”那个藐视蔡京的是武学谕罗戬，武学谕是个正九品的微末小官，相当于大学的副教授，竟敢蔑视“一人之下，万人之上”的蔡太师，而且是在公开场合，弄得蔡京下不来台，蔡京怒火中烧是很自然的，不过正在这个时候，宋徽宗到了，蔡京没敢发作。在第一百零一回写道：

> 当下蔡京怒气填胸，正欲发作，因天子驾到报来，蔡京遂放下此事，率领百官，迎接圣驾进学，拜舞山呼。道君皇帝讲武已毕，当有武学谕罗戬，不等蔡京开口，上前俯伏，先启奏道：“武学谕小臣罗戬，冒万死，谨将淮西强贼王庆造反情形，上达圣聪。王庆作乱淮西，五年于兹，官军不敢抵敌。童贯、蔡攸奉旨往淮西征讨，全军覆没，惧罪隐匿，欺诳陛下，说军士水土不服，权且罢兵。以致养成大患，王庆势愈猖獗。前月又将臣乡云安军攻破，掳掠淫杀，惨毒不忍言说。通共占据八座军州，八十六个州县。蔡京经体赞

元，其子蔡攸如是覆军杀将，辱国丧师。今日圣驾未临时，犹俨然上坐谭兵，大言不惭，病狂丧心。乞陛下速诛蔡京等误国贼臣，选将发兵，速行征剿，救生民于涂炭，保社稷以无疆。臣民幸甚，天下幸甚！”道君皇帝闻奏大怒，深责蔡京等隐匿之罪。

后来蔡京等人用花言巧语躲过惩治，然后顺水推舟，派反对蔡京等奸臣的朝官陈瓘、侯蒙与宋江、罗戬等人征讨王庆。罗戬故事的出现，在这里仅仅是为了从擒田虎过渡到征王庆。不过罗戬是史有其人的，他蔑视蔡京和继而罢黜的故事在当时很有些轰动效应，流播很广。南宋祝穆的《方舆胜览》卷五九中言罗戬为“通川（今四川达县）人”“以刚直闻于乡里。为武学谕，上幸学，百官先集，蔡京于坐谈兵，戬仰视屋角不听，触怒夺官”。[①]《明一统志》卷七〇[②]除了收入《方舆胜览》有关罗戬的文字外，又增加了“游太学，进孙吴二书，徽宗特命为武学谕”，罗“自号观光山人”。徽宗没去过武学，但曾临幸国子监。武学隶属于国子监，自然作为武学谕的罗戬也要去迎接，所以才有藐视蔡京的一幕出现。

3. 为什么要办武监

武监始办于仁宗庆历三年（1043）。为什么要办武监？宋朝统治者对于五代军队的骄兵悍将有个很深的情结，特别关注提高军队的文化素质，避免军队的流氓化。然而他们不懂得，招募制度和歧视军人的做法都在推动军队的流氓化，他们只在提高将帅

① 见《四库全书·史部·地理类》，上海古籍出版社影印“文渊阁本”。

② 同上。

素质上下功夫是舍本逐末的。办武学与开武举一样都是想培养和选拔有道德、有文化、有智慧、有修养的将领，宋初对于兵书一类著作是严禁民间学习的，因此，武学在民间没有振兴的可能。富弼在景祐元年（1034）向仁宗建言，主张开放兵书战策以供人们学习，并提出在姜太公庙设立武学，把自古的兵书战策配备齐全，以供喜欢武学的文武官员和白身在那里学习讨论研究，培植人们对于“武学”的兴趣。他说禁止人们染指武学“是禁之适足自禁，不能禁人，不若不禁之愈也。必未能行于天下，且可行于学中”。这样，时间一久，自然会有有知识、有修养的武学人才出现。[①]宋仁宗没有马上采纳他的意见，但于康定元年（1040）降旨编辑《武经总要》，这是历史上第一次把古往今来有关战争的书籍编辑在一起。此书后来成为武监学生的教材。

4．两宋武监的基本情况

与西夏作战频频不利，这个契机催生了开办于庆历三年五月的武学，但八月份就关门大吉了，原因是没有人来学。宋朝建立快一百年了，其重文轻武的政策已经深入人心。士人有很好的文官前途，何必弃文从武呢？武人正在文人化，很多武官想转到文官系列中去。这是很尴尬的。范仲淹上书说得很委婉：“臣窃闻国家兴置武学以来，苦未有人习艺。或恐英豪隐晦，耻就学生之列。倘久设此学，无人可教，则虑外人窥觇，谓无英材，于体未便。”于是他主张去掉“武学”之名，如果“学生中有好习兵书者，令本监官员保明，委是忠良之人，即密令听读”。本来是个公开的“武学”，变成了秘密的“听读”。然而，西夏问题，仍未解决，侵扰不断。堂堂大宋，拿不出像样的将领来。于是，王安石变法期间，即熙宁五年（1072）六月，重新开办武学。

---

① ［南宋］赵汝愚编：《宋名臣奏议》卷八二。

这次招生比庆历三年那次宽泛了很多。凡是未入朝班的大小使臣（八九品的小武官）、门荫子弟、草泽人，有京朝官二员保任都可以报名参加考试，如弓箭、马术及人才合乎武举标准的，即可招为武学生。由地方官员荐举武举人得免试入学。学生分为上舍、内舍、外舍三级，考试标准据等级而定。总共一百员（宋徽宗时增加至二百员）。其学习的主要内容是朝廷编辑发布的《武经总要》（包括《孙子》《吴子》《司马法》《尉缭子》《黄石公三略》《姜太公六韬》《唐李卫公问对》等），为了培养学生忠君爱国的精神和战争的历史经验，讲官还要给学生讲述“历代用兵成败，前世忠义之节”。在学习中还要进行阵队实习。学习期限是三年，如果考试合格，依照出身授予三路巡检、监押以及准备差使之类的武职。如果考试不及格，还可以延期。武监之中的学习还是以读书为主，并不教授武艺。武学的教师称教授（元丰改制后称为武学博士），选文武官员中知兵法者担任。其下是武学谕、武学正、武学录。又有掌仪、直学、司书、司计，以及斋长、斋谕等职事。

不过，武学在靖康之变中没有起到什么重大作用，南宋初武学遂停办，直到绍兴十六年（1146）宋高宗说：“国家武选，所系非轻。今诸将子弟，皆耻习弓马，求换文资，数年之后，将无人习武矣，岂可不劝诱之。”[①]连军人子弟都以学武为耻，想改换门庭，走文职的道路。这使得和议虽成，但金人威胁的阴影并未在赵构心目中消除，所以他才有这番话，力主恢复武举、武学。可是当时的宰相秦桧却阳奉阴违，不肯认真对待，这是个彻底的“亲金派”，生怕此举惹得金人不高兴。高宗对秦桧是心存畏惧的，秦桧死后，他曾说，每见秦桧，膝裤里总藏着匕首，以防不

---

① ［南宋］李心传：《建炎以来系年要录》卷一五五，中华书局 1985 年版。

测[①]。秦桧的专横跋扈，可见一斑，皇帝支使的事情，他不干，皇帝也没办法。绍兴二十五年（1155）秦桧死，武举、武学才提上日程。《建炎以来系年要录》卷一七二中记载说：

> 上曰："昨诣景灵宫朝献，见武学颓弊，亦全无士人。向谕宰臣，虽略修葺舍宇，至于养士，元未尝措置，已二年余矣。文武一道，今太学养士，已见就绪；而武学几废，恐有遗材。祖宗以来，武学养士，自有成法，可令礼、兵部速条具以闻。"

高宗看到武监里没有学生、没有老师的颓弊景象，感到恢复武学的迫切，他指示按照北宋办武学条例抓紧办。这样绍兴二十六年（1156）武学才正式恢复，置官招生。学校仍分上、内、外三舍，每期仍是一百人。因为外患压力很大，统治者对于武学还是比较重视的。孝宗、度宗都曾临幸过武学，太学日益被士人看重，但其容纳力有限，于是有人就转向武学，因为它也是太学的一部分。

三、武学生

1. 国子监学生们的影响力

武学生指武监中的学生，不包括州县等地方武学中的学生。北宋末以后国子监的学生用现代话说是非常"牛"的，甚至比在朝为官的士大夫还"牛"。因为他们是一个群体，大都年轻，很少世故，在议论时事、干预朝政等方面，远比士大夫们大胆。《上庠录》云："世称太学聚天下士，既知道理，又无持禄固宠之

① ［南宋］黎靖德编：《朱子语类》卷一三一。

累，故其品藻人物，皆合公议，于是以太学为无官御史。”[1]现在有的研究者说宋代是古代学运的极盛时期[2]，这是有道理的。北宋末年的太学生陈东就是那时的学生领袖，名震一时，其影响力绝不亚于抗金派的领袖李纲。到了南宋，国子监学生在士人心中的地位又提升了一格。曾做过太学生的罗大经在《鹤林玉露·无官御史》中写道：

> 太学古语云："有发头陀寺，无官御史台。"言其清苦而鲠亮也。嘉定间，余在太学，闻长上同舍言，乾淳间，斋舍质素，饮器止陶瓦，栋宇无设饰。近时诸斋，亭榭帘幙，竞为靡丽，每一会饮，黄白错落，非头陀寺比矣。国有大事，鲠论间发，言侍从之所不敢言，攻台谏之所不敢攻，由昔迄今，伟节相望。近世以来，非无直言，或阳为矫激，或阴有附丽，亦未能纯然如古之真御史矣。余谓必甘清苦如老头陀，乃能摅鲠亮如真御史。

太学生都住校，有如带发修行的头陀，生活很清苦，除了专心读书外，就是议论时事，关心朝政。他们大多年轻，意气风发，比老于宦场的官僚要纯真许多，他们“言侍从之所不敢言，攻台谏之所不敢攻”，受到社会的尊敬。《齐东野语》记载了一封士子写给祭酒的信：

> 窃惟国学，天子储养卿相之地。中兴以来，冠带云集，英俊日盛，可以培植国家无疆之基。自开禧之初，迄更化之后，天下公论，不归于上之人，多归于两学之士。凡政令施

① ［南宋］胡仔辑：《苕溪渔隐丛话后集》。

② 黄现璠：《唐代社会概略　宋代太学生救国运动》，吉林出版集团 2009 年版。

行之外，除拜黜陟之偏，禁庭私谒之过，涉于国家盛衰之计，公论一鸣，两学雷动。天子虚己以听之，宰相俯首而信之，天下倾心而是之。由是四方万里，或闻两学建议，父告其子，兄告其弟，师告其徒，必得其说，互相歆艳，谓不负所学，岂不重于当世哉！

“两学”是指文武二学，人们一般称文的为“太学”，武的为“武监”或“武学”。两学学生，他们监督着政令的谬误，官员升降的偏差，朝中私下走门子，凡是关于国家盛衰的大计，学生们无不关注，有了错误，便提出自己的意见，这个意见就是“天下公论”。“公论”一出，天下震动，皇帝虚心听取，宰相认真采纳，天下之人衷心拥护。这些建议的文稿风行天下，人人倾慕。虽然两学中太学生占绝对多数，但武学生也有杰出表现，绝不仅仅是因为位居两学，便“与有荣焉”。而且武学生的行动力比“文学生”强，南宋最著名的武学生叫华岳，这是一位敢说、敢写、敢行动的狠角色。

2. 武学生中的翘楚——华岳

华岳（？—1221）是个怪人。他字子西，贵池（今属安徽）人。因读书于贵池齐山翠微亭，自号翠微山人。华岳好武，就学武监。他还会写诗，而且诗还不错，能入钱锺书先生法眼，《宋诗选注》中选了他的诗三首。其为人“轻财好侠”，敢作敢为，热衷政治冒险行为。他主张恢复中原，但不赞成仓促行事。开禧元年（1205），韩侂胄北伐。华岳上书，言其“专执权柄，公取贿赂，畜养无籍吏仆，委以腹心，卖名器，私爵赏，睥睨神器，窥觇宗社，日益炎炎，不敢向尔”。所用将领，多由贿赂而至，这样的人怎么能主持北伐大计？韩侂胄大怒，下华岳于建宁（今福建建瓯）狱。后来北伐失败，侂胄诛，华岳放还。嘉定十年

(1217)，登武科第一，为殿前司官属，郁郁不得志。后来又密谋除去当时大权倾朝的史弥远，下临安狱，被杖死。像这样以太学生和殿前司小武官的身份敢与两个权相作对，真是很少。史弥远知道此事后，把华岳抓来，“犹呼岳至庭下，曰：‘我与尔有何怨尤，而欲相谋？’”[①]像华岳这种富于冒险精神、有侠风的武人，已经近于社会边缘人了。这种人很容易堕入江湖。

3. 华岳与《水浒传》的“总赞”

华岳像江湖人一样，腿也很长，他跑遍了两淮的山山水水，非常熟悉当时的政治和军事现状。从他的著作中可以看到，他与社会上各阶层的人物都有交往，有些还是下层人士，甚至是作奸犯科之徒。他知道这些人的需求、向往和社会能量，希望朝廷能把他们罗致到官府来，替代那些死样活气的禁军，完成北伐大业。正如词人刘克庄在《贺新郎·国脉微如缕》中所说，“试看取、当年韩五。岂有谷城公付授，也不干、曾遇骊山母。谈笑起，两河路”。韩世忠既不像张良得异人传授，也不像唐将李筌遇骊山老母授《阴符经》（此书在宋代是禁书，连将帅也禁止持有）。世忠出身贫民，年轻时没有固定职业，常以背米为生（搬运工），为人桀骜不驯，好喝酒生事，人称“泼韩五”[②]。这种人成了后来的“中兴四将”之一。

开禧三年华岳向朝廷献《平戎十策》，提出如何击败金人、恢复北方领土的对策。其中有《取士》一篇，对当时社会边缘人的能量和正面或负面的作用有深入的分析，并提出了控制他们的办法：

---

① ［南宋］叶绍翁：《四朝闻见录》甲集。

② 同上。

> 夫名山大川，秀由所钟；隮山乔岳，神由所降。千岁之日至，则间世之士生。必有翘楚之材，特起之子，梦寐未形，占卜未见，寓于贫贱闾阎流俗之中，隐于耕农商贾草莱医卜之下。罗之以科举邪？彼不善于章句之儒；诱之以利禄邪？彼不由于闻达之路；置之于驻扎将佐之中邪？彼不生于营垒行伍之地。三城桐柏之耕农，罗源贯木之樵牧，六安辽峰之高隐，羊岘房陵之商贩，类多抱负所长，高出世表，能否相参，有无相授，非不欲求用于世以尽其所蕴。然上则招致无方，而下则无阶可进；内则搜访无术，而外则无门可入。是必庙堂广于延纳，而无间于疏远；幕府勤于听览，而无拘于早暮；监司州县专于荐举，而不遗于微贱。其门有八：一曰有官，谓沉溺下僚，不能自奋；二曰无官，谓素在草茅，不能自达；三曰世家，谓将帅子孙，不能自效；四曰豪杰，谓江湖领袖，山林标准；五曰罪戾，谓曾犯三尺，求脱罪籍；六曰黥配，谓才气过人，轻犯刑法；七曰将校，谓素有谋略，久淹行伍；八曰胥靡，谓隐于吏籍，不得展布。……其有言词浮诞、簧鼓世俗者焚之；其有互易乡贯、指陈他事者毁之。言词朴直，无令弃之，恐过人之资，拙于朱墨；虚词华丽，无令收录，恐科目之儒，例于奔竞。如此则闻达者既至，不求闻达者亦得以识其姓名；利禄者可招，无心利禄者亦得以知其岩穴。不然则草莱之雄未能尽至，反有以滋他日匹夫窥觊之私；山林之奸不能尽收，适有以启异时萧墙睚眦之衅。

这段话是钱锺书先生在《宋诗选注》的华岳小传中提到的，他说华岳提到的这些人可以算得是《水浒传》的一篇总赞。也就是说华岳所提到的朝廷应该下力网罗的英雄豪杰，与梁山泊一百零八将差不太多。不同的是《水浒传》是写梁山泊的英雄好汉想找出路、求发迹；而华岳是想朝廷如何发掘这些人才，把他们纳入抗金和收复失地重建大宋的事业中来。

在我看来，这篇《平戎十策》讲的就是如何发现和识别社会边缘人物，如何把他们罗致于朝廷，化消极力量为积极力量，把可能危及社稷的“草莱之雄”“山林之奸”变成抗金力量。即使眼前他们还不会立即投奔到朝廷来，但如果把他们的名字记录在档，他们的住址也被有司掌握（也就是现在常说的建立人才档案库），将来有事找他们时也是心中有数，这就十分方便了。华岳认为他们是“英雄豪杰”，但同时又是危险人物，你不收纳他们，小者他们会扰乱社会，大者就有可能与朝廷对抗。

华岳把社会边缘人分为八类，包括沉沦于下层的小官，没有官职的穷隐士，没落的武将子孙，江湖领袖，急于脱离犯人处境的罪人，有才气、不怕犯罪的流放犯，久在行伍的小武官，有才力、有抱负的小吏。这八类人都在我所论述的三种社会边缘人之内，也可囊括一百零八将中的大多数。他们有的是因为穷，有的是被政策排挤到社会边缘，有的是有理想、有抱负、有才能的杰出之士。很难以现有的罗致人才的形式把他们纳入彀中，“罗之以科举邪？彼不善于章句之儒；诱之以利禄邪？彼不由于闻达之路；置之于驻扎将佐之中邪？彼不生于营垒行伍之地”。科举、推荐、招军均不成。他们想入无门；朝廷想纳，也不知从哪里下手。华岳主张对这些人要先进行测试，看谁真有才能，便编入“人才库”中，或给予现实利益，或作为后备人选。但华岳这些主张毕竟是纸上的东西，很难变成可操作的方案，又因为名分、礼制与统治阶级政策的完整性所限，统治者不可能根本改变对吏人、武将等的政策，更不可能从罪犯、流放犯中大量选拔官吏。至于“江湖领袖，山林标准”则是统治者打击的对象，根本不可能在一个晚上变成依靠对象，即使把他们招拢了来，地位的差距、多年的隔阂所造成的猜忌也不可能一下子消失。因此社会边缘人大量地回归主流社会几乎是不可想象的，更大的可能还是舍主流社会而去，堕入江湖，成为江湖中的中坚力量，也就是梁山泊的英雄好汉。专制统治者也不可能全面招揽社会边缘人，纳入他的控制系统。

4. 一百零八将的总赞

《平戎十策》中还描写了这些江湖人物的技艺能力和他们在与金人作战中可能发挥的作用。这一段才真正像第七十一回“梁山泊英雄排座次”之后对一百零八将的“总赞”：

> 夫有一技则生一材，有一材则济一用，因技以求材，因材以制用。其说有六。一曰合格，谓身及等仗，体无残疾。二曰亡命，谓漂泛淮海，鼓诱溪洞。三曰逋逃，谓惧罪逃窜，思得自效。四曰破格，谓等仗虽悭，而骁勇过人；肢体虽残，而武艺无敌。五曰盗贼，谓累犯刑法，无生可谋；甘为盗贼，无术可禁。六曰私贩，谓私贩商榷，偷瞒商税。广行招致，随材任用。其有犯法，必杀无赦，仍令选择材技，分为十等，各置将队。有善穿窟穴可以攻城者，聚为一卒，名曰窟穴将，以备攻城之用。有善弄潮泛水可以浮液者，聚为一卒，名曰波涛将，以备锥贼船之用。有善攀缘上屋缘梁走柱可以登陟者，聚为一卒，名曰楼阁将，以备登城越险之用。有善飞烟射火流光走爆可以通放者，聚为一卒，名曰烟火将，以备烧毁城邑之用。有善夜行不以灯烛可以暗袭者，聚为一卒，名曰潜身将，以备惊劫贼营之用。有善捕兽获禽笼槛教使可以驯熟者，聚为一卒，名曰飞走将，以备充神出怪、疑兵惑敌之用。有善上竿立索可以超望者，聚为一卒，名曰轻捷将，以备登高望远、窥伺空便之用。有善知海道蹊径黄黑洋岛者聚为一卒，名曰洋海将，以备浮江泛海、潜兵

密渡之用。有善撑驾船舰验风辨云者，聚为一卒，名曰风云将，以备移风易雹，闪误舟船之用。有善雕镌陶铸机织销画者，聚为一卒，名曰机巧将，以备不测，设为怪服异旗误敌之用。其余搭材工匠，悉如常法，则兼收并蓄，悉无所遗。苟以为长而及等仗者为弓手枪手，短而插指板者为弩手斧手，不知弓枪弩斧之外，犹有余用也。无籍之子弟为马军，新刺之百姓为步人，知步人马军之外，犹有余材也。不曾犯徒、不曾刺环、无残疾者，可以充招，而不知犯徒、刺、环、欠指、眇目之中，其果勇有大过人者。今我国家诸军驻扎之兵，并已差出，而守营垒者皆老弱队外无用之卒。诸州禁卒及寄招三分之兵，并已拣发，而留家基者皆残疾废弃之士。去岁，他郡未知丰歉，而福建一路，禾苗白死，收不及半，泥足方干，而民已告饥；刈铚方解，而籴已告涌。若不尽行招致凶恶无赖亡命之子归为国家大用，臣恐奸雄不出而无籍亡命，反为吾境之内忧；妖祥乌合，无归而啸聚，反为我山林之怪异。平居无事犹可诿者，今方兴举恢复大事，可不预为之计哉！此招军之法，臣所以拳拳于论事之次也。

我们读了这段文字，对《水浒传》中关于梁山好汉来源的复杂、其军寨的布置以及对战争的想象就不奇怪了。华岳走得更远，他的招降纳叛、兼容并蓄，竟敢把“亡命”“逋逃”“盗贼”和违法的“私贩”（宋代国营专卖的项目太多，私商是动辄得咎的，这些“私贩”有的也有武装）都列入他的“人才网”中，令人瞠目。让人耳目一新的还是华岳倡导的军队组织编制方式，这是《武经总要》等朝廷所编纂、颁行的军事经典中所不讲的。他说的“窟穴将”“波涛将”“楼阁将”“烟火将”“潜身将”“飞走将”“洋海将”“轻捷将”“机巧将”“风云将”等等，是不是都可以与梁山好汉的能人对号，如时迁、单廷珪、魏定国、王定六、戴宗、孟康、凌振、张顺、张横、李俊，这些在一百零八将中并不太显眼的人物多数都有特长，能够在战争中显示一技之长。华岳的方案与水浒作者思路十分接近，他们更多地反映了底层社会的文士或江湖人的意见，这也许更符合实战要求。《水浒传》中第七十一回一百零八将排完座次之后，“有篇言语，单道梁山泊的好处”，其中谓：

> 或精灵，或粗卤，或村朴，或风流，何尝相碍，果然认性同居；或笔舌，或刀枪，或奔驰，或偷骗，各有偏长，真是随才器使。

这种兼容并蓄各种性格和“随才器使”的想法，与华岳的“有一技则生一材，有一材则济一用，因技以求材，因材以制用”多么相像，这不仅对朝廷和社会安定有用，更重要的是可以防止“妖祥乌合无归而啸聚”所致“吾境之内忧”。实际上，华岳所述的那些人士，许多已经是江湖人，他们正在社会的缝隙中挣扎搏斗，现在没有闹大事、出大乱子，是因为还没有机会。华岳也说到，现在这种机会正在形成。“福建一路，禾苗白死，收不及半，泥足方干，而民已告饥；刈铚方解，而粜已告涌。”去年，由于天灾，福建路刚刚收获完毕，人们已经没有粮食吃了。饥饿驱使老百姓起来造反，江湖人很快就会成为他们的骨干和领袖。到那时就不好收拾了。华岳不是吓唬统治者，历来改朝换代，不都是走这样的程序吗？我们从华岳的上书中能够感受到当时江湖人士活跃，时时有可能浮出水面，投入社会动乱。

华岳研究军事，向皇帝上书，坦陈恢复大计，自然是一腔热血，但从他的建议本身和武学生的身份出发，显然被视为是一种另类行为。统治者能够做的，而且要努力去做的，还是加强对于边缘人物的控制。他们要弄清边缘人物的数目、姓名，在造户口册时要注明，限制和管理其活动，避免出现不可控制的混乱局面。对于那些在统治者看来是“不逞之徒”的人，更要严加看管。具体如何做，各个朝代还是各有特点的。总的说来，宋代因为缺少经验，对于社会边缘人管得不多。明代开国皇帝朱元璋为游民出身，他对游民、江湖人、社会边缘人都有很清醒的认识。他特别注重控制士农工商的活动范围，限制活动自由，连商人长途贩运都要有“路引”（凭证），并对其所去方向、远近均有所控制。还规定学生士子读书不许住庙。清代对于特别需要注意的边缘人物则是通过户口册控制，在造户口册时，把他们打入“另册”。

| 山寨、水寨、山水寨 |

1. 2009，“山寨”泛滥

盘点2009年网上蹿红的词语，“山寨”肯定能算上一个，大约最先是山寨手机，后来又有各式各样以“山寨”命名的物品，直至“山寨百家讲坛”“山寨新闻联播”“山寨春晚”等。一上网往往会有山头林立和处处有山寨盘踞之感。

山寨本来是宋元以来通俗文艺作品之中常见的文学意象，不知道哪位福至心灵用来包装仿冒制品了。据说它是“以极低的成本模仿主流品牌产品的外观或功能，其特点主要表现在仿造性、快速化、平民化。主要表现形式为通过小作坊起步，快速模仿成名品牌，涉及手机、数码产品、游戏机等不同领域。这种文化的另一方面则是善打擦边球，经常行走在行业政策的边缘，引起争议”。其实这就是一种巧妙的盗版。如果公开说“盗版有理”，那是明目张胆地侵犯知识产权，不合法（中国法）。现在请出一位背后插着四面三角旗，挥舞着朴刀，在舞台上乱蹦乱跳的山大王，这个经济侵权的严肃问题一下子成了喜剧。山大王是干什么的？不是讲温良恭俭让的，山大王北方叫作“老抢儿”，就是打劫的。虽然娄阿鼠之徒看不起他们，认为干这行的，“没一点技术含量”，《天下无贼》中的黎叔是多么藐视上火车打劫的“斧头帮”；但“老抢儿”眼中娄阿鼠之类也不过是鼠窃狗偷，不能上台盘的。

这在江湖上是有传统的。《水浒传》中石秀、杨雄等人上梁山时，诉说祝家庄对梁山的无礼，想博得梁山好汉的同情，不料涉及时迁偷鸡事，寨主晁盖大怒，喝叫“孩儿们将这两个与我斩讫报来”。为什么晁大哥很生气，做出如此过火的反应？因为时迁偷鸡，丢了梁山好汉爷的份儿。在梁山好汉看来打家劫舍、杀人放火才是英雄，偷鸡摸狗是下三滥的，英雄不为，这构成一种江湖的道德观。在传统中，许多江湖意识渗入主流社会，而且形成一种集体无意识，潜藏在国人心灵深处。再加上历来人们对“做大”的崇敬，因而对于哪怕是用不正当手段“做大”的，也有几分谅解。即使进了监狱，江洋大盗也坐首席，小偷小摸，就得挨着尿桶睡去。而山寨好汉的明火执仗，则多赞誉（前提是受灾蒙难的不是自己），北方称劫盗为“老抢儿”，在那个“儿化音”中就包含着谅解。那些占山为王者，任世间有千万条法律规则，老子我行我素，不管你那一套，敢“拉硬弓”的强势人物，则能得到许多无权人士的艳羡甚至模仿。山寨产品打劫的是名牌产品的大老板，虽然违法，甚至也在侵犯着消费者的权益，但有些底层人士也愿意站在一旁，以为笑乐。说山寨道路可以振兴经济，甚至说是中国发展的必由之路，纯粹是无稽之谈，但确实能够激起一些迫切希求“变泰发迹”的人士的模仿，使一些无良资本家一夜暴富。受害最大的往往是一旁看笑话的底层人士。

2. 山寨溯源

现代人知道“山寨”这个词大多是由于通俗文艺和《水浒传》。传统戏中写杨宗保招亲的《穆柯寨》就是山寨；《盗御马》开场时窦尔敦唱的“河间府为寨主坐地分赃（新中国成立后改为

‘除暴安良’)”，有寨主，自然就有山寨；梁山泊更是人们耳熟能详的山寨。在这些作品的熏陶下，没出过城的北京人也知道了山寨就是盗匪盘踞的龙潭虎穴。

“寨”或作“砦”，两者音同、义同。《说文》没有收“寨”和“砦”。“寨”字首见于南朝顾野王编纂的《玉篇》木字部。解释为“军宿处”。意为军队驻扎的地方。其实，汉代刘向的《新序》中就有了“寨”字，有“蒙恬为秦侵胡，以河为境，累石为城，积木为寨，匈奴不敢饮马北河”的句子。可见秦代已经把用木头堆积成的军事防御工事称作“寨”了。可是作为一种可以安全驻军，可以防守自保，又可以主动出击的较有规模的军事堡垒的命名，“山寨”是在晚唐五代时期才出现的。《旧唐书·黄巢传》：“时京畿百姓皆砦于山谷，累年废耕耘，贼坐空城，赋输无入，谷食腾涌，米斗三十千。官军皆执山砦百姓，鬻于贼为食，人获数十万。朝士皆往来同、华，或以卖饼为业，因奔于河中”。写黄巢攻陷首都长安之后，老百姓跑到山谷中筑寨避难；由于战乱缺粮，官军把避难山寨的老百姓抓来当作粮食卖给黄巢部队。《旧五代史》中多次提到山寨，从中可见“玉山寨”“紫金山寨”“长山寨”“青山寨”“狼山寨”等记载。那时战乱频仍，官匪无别，人们想自保，不仅要有武装，还要建筑坚实的堡垒，这样，山寨多了起来，并见于史书记载。当然，不是晚唐以前没有类似于山寨的军事设施，而是这种进能攻、退能守的军事堡垒不称为山寨，大者叫“堡”，小者叫“坞”。堡坞大约与福建、广东的土楼类似。

唐末不仅有了“山寨”，而且还有“水寨”，藩镇割据，河北的割据势力就有“水寨营”编制，五代时的后晋也有“军士千余人在堤间治水寨”的记载。有一千多个士卒在大堤旁建造水寨，可见这个水寨的规模还很庞大。

3．遍地山寨的宋代

石敬瑭向契丹割让了燕云十六州，使得北方中原无险可守，任由以游牧为生的少数民族铁骑驰骋。北宋建立之后，就与辽国处于尖锐的对立之中。河北东西两路（现在的河北中部南部、天津南部）就是前线，然而这里是一马平川，完全暴露在敌人武力威吓之下，骑兵可以长驱直入。此时，光是靠城墙已经不能保障人民的安全了，北宋仁宗时的宰相文彦博在一封奏折中向皇帝说，河北靠近边境的百姓，辽兵一来，就往山寨跑，相信山寨的保护能力，而不是城池。因此，自北宋中叶以来，朝廷对建置山寨特别重视。

《宋会要辑稿》的“方域”一类中收录大量有关山寨的资料。从中可以看到，自从宋真宗大中祥符之后，就有在边地建山寨的记载。以熙宁、元丰以后为多，北宋最多的是元符、崇宁、政和等年间。但大量的不是在宋辽边界，这可能与辽国的日渐衰落丧失了对宋的威胁力有关。此时宋统治者的注意力转向了现今的陕西西北、甘肃东北、宁夏北部，因为西夏在边境上的侵扰活动日益加剧。在今天的两湖、两广、四川等与西南少数民族接壤的地区建造了许多山寨、水寨，目的当然是防备外来的骚扰。对于地方建寨积极的，朝廷予以表扬、“赏功”；对于官员还要提职甚至快速升职，可见朝廷对于建寨是很重视的。支持建造山寨成为宋代统治者防御外来侵略的一个传统思路。北宋编纂的《武经总要》对于山寨的分布和一些山寨的形制也有详细的记述。

4．南宋“水浒”故事中的山水寨

北宋、南宋之间就是宋江集团故事产生的时代了。《水浒传》中所描写的梁山泊就是典型的“山水寨”。梁山泊是“水浒”故事的主要发生地，也是宋江集团赖以生存和发展的环境。其实，按照地理实际来说，梁山泊没有多少“山”，现今水退了才有3.2

平方公里的小山包子，宋代黄河决溃，曾有过八百里的水面，那时的“梁山”只是浩渺湖水中的青螺一点而已，根本无法驻扎成千上万的队伍；梁山泊在宋代之所以能成为“盗薮”，主要还在于“泊”。这是实际情况，但作为文学形象的梁山泊山水寨确是气势恢宏、名震四方的，所以宋江才可以那样狂气地说，“借得山东烟水寨，来买凤城春色”。然而这个形象是逐渐形成的。

原始的“水浒”故事产生于南宋，这个故事整体已经不传于世，但从《大宋宣和遗事》《宋江三十六赞》和明代吴从先《小窗自纪·读水浒传》中可以约略看到一些南宋“水浒”故事的影子，当然也可以看到山寨、水寨和山水寨的影子。

“遗事”中已经出现了杨志“卖刀杀人”的故事，他因之被发配；杨志的结义兄弟孙立与李进义（后来演化为卢俊义）等十人在半路（黄河岸边）杀了“送防军人”以后，“同往太行山落草为寇去也”。“遗事”也有了智取生辰纲的故事（但押送生辰纲的不是杨志，而是“马县尉”），晁盖等人作案之后，虽被发现，但得到宋江的密通消息，“晁盖八个，劫了蔡太师生日礼物，不是寻常小可公事，不免邀约杨志等十二人，共有二十个，结为兄弟，前往太行山梁山泊去落草为寇”。虽然也说“梁山泊”，但却把它搬到太行山上。这两处虽然都没有提“山寨”二字，但既“落草”，必有山寨。作者心目中宋江等人是有个山寨作为根据地的，因为他设想的宋江集团不仅仅是中原一带纵横驰突的三十六人（或“骑”），而是一个由成千上万人组成的极有战斗力量的武装群体。九天玄女赐给宋江“天书”，天书上写的是“付天罡院三十六员猛将，使呼保义宋江为帅，广行忠义，殄灭奸邪”。宋江是“帅”，其他三十五人为“猛将”，这就表明在将帅之下还应有一大批喽啰。帅、将、喽啰不可能没有依托，不管他们是在太行山也好，或在梁山泊也好，既然进山“做落草强人”，就必然要有个寨子以安顿他们。“天书”中还说明三十六天罡在山寨聚义是上应星象的，是有光明前途的，因此自然而然，山寨便成为梁山好汉追求的人生理想所在。

大宋京东西路那座梁山没有什么“山”，可是宋人写到梁山山寨就不免想到形势险要且与南宋小朝廷关系密切的太行山（这里充斥着反金拥宋的“忠义人”）；写到梁山泊水寨，虽然有八百里广阔水面可驰骋想象，但这里已经被金人侵占多年，离宋人的实际生活越来越远，因此，写水泊、水寨就不免把眼光投向南宋北部边界淮南。这里在两宋时期是川泽之国，河湖港汊，纵横交错，水寨遍地。明代隆庆万历时期吴从先的《小窗自纪》所提到的《水浒传》就把宋江集团故事的发生地设计在淮南。

一些研究者认为吴从先读的是一个古本，它更带有南宋说话人所传故事的色彩。这个本子中说“宋江起于淮南”，那时的淮南属于南宋版图，而在京东路的梁山泊则处于金人统治下，遥远而隔膜，在南宋艺人头脑中除了与宋江集团相联系外，其地域方位日渐模糊。这个本子中说宋江是个“亭长”（乡长），“性善饮，朋从与游”，好交朋友，喜欢助人，重信誉，后来因为接受贿赂，而被“刺配江州，道经淮，而梁山啸聚徒众，有鸡鸣狗盗之风焉，及闻江来，众哗迎入壁，推为寨主”。这段话中也提到“梁山”，被发配的宋江经过“淮”被“啸聚徒众”截住，拉来做他们的“寨主”，又说宋江“之据淮南也，约束诸叛，纠集群豪，广纳亡命，若阴为宋收拾不轨之人”。从行文中可见宋江被奉为“寨主”的“寨”是在淮南一带的。把宋江集团活动的重点区域安放在淮南，并且把梁山也搬到“淮南”（现在的江苏北部）了。这一带当时“素号为川泽之国”，宋江等人所踞之“寨”，也应该是“水寨”。南宋“水浒”故事山寨和水寨的形象还不很鲜明，但它们的出现不是由于艺术情境的需要，而是现实生活的反映。

5. 建设山寨、水寨

“山寨”在南宋初叶、中叶都是热络词儿，特别是在南宋初，北方的山寨就是个抗金勤王的象征。宗泽就说：“今河东、西不从敌国而保山寨者，不知其几！”在宋金边界和两国交战频繁的地区，建营筑寨也成为朝野关注的问题。宋金交战的界地有三块，两淮、荆襄、川陕。“两淮”以西的荆襄、川陕地区，山高谷深，地势险要，对于善用骑兵和处于攻势的金国不利，所以在这三块地中，两淮是宋金交战最频繁的地方。金人只要南侵，首先想攻打的就是这个地区。而两淮又缺少自然屏障，除了淮西有些丘陵外，淮东就是一马平川，任由金人铁骑驰骋。当然靠近东海有些河湖港汊、沼泽湿地，金人的水军相对弱一些，宋军还有点周旋之地。南宋中叶武学生华岳曾到这里考察过，他指出这一带缺少像样的城池作为防御的屏障。州县城池不全，有的还残破不堪，连猪蹿狗跳都挡不住，而且州县城之间距离遥远，有了紧急情况，很难做救急之用。因此他提议不如在就近之地，利用各种地形，多建筑些水寨、山寨，方便快捷，又比筑城省工省料。

功利派思想家叶适作为官员（开禧北伐时担任“江淮制置使”）亲眼看到金人南侵，这里动辄有数十万人流亡，不仅大批百姓辗转于沟壑，有的还流为盗匪，四处烧杀抢掠，自己给自己制造苦难。叶适对这一地区的自然形势和人群心态动向做了深入的分析。他认为两淮地区是处在“四战之地”，宋金一有交手，这一地区的人民是第一受害者，但他们心向大宋，如果能够帮助他们建寨自保，敌人不在时可以耕作，来时入寨自保，退了还可以纵兵骚扰，一举数得，因此他力主帮助人民结寨自保、自养、自安。叶适作为当地主政官员时还利用政府的资源，实现自己的设想。他在长江北岸的定山、瓜步和石跋三地建立堡坞，安置流民；并命令他们依山傍水，建立山寨、水寨，自相保聚。这些堡坞和山寨、水寨在当时起到了“安集两淮，以捍江面”的作用。过去江北无堡坞，虽有驻军，敌来即退，敌军可以进至江边，直接威胁长江南岸。现在有了堡坞和山水寨作据点，独据长江之险，进可以攻，退可以坚守，足以振奋士气；还可利用战船，“强弩所及，虏人腹背受敌”，不愁敌军“夺舟径渡”。叶适在《安集两淮申省状》中说：

> 今事已无及，长淮之险，与虏共之，惟有因民之欲，令其依山阻水，自相保聚。用其豪杰，借其声势，縻以小职，济其急难，春夏散耕，秋冬入保，大将凭城郭，诸使总号令。虏虽大入，而吾之人民，安堵如故。扣城则不下，攻壁则不入，然后设伏以诱其进，纵兵以扰其归，使此谋果定，行之有成，又何汲汲于畏虏乎！所以安其内也夫。徒手搏虎，以幸其毙，一夫之勇也。一夫之勇未必验，而一夫之怯，其为验也决矣。为天下者，不以天下之大，而就一夫之勇。故某愿朝廷以谋困虏，以计守边，安集两淮，以捍江面，使淮人不遁，则虏又安敢萌窥江之谋乎！故堡坞之作，山水寨之聚，守以精志，行以强力，少而必精，小而必坚，毋徇空言而妨实利。

靠建设山水寨，就能把本来无险可守的两淮地区，建成百姓虽在战地，却能在强敌屡至的情况下，免于颠沛流离，各自为家，“养生送死，老子长孙，未尝有阙”，过正常人的生活。而且还能相机而战，让敌人来得了，出不去，从而保障长江天堑的安全，保障长江以南的宋朝主体。

作为武学生的华岳曾向朝廷献《平戎十策》，提出一整套抵御金人的战略战术，其中在《治安药石・边防要务》中专门论述建设山寨水寨的重要，并介绍建设的材料与方法。他特别指出淮东多的是“小洲、大渚、沙屿、石碛，水势环绕，人所不到之地”，这些地方都可以修造水寨，这样可以“使近水之民皆居于一寨之中，而无虏劫之患，顾不便欤？然或者犹谓织席为芦，流亡之民固可以偷安；积土为垒，迁移之粟固可以自足”。水寨不仅能够自保，而且还可以在其中发展生产，编织芦席，储存粮食。水寨不是靠高墙重垣来防卫，那么敌人来了怎么办呢？华岳说：“水寨之法，浅则有伏牛暗楗，可以破贼人之楼舰；深则有草拉沉缆，可以挽贼人之舟楫；浮则有棉穰稻杆，能使贼船之来，车不可踢，橹不可摇；沉则有锤锥浮钩，能使贼船之来，浅不可移，深不可去。芦牌苇筏，阻以撞竿斜桩而不可到，则因风纵火之术，贼不可施，而我反可施。浮罂坐鼓，阻于拦河截汊而不可入；则浮箭流火之术，贼不可用，而我反可用。”水面上有漂浮物，水面下有暗道机关，敌船很难靠近水寨；而且还可因河湖港汊之势，建造一些工事，如果敌船靠近水寨，便可以因风纵火，用火攻击。

在淮西则多山地，华岳指出，其中适于建造山寨的地势是“山瞳（山体直上直下）巅峭，于上平下险、无路可登、无阶可陟、人所难到之地”，山寨的建立使得“近山之民皆居于一寨之中，而无流窜之患”。有人认为，如此险峻之地“固足以为一时之计；绝顶为营，固足以苟目前之安”，因为山上少有井泉，这样就经不得敌人长久围攻。华岳指出，淮西山上天然生长防卫武器，毛竹就是一种。它可以“聚竹为轮，透竹为筒，可以为就绪之器，而天雨之水既得于留藏，而充足于日用；曲木为架，断木为车，可以为远汲之溜，而山泉之水又得于引传而备御于天旱，阴岩石窟，可以种水以浸润自生；合槽埋水，可以积水而清溃不绝。虑粮食之难运于上，则有粮船、斜车以济夫人力之所不可及；虑贼寇之易至其下，则有浮木、溜脚，以绝夫人迹之所不到”。用竹筒做成引水工具，还有“阴岩石窟”聚拢山中水汽，自然生水。还可利用山崖山溪转运粮食。“烧土为圆，可以粉贼人之皮笠；击石为弹，可以破贼人之顶板。硬弩之外，又造蹋脚城，以杜贼径，使贼人之兵可见而不可近；强弓之外，又造轮箭车，以避贼矢，使贼人之箭可发而不可即。凡山寨之秘法三十有六无不毕备，则吾民之老幼皆安，而少壮愿从于战斗；吾民之粮用皆全，而盗贼无从而掳掠。近寨而攻，则上寨甚险，而不得以遂其谋；越寨而过，则下寨甚易，而或得以袭其后。”山中的竹木土石都可以制成破敌的武器，山寨易守难攻，有水有粮，人们有了安全感，少壮也就乐于战斗。华岳还罗列修造山寨、水寨的器具。山寨器具：

聚轿，透筒，就储，曲架，远汲，走水，种水，合槽，粮船，斜车，浮木，溜脚，圆木，火炮，灰炮，土炮，石弹，蹋脚城，轮箭车，虚桥，飏毒，土乳头，绵幕，瞥脚水，螳螂拒马，蜻蜓车，挂车，油幕，引车，埋水，方木，土员，顶板，扑灯蛾，布遮箭，绵帘。已上三十六件系山寨器具。

水寨器具：

伏牛，谿水，游丝钩，水毛猬，浮钩，暗楗，拍水，独面暗棒，沙针，绵穰，撞竿，撞筏，截汉，鸡距，稻杆，斜桩，自凿，拒板，虚木，乱线，双头筌，钉底，担车，碍父，鬼钻，八角茴香，聚钩，网索，篾锥，水蒺藜，鬼连环，火牌，锤锥，藤蔓，阑河，冲天水，金网筌，神系，四索番车。已上三十九件系水寨器具。

这些器具的用途有的在《平戎十策》中做了解释，我们大致还可以理解，有些就很难知道其形制与具体用途了。

叶适与华岳都说的是具体的山寨、水寨，这些建置在保卫南宋政权与安定当时老百姓的生存和生活中都起了很大作用。“水浒”故事中的山水寨就有现实生活的影子。

6. 山寨逐渐成为一个象征

山寨在两宋只是民众自保的军事工事，经过通俗文艺作品，特别是《水浒传》的传播，名声越来越大，逐渐演化为一个象征，逐渐变成背离主流社会的象征、江湖的象征。

在拙作《游民文化与中国社会》中说过游民的组织化过程中通俗文艺作品起了关键作用，甚至可以毫不夸张地说，《水浒传》就是这个演化的桥梁。历史最悠久、规模最大、组织最为严密的天地会（又称洪门）的意识形态与组织形式主要借鉴了《水浒传》。例如，其会众入门时有“三把半香”的誓言，其中的一把就源于《水浒传》“三把香来根本香，梁山结义有宋江。聚齐一百零八将，不分男女摆战场。河北收来卢俊义，外有兵来内有粮。这是三把根本香”。这种结成帮派，只相信暴力实力的思想也是《水浒传》思想的核心。

天地会组织命名为“山、堂、香、水”，每个组织都有山名、堂名、香名、水名。所谓“山”不一定是实有之山，只是一个名称。如郑成功（天地会自己内部流传的文件中认为郑成功是天地会的创建者，学术界有不同意见）创立的叫“金台山”，陈近南组织的叫“精忠山”。孙中山也曾是洪门老大，他创立的组织叫“大陆山”。辛亥革命前后洪门空前活跃，纷纷创立“大洪山”“太极山”“大同山”“春宝山”“民国山”等，用以夺权。这些山都自称山寨，山头领袖，人称寨主。内部人相问，第一问就是贵山“宝号”。这样山寨在人们的印象中渐渐成为盗匪组织和反社会组织的代名词了。

《水浒传》与宋代法治

一、衙门

有的研究者发现《水浒传》一书中写酒店最多，书中的许多酒店都与梁山好汉的命运相关，于是，他写了一本《水浒的酒店》。“水浒”中写得其次多的就是山寨和衙门了，山寨（包括山水寨）是好汉们向社会进攻与索取的根据地，而衙门往往是好汉与社会或统治者冲突反映得特别剧烈的地方。衙门从政治学角度来看是统治者镇压反抗和协调社会矛盾的工具。古代行政司法一体，州县府这些行政衙门也是老百姓打官司的地方。特别是县级衙门直接与老百姓打交道，从中可见社会的黑暗腐败，可以了解一个时代的法律与法治。

然而《水浒传》不是一时一人完成的，它经过至少是二百五十年以上的酝酿、编撰，最后由一位名叫施耐庵（或罗贯中）的文人写定，因此小说中的衙门以及法律、法治中的许多细节有可能是宋代的，也有可能是元代的，也不排除还有明代的。

1. 县衙门

县一级的衙门按照古代的说法是亲民之所。宋代的县衙门知县是第一把手，其属官有县丞、主簿、县尉。《水浒传》中连提都没有提到县丞、主簿，倒是有数处提到了县尉。县尉是“以察奸捕盗为责任”的，与处理刑狱关系最为密切，《水浒传》是写游民奋斗成功与失败的故事的，游民的奋斗必然要涉及作奸犯科，因之他们与“察奸捕盗”者打交道是常态。

宋代的县尉往往还另有衙署，称之为尉司。县尉到了元代还有，但增加了一个县官之上的达鲁花赤①和一个众官之末的典史。明代已经没有了达鲁花赤和县尉了，保留了典史。《水浒传》中只有少数与县衙门有关的故事里还有县尉，如第二回九纹龙史进因为与少华山的强人结交被人告到华阴县衙门：

> 只见是华阴县县尉在马上，引着两个都头，带着三四百土兵，围住庄院。史进和三个头领只管叫苦。外面火把光中，照见钢叉、朴刀、五股叉、留客住，摆得似麻林一般。两个都头口里叫道：“不要走了强贼！”

这说明华阴县中有县尉。《水浒传》中经常出现的差役头——都头——在县尉的管辖之下。另外，宋江故事和晁盖故事的发源地——郓城，也有县尉。在第十三回，介绍郓城知县时文彬时也顺便提到县尉：

> 当下知县时文彬升厅公座，左右两边排着公吏人等。知县随即叫唤尉司捕盗官员，并两个巡捕都头。本县尉司管

① 达鲁花赤是元代独有的官，为蒙古语的译音，意为“镇守者”。为所在地方、军队和官衙的最大监治长官。多为蒙古人和色目人担任。

下，有两个都头，一个唤做步兵都头，一个唤做马兵都头。这马兵都头管着二十疋坐马弓手，二十个土兵。那步兵都头管着二十个使枪的头目，二十个土兵。

这一段符合宋代县衙门的建制和称谓，如称县尉管下的差役为“土兵”和“马弓手”“步兵手”，共四十人，巡捕都头朱仝、雷横都属于县尉管辖，而武松在阳谷县做都头仿佛归知县直接管辖，这就不符合宋代建制，也许是说书人为了节省笔墨。后来“生辰纲”事发，济州的缉捕使臣何涛来到郓城县准备捉拿晁盖一干人等，知县时文彬得知以后：

随即叫唤尉司并两个都头：一个姓朱名仝，一个姓雷名横。他两个非是等闲人也。当下朱仝、雷横两个来到后堂，领了知县言语，和县尉上了马，径到尉司，点起马步弓手并土兵一百余人，就同何观察并两个虞候，作眼拿人。

“尉司”本是县尉办公的地方，这里指县尉。这里讲明都头统领的“马步弓手”“土兵”也都在尉司，因为县尉才是真正的官，他才有管辖权；而都头不过是差役的“头”，差役到了北宋末虽然向固定化方向发展，但其终归还是老百姓轮流服的徭役，县里的都头不过是这些役夫的领队，他们往往不是上面任命的，像朱仝、雷横二人，因为被县内舆论认为是“非是等闲人也”，“以此众人保他两个做了都头”。他们对于马步弓手等只是带领，而非管辖。这段故事细节也很符合宋代实际。如在捉拿晁盖时，雷横对朱仝说：

也说的是。朱都头，你和县尉相公从前门打入来，我与你截住后路。

读者注意“县尉相公”四字。“相公”在宋代是专门称呼宰相一类高官的。朱彧的《萍洲可谈》中说：“祖宗故事：宰相呼相公；节度使带开府仪同三司，元丰前官制带同中书门下平章事，亦呼相公，谓之使相三公，真相之任呼公相。”这是北宋，到了南宋虽然使用面宽了一些，大多也是指安抚使、大州知州以及监司以上的高官。当然，老百姓看官员都是仰视的，称呼小官以大官名是巴结，也是一种礼貌。如同现在连长带队救灾，老百姓也会称连长为“首长”一样，但不能太离谱，特别是有固定所指的官称就不能乱用，老百姓也不会称连长为军长。“相公”本来是具体有所指的官名，后来变成泛指高官，于是就产生变化了。到了元代通俗文学中“相公”一名所指范围逐渐加大了，许多低级官员也被称“相公”了。元杂剧早期作家关汉卿的《窦娥冤》中楚州太守（知府）桃杌就被称为“相公”，其他如《钱大尹智宠谢天香》中开封府尹钱可也被称为“相公”，《萨真人夜断碧桃花》中知县徐端也称“相公”。就连一些没有官位的书生学子，只要将来有希望为官的，也多有被称为“相公”的，如《李亚仙花酒曲江池》中的书生郑元和、《西厢记》中的张君瑞、《破窑记》中的吕蒙正等，都是“相公”。可见“相公”已经成为有希望做官的读书人的官称了，后来更演变成为青年书生的通称。但在宋代是绝没有“县尉相公”“知县相公”“知府相公”这一类称呼的。这是元代以后的习俗，明代的“三言二拍”中，到处都是“知县相公”。

写郓城还有一个细节最具宋代特征。第十三回，知县时文彬要求都头朱仝、雷横在全县巡逻、查访盗贼：

> 当日知县呼唤两个上厅来，声了喏，取台旨。知县道：“我自到任以来，闻知本府济州管下所属水乡梁山泊，贼盗聚众打劫，拒敌官军。亦恐各处乡村，盗贼猖狂，小人甚

多。今唤你等两个，休辞辛苦，与我将带本管土兵人等，一个出西门，一个出东门，分投巡捕。若有贼人，随即剿获申解，不可扰动乡民。体知东溪村山上有株大红叶树，别处皆无。你们众人采几片来县里呈纳，方表你们曾巡到那里。各人如无红叶，便是汝等虚妄，定行责罚不恕。”两个都头领了台旨，各自回归，点了本管土兵，分投自去巡察。不说朱仝引人出西门自去巡捕，只说雷横当晚引了二十个土兵，出东门，绕村巡察，遍地里走了一遭，回来到东溪村山上，众人采了那红叶，就下村来。

这种对于巡逻、查访的重视，正反映北宋末、南宋初朝廷对于州县地方巡防的要求，这在历史上是有记载的。《宋会要辑稿·职官四十八》记载，北宋宣和二年（1120）二月十五日“提举京畿、京西路盐香茶矾事”的卢知原上书言“私盐”与茶、矾的走私非常严重，全靠巡捕官员“遍诣巡警，则私贩不致透漏”。虽然，这些历来有法律法令约束，但巡捕官员不能普遍遵守。于是他提出每个地方所管辖的县镇：

于逐乡村，置粉壁一座，依巡辖马递官法，每月躬诣地头，于粉壁上亲书出巡月日，一月之间，责其一遍，亦不为劳。

尚书省后来还立法，如果不书粉壁，或请人代书，要杖责“一百”。南宋绍兴三年（1133）十一月三十日宋高宗下诏再次强调这个问题，要求“诸乡村巡尉每月遍诣巡捕（地界远阔处所，巡尉更互分巡），于要会处置粉壁，州给印历，付保正掌之”。每次都要记录，而且上级机关——州府要按月检查。这条规定后来还进入“编敕”——《庆元条法事类》（法律补充）。这个规定一定是弄得尽人皆知，所以小说人讲到这个故事，把它安到时文彬头上，把“尉巡”（县尉和巡检）改为步马弓手二都头，把“书粉壁”改为采摘“大红叶”，使之更有趣味。

阳谷县衙门也是《水浒传》中着墨比较多的，其中的宋代特征就远不如郓城县明显。但从武松斗杀西门庆为兄报仇一案的审理上来看，这还是宋代县衙门的实况。如武松报仇后来到县衙门自首：

> 武松怀中取出胡正卿写的口词，从头至尾，告诉一遍。知县叫那令史，先问了王婆口词，一般供说。四家邻舍，指证明白。又唤过何九叔、郓哥，都取了明白供状。唤当该仵作行人，委吏一员，把这一干人押到紫石街检验了妇人身尸，狮子桥下酒楼前检验了西门庆身尸，明白填写尸单格目，回到县里，呈堂立案。……且说县官念武松是个义气烈汉，又想他上京去了这一遭，一心要周全他；又寻思他的好处，便唤该吏商议道：“念武松那厮是个有义的汉子，把这人们招状从新做过。改作：‘武松因祭献亡兄武大，有嫂不容祭祀，因而相争。妇人将灵床推倒。救护亡兄神主，与嫂斗殴，一时杀死。次后西门庆因与本妇通奸，前来强护，因而斗殴，互相不伏，扭打至狮子桥边，以致斗杀身死。’”写了招解送文书，把一干人审问相同。读款状与武松听了。写一道申解公文，将这一干人犯解本管东平府，申请发落。

县官的这种审理及擅自更改犯人与证人的口供，便是宋代的风格。到了元代和明代，县官如果这样做困难就大些。

宋代的县官权力相对比较大。县衙门受理的诉讼一般只是发生在境内的民事案或其罪在杖刑以下的案子。武松的案子，涉及三条人命，按今天的说法也属于大案重案。宋代县衙门对这样的案子的责任只是通过审讯弄清事实，以供州府判决。但知县在权限以内可以自己决定，或委之于吏胥。宋代规定知县就是县一级主管司法的官员，不再设辅佐，审案必须亲临。南宋曾担任过知县的胡太初在《昼帘绪论·治狱篇》中告诫县官："在法鞫勘必长官亲临，今也令多惮烦，率令狱吏自行审问，但视成款佥署，便为一定。甚至有狱囚不得一见知县之面者。"从胡太初的批评，也可见县官在审讯和狱讼中的权力。这也说明宋代县太爷在狱讼中处在绝对强势的地位，在处理案件时上下其手的机会就多些。

到了元代，县太爷这样干的可能性便大大降低了。元朝县一级官员正官是县尹，但第一把手却是达鲁花赤。其辅佐之官包括县丞、主簿、县尉等，诉讼审案主持者虽是县尹，但还要"每日圆坐商议词讼，理会公事"，所谓"圆坐商议"就是众官围坐在一起讨论，结案时要"连署"。这是元代县政不同于其他朝代的地方，像县尹把重要的案子完全委托吏人的可能性很小。明代的县官也是授权有限的。顾炎武在《日知录》中甚至感慨"今日之尤无权者，莫过于守令"。就是说他们很难独立行使治权。地方官除了上下左右的掣肘之外，明代御史巡按制度，对于地方官的权力是个很大的限制。传统戏很喜欢表现"八府巡按"的威风（如《玉堂春》就是一例）。其实巡按只是个七品芝麻官（所以有新科进士被任命此职，《玉堂春》中的王金龙就是个新科进士），但他们巡行各省府州县，是"代天子巡狩，所按藩服大臣，府州县官诸考察，举劾尤专，大事奏裁，小事立断。按临所至，必先审录罪囚，吊刷案卷，有故出入者理辩之"[①]。官职低、阅历浅恰恰成为他们勇于任事的内在因素，这对州县官吏任意妄为是个威胁。像阳谷知县那样干是很危险的。

《水浒传》中还写了一个寿张县衙门。这是第七十四回"李逵寿张乔坐衙"。李逵大闹县衙门之后，县官跑了。李逵想过一

① ［清］张廷玉等撰：《明史·职官》，中华书局1974年版。

下做县太爷的瘾，他穿上县太爷的官服，在大厅上对众衙役说："你们令史祇候，都与我排衙了便去。若不依我，这县都翻做白地。""众人怕他，只得聚集些公吏人来，擎着牙杖骨朵，打了三通擂鼓，向前声喏。"这里面提到了"祇候"，这里是衙门里的吏员，元代各级衙门均置，员数不等，职务是跟随官长，听从使唤。宋代的官名中有"祇候"，那只是朝廷内外官，内官如内侍省的宦官中祇候班，外官如閤门祇候等，但地方官中没有祇候。到了元代从上到下都有祇候。《元典章·工部》中的"役使"部分专门有"祇候人"一项规定各衙门里祇候人数，州县地方衙门中上县是十二名，中县十名，下县八名。李逵坐衙这一回，关于"令史祇候"这一细节，作者在无意间透露了这个故事产生的时代。第七十一回之后，李逵的形象与前七十回有很大的不同，因为它多采之于元杂剧。[①]

2. 州府衙门

《水浒传》中写的第一个州府级的衙门就是"开封府"。它是北宋的都城，也称汴京或东京，地方建制叫开封府。开封府尹曾将高俅"断了四十脊杖，迭配出界发放。东京城里人民，不许容他在家宿食"。弄得十分狼狈，只得远走他乡。第二次出现则是高俅发迹以后，白虎节堂陷害林冲，说林冲带着宝刀想暗杀他，因此叫部下"解去开封府，分付滕府尹好生推问，勘理明白处决。就把宝刀封了去"。当时高俅是做到"殿帅府太尉职事"（殿前都指挥使司），可以说是武官之首了。为什么他不直接处理林冲，要送到开封府呢？因为他没有司法权，另外高俅这样做也显得自己不专擅权力，按法律办事。北宋法律规定京畿地区诉讼案件都要由开封府处理，开封府的权力很大，可以追取包括禁军在

① 见拙作《水浒江湖人物论》，载于《社会科学论坛》2010 年第 21 期。

内的证人。

开封府的人对于高俅的做法却另有看法。林冲案的当案孔目孙定道："谁不知高太尉当权，倚势豪强，更兼他府里无般不做。但有人小小触犯，便发来开封府，要杀便杀，要剐便剐，却不是他家官府。"本来高俅想让开封府杀了林冲，却被一个小小的孔目顶了回去，最后只判了个"'不合腰悬利刃，误入节堂。'脊杖二十，刺配远恶军州"。

第二个被读者关注的是"东平府"。这个地方的建制原来称作郓州，宣和元年（1119）改作东平府。[①]无论是按照《水浒传》故事纪年，还是根据历史上宋江三十六人活动纪年，武松杀嫂故事都应该发生在宣和以前，也就是说东平府还称作郓州的时候。阳谷县把武松的案子结案后，无权判决，像武松刀伤二命、王婆诱人犯罪和谋害武大郎的罪行都超出"杖刑"责罚的范围，因此必须上报到州府处理。管辖阳谷的就是郓州或东平府，这就引出了东平府衙门。

府尹陈文昭，作者是当作好官来写的。《水浒传》作者不关心诉讼审判中是否合于事实、合于法律规范，只关心是否倾向于梁山、倾向于一百零八将。可见其"好坏"的坐标是十分简单的。阳谷县知县先拒绝武松的告状，拿了西门庆的银子，他就是贪官；后来对于武松的诉讼状做了有利于武松的歪曲与修改，于是，作者在叙述过程中就带有褒奖之意。对于东平府陈文昭也是如此：

> 陈府尹把这招稿卷宗都改得轻了，申去省院，详审议罪。却使个心腹人，赍了一封紧要密书，星夜投京师来替他干办。那刑部官多有和陈文昭好的，把这件事直禀过了省院

① 见《宋会要辑稿》《宋史》。

官，议下罪犯："据王婆生情造意，哄诱通奸，立主谋故武大性命，唆使本妇下药，毒死亲夫，又令本妇赶逐武松，不容祭祀亲兄，以致杀伤人命。唆令男女，故失人伦，拟合凌迟处死。据武松虽系报兄之仇，斗杀西门庆奸夫人命，亦则自首，难以释免。脊杖四十，刺配二千里外。奸夫淫妇，虽该重罪，已死勿论。其余一干人犯，释放宁家。文书到日，即便施行。"

陈文昭是作者竭力赞美的清官，说他"平生正直，禀性贤明""慷慨文章欺李杜，贤良方正胜龚黄"。可是这个"正直贤明"的官员，不仅在审理之前就偏向武松，而且修改原有口供，对王婆的罪行添油加醋。从程序公正的角度来看，这是大悖其道的。然而这段文字所写的为武松和王婆定罪量刑的过程倒是非常符合宋代的规定。宋代朝廷对于狱讼刑名还是很重视的。对于疑案、大案、重案，特别是刑罚处理特别严重的强调要奏上复核。如大中祥符六年（1013）下发的《令大辟情理悯恻刑名疑虑申提刑司看详附驿以闻诏》中要求每路（州府之上的行政区划）提点刑狱，对于死刑和难以定案、量刑的案子要报到朝廷详细研究，加以详定："或疑似未分，难定一成之法；或事情可悯，合推三宥之恩，所宜具方牍以奏陈，自朝廷而详谳。"小说中的"去省院详审议罪"是指什么呢？指中书省和审刑院。"审刑"本来是"中书刑房宰臣所领之职"，北宋淳化间（990—994）审刑院从中书省分出，地方报的案子由大理寺送审刑院复审后，同署上报中书省批敕。小说中批准之后再由东平府执行。《水浒传》所写的武松案的流程是符合宋代法治秩序的。

第三个值得谈的州府衙门是"北京大名府留守司"及其留守梁中书：

原来北京大名府留守司，上马管军，下马管民，最有权势。那留守唤做梁中书，讳世杰。他是东京当朝太师蔡京的女婿。当日是二月初九日，留守升厅。两个公人解杨志到留守司厅前，呈上开封府公文。梁中书看了。原在东京时也曾认得杨志。当下一见了，备问情由。杨志便把高太尉不容复职，使尽钱财，将宝刀货卖，因而杀死牛二的实情，通前一一告禀了。梁中书听得，大喜。当厅就开了枷，留在厅前听用。押了批回与两个公人，自回东京，不在话下。

这是杨志卖刀杀了牛二之后被开封府发配到北京大名府的情景。北宋初定四京，包括东京汴州城开封府，西京洛阳河南府，南京宋城（商丘）应天府，北京大名大名府。京城应是皇帝所在，君王不在，主理此地之政者称为“留守”，为当地最高行政官员。梁中书真正的名字叫梁世杰，电视剧弄不清楚，以为他就叫“梁中书”，所以有“我梁中书”云云的台词。但为什么有“中书”这个称呼？因为“留守”是梁世杰的“差遣”，只是他实际担任的职务；定梁品位的阶官是什么（如金紫光禄大夫、银青光禄大夫一类）？小说中没有提，如果阶官达到二品，便如《宋史》中所说：“二品以上及带中书、枢密院、宣徽使职事。”所以梁世杰阶官的品位一定是二品或二品以上，所以他阶官中才有“中书省”中的职衔（如中书侍郎、中书舍人一类），所以俗称为“中书”。各京的留守一般由该府的知府兼任，小说中在梁中书最初露面时也说他“上马管军，下马管民”（这是五代遗风）；可是到了第六十三回，石秀大闹法场和留守司的公堂，又“收得梁山泊没头帖子数十张”，“梁中书看了，吓得魂飞天外，魄散九霄”之后，大名府又多出一个“王太守”（太守为知府古称）来：

当时梁中书看了没头告示，便唤王太守到来商议：“此事如何剖决？”王太守是个善懦之人，听得说了这话，便禀梁中书道：“梁山泊这一伙，朝廷几次尚且收捕他不得，何况我这里孤城小处！倘若这亡命之徒引兵到来，朝廷救兵不迭，那时悔之晚矣！若论小官愚意，且姑存此二人性命。一面写表申奏朝廷；二乃奉书呈上蔡太师恩相知道；三者可教本处军马出城下寨，提备不虞。如此可保北京无事，军民不伤。若将这两个一时杀坏，诚恐寇兵临城，一者无兵解救，二者朝廷见怪，三乃百姓惊慌，城中扰乱，深为未便。”梁中书听了道：“知府言之极当。”

其实小说加王太守这个人物的目的是令梁中书的行为拐弯，从积极迫害卢俊义这条道路停下来，使得梁山泊能来解救。

《水浒传》写到许多州府，除了上述以外，还有江州、孟州、登州、华州、青州、高唐州、沧州、济州等等，直接细致描写这些州府衙门的法律活动却很少。但其中有个名词却透露了宋代州府司法衙门的建制，如江州的神行太保戴宗的职衔“两院押牢节级”，“节级”本是低级武官官名，宋代用以称呼狱吏，也称“狱级”；“押牢”很好理解，就是主管监狱；“两院”是指州府的司法设置。北宋以来，州府特别是大的州府一般设两个法庭：一是州院（或府院），它由录事参军（或司录参军）负责；一是司理院，由司理参军负责。知州或知府的各曹属官中的司法参军、司户参军，乃至幕职官中的判官、推官也都有司法方面的责任。州院、司理院两院都有监狱，在里面供职的狱吏便被称两院节级。不仅戴宗人们这样称呼他，武松在孟州监狱关押时，施恩也要“买求两院押牢节级”；大名府的狱吏铁胳膊蔡福也称“两院押牢节级”，此外蓟州的杨雄等也是如此。因此，读者可以从“两院”这种称呼得知宋代州府司法机关设置的特点。由于作者可能是底层社会的人物，对于官场复杂的诉讼系统及其运作方式并不一定了解得特别清楚，所以从《水浒传》看到的知州或知府在处理诉讼时不是个人独断，就是与胥吏如“孔目”（吏中地位最高的）商量商量，看不到司法参军、录事参军之类官员出场，这是不符合宋代的司法实际的。

第四，济州府衙门在侦破“生辰纲案”中也有些问题值得注意。

济州府派出侦破生辰纲案子的不是衙役捕快，而是缉捕使臣。这是应该弄清楚的。书中写到府尹看到蔡京等催逼破案的来文：

> 府尹看罢大惊，随即便唤缉捕人等。只见阶下一人声喏，立在帘前。太守道：“你是甚人？”那人禀道：“小人是三都缉捕使臣何涛。”太守道：“前日黄泥冈上打劫了去的生辰纲，是你该管么？”何涛答道：“禀复相公，何涛自从领了这件公事，昼夜无眠，差下本管眼明手快的公人，去黄泥冈上往来缉捕。虽是累经杖责，到今未见踪迹。非是何涛怠慢官府，实出于无奈。”府尹喝道：“胡说！上不紧则下慢。我自进士出身，历任到这一郡诸侯，非同容易。今日东京太师府差一干办来到这里，领太师台旨，限十日内须要捕获各贼正身完备解京。若还违了限次，我非止罢官，必陷我投沙门岛走一遭。你是个缉捕使臣，倒不用心，以致祸及于我。先把你这厮迭配远恶军州，雁飞不到去处。”便唤过文笔匠来，去何涛脸上刺下“迭配……州”字样，空着甚处州名。

这段文字把府尹之恶与缉捕使臣何涛在严厉催逼之下的无奈刻画得很生动。什么是“三都缉捕使臣”？首先应该辨明的是，“使臣”不是吏人，更非差役，它是官，是八至九品武官的共名。使臣这种级别的小武官在军中和保护地方治安中有可能被派遣统兵、侦察、传递文书等。“缉捕使臣”是一种差遣，负责缉捕盗贼。“三都”恐怕是“三班”之误，因为“使臣”在被差遣之前统统隶属于三班院。三班院主管武臣三班使臣的注拟、升移、酬赏等。查宋代史料，尚未发现北宋有“缉捕使臣”的差遣。南宋高宗在临安立国后，大量武官投奔，朝廷设立了“准备差使”“准备使唤”等作为临时安排。绍兴、淳熙各时期临安都有缉捕使臣的设置。北宋济州发生生辰纲被劫案件，府尹必然派遣侦缉人员搜捕，但其名未必是“缉捕使臣”，州里兵马都监、巡检等都有捕获盗贼的职责。作者用了一个南宋才有的差遣名，说明作者对于北宋济州一带执法官员的设置并不熟悉，但这也透露了关于生辰纲的故事是南宋临安艺人创作的。南宋艺人把“缉捕使臣”理解为差役头，所以府尹才会那样蛮不讲理地处置他，先在脸上预先黥上“迭配……州”的字样。其实缉捕使臣乃是官员，府尹尽管比他高好几级，但也没有权力那样处理他。

二、宋代的法制与法治

1. 法制与法治

儒家倡导五伦谐和，充满温情；教导统治者正己修身，以德治国。这些用来治理一个以血缘为纽带的、只有几万人、彼此都能当面打交道的宗法小国可能是个不错的方法。打天下和治天下通常都少不了儒家的一些精神，因为“初长成”的领导者要凝聚支持者都要把自己装扮成集团的大家长。儒家起始要解决的是熟人社会的问题，比如它强调的“知耻”，便是调整熟人关系的。又如五伦，孟子所说的“父子有亲，君臣有义，夫妇有别，长幼有序，朋友有信”，都是调整熟人之间关系的。而陌生人社会遇到的更多是五伦以外的问题，可称为“第六伦”。这是指素不相识的人之间的关系，调整陌生人之间的关系最有效的还是法律。从秦始皇开始中国就进入一个陌生人社会了，面对两三千万人口和数百万平方公里的土地，别说“孔子西行不到秦”的秦国，就是有儒家传统的邹、鲁之邦统一了天下，而且也实行了郡县制，也不会贸贸然完全按照儒家那一套治理。这样庞大的国家怎么能完全靠儒家倡导的道德自觉和习俗礼仪管理呢？于是，秦统治者选择了以“法”治国。

皇权专制下的“法”不是现代意义的、界定社会里人们的权利与义务的“法”，而是震慑和管制老百姓的刑法。这刑法正像贾谊在《过秦论》中所说的“振长策而御宇内”“执敲扑而鞭笞天下”中的“长策”“敲扑”。秦统治者把这种严刑峻法推到了极端，结果二世而亡。汉代统治者借鉴秦统治者“二世而亡”的教训，比较成功地建立了礼法兼容、德刑平衡、为儒者所认可的一套法制系统。这种法制到了唐代发展成为系统完整的《唐律疏议》，被称为中华法系的代表作。

自古虽然唐宋并称，但唐宋社会差距之大不可以道里计。宋太祖登基后不久就命令臣下编定了基本照抄唐律的《宋刑统》，但也很快发觉，此律不能适应现实社会，因而有宋一代不断地立法，以应付社会变迁。后来逐渐有了常设的“编敕所”，负责立法的起草工作。宋代统治者不仅注重法制中的实体法的细密完善，更关注司法、执法的公平，在诉讼中做了许多设计，这接近现代的诉讼法，如果官吏能够严格执行，这就是现代说的法治，也就是依法治国，而不是仅仅依靠官员的贤德来执政。

可惜无论法制还是法治，《水浒传》中大多没有反映，是宋代统治者所设计的司法、执法的公平只停留在纸上，没有能够在民间普遍实施，因而在《水浒传》中没有反映呢，还是《水浒传》的作者不了解或不关注这些而没有深入描写呢？如果是后者也还有两个可能，一是作者生活在宋代以后，对这些不了解；一是作者认为这些没有意义，不值得去写。这些是我读《水浒传》时感到有兴味的问题，这里提出来与读者共同思考。

2. 法制中的制度及程序正义与《水浒传》

立法与《水浒传》中写的底层社会关系不大，但司法、执法与《水浒传》中主人公关系极为密切，值得详细述说。今人郭东旭在《宋代法律与社会》中的《宋代法制建设的新特色》中指出，宋代统治者在刑事诉讼中关注程序正义和制度正义，这也是这个朝代法制建设的突出亮点。他说：

> 在宋代，为了保证实体法的有效实施，构建了完备的审判、复核、监督检察机构体系，规定了详密的起诉形式，建立了收集、辨别、运用证据的制度。尤其为防止司法官吏在审判活动中滥用职权徇私舞弊、曲法枉断和长官独断而造成刑狱冤滥，从制度层面对审判权进行限制。

“审判权”在古代是地方行政官员不得了的权力，有了这个权力，用吴思的话说就是掌握了“合法伤害权”。举个现代的例子：比如你犯了罪，对照《刑法》该判有期徒刑七至十五年，那么这其间八年也就是有审判权的法官“合法”伤害你的权力，判你七年也对，十五年也对。要想不受到伤害，只能或是盼望这位官员是个青天大老爷，一心秉公（这是少之又少的），或是花钱来买他拥有的这个权力。当然，现代有些办法限制这个权力，使其不能滥用。这一点宋代统治者就考虑到了，他们想在制度上杜绝（当然不可能）或控制这些现象，使得法律实体能在本来意义上得到实施。下面仅就与《水浒传》有关的做些介绍：

一是“鞫谳分司”。“鞫”就是审问、推勘，弄清案情真相；“谳”是指定罪量刑。这种做法是将审判权一分为二：审理与判决。这有点类似今天的检察院和法院的部分分工。审讯案情的官员无权过问检法断刑；检法断刑的官员也无权影响审问。不仅朝廷的大理院分“鞫司”“谳司”（又称“法司”），即使地方州郡也是如此，如州中“司法参军掌议法断刑；司理参军掌讼狱勘鞫之事”（《宋史》）。司理参军负责审理推勘；司法参军负责判决。如果州小，知州属官少，也要委派不同的官员将两者分开。这是从北宋到南宋历代皇帝都很关注的。这种制度在《水浒传》中只一见。第十二回，杨志杀了牛二以后，从东京街上的“众人”到开封府公人都同情他为民除害：

> 推司也觑他是个身首的好汉，又与东京街上除了一害，牛二家又没苦主，把疑状都改得轻了。三推六问，却招做一时斗殴杀伤，误伤人命。待了六十日限满，当厅推司禀过府尹，将杨志带出厅前，除了长枷，断了二十脊杖，唤个文墨匠人，刺了两行金印，迭配北京大名府留守司充军。那口宝刀，没官入库。当厅押了文牒，差两个防送公人，免不得是张龙、赵虎，把七斤半铁叶子盘头护身枷钉了。分付两个公人，便教监押上路。

这里提到的“推司”就是开封府左右厅推官，凡州府都有两个审判厅，两个监狱。开封府称左右厅（或左右厢），负责审讯，最后判决由府尹主持，这也是“鞫谳分司”。其中所说“疑状”是把这次有人命的大案，作为“疑狱”来处理。当时能够定为“疑狱”的条件是“情理可悯，尸不经验，杀人无证”（指犯罪者有不得已的苦衷，没有条件验尸，被指责的杀人罪行没有直接证据），都可以上报到皇帝那里。杨志杀人，有尸有证，其能成为“疑狱”是“情理可悯”。作为疑狱，其诉状才称之为“疑状”，推官又把这个诉状改轻了——改为“斗殴”和“误伤”。实际上二人算不上“斗殴”，只是牛二耍赖，杨志一时兴起，杀了牛二，说“误伤”也不准确。若不是推司把实际情况做了模糊处理，按律杨志虽不会为牛二抵命，但判得肯定会重一些，如杖脊八十，发配于两千里之外远恶州军，甚至使人闻而生畏的沙门岛，绝不会只杖脊二十，发往北京大名府这个繁华之地充军。

二是长官躬亲。宋以前各地行政长官往往把审案一类的事情委托给属下佐官或吏员，长官只是签发文书而已。这使得下属得以上下其手，因缘为奸，而且出了问题责任不明。到了宋初，宋太宗强调“诏诸州长吏，凡决徒罪并须亲临”，也就是判处徒刑以上的罪，长官必须亲自主持。宋真宗乾兴元年（1022）下诏要求州县官吏亲自审案，“凡勘断公事，并须躬亲阅实，无令枉滥，及有淹延”。这里的“公事”主要指审理案件。宋徽宗宣和二年（1120），也就是宋江起事期间，下诏：“州县官不亲听囚而使吏鞫讯者，徒二年”[①]。徒刑两年在当时已经是很重的刑罚了，徒刑中最重的是三年。明清之后，长官审案，遂成定式。这种做法是把权力与责任结合起来，传统戏中，告状的一来，大老爷升堂就是从宋代开始的。《水浒传》中的审案方式也基本如是。开封府府尹审林冲，郓城知县审宋江，东平府尹陈文昭审武松都是长官躬亲的例子。

三是回避制度。审案过程中，为了避免不公正现象出现，宋以前已经有了回避制度，主持审判者与犯人之间不得是亲故或有仇隙。但宋代把回避政策进一步细致化了。例如“亲”，内亲（父系）不得在五服以内，外亲（母系）在“大功”（丧葬中服孝的等级）之外；在“故”上，花样更多，如受业师、原长官、同年同科中进士者，曾经有过上下级关系等，都在回避之列。《水浒传》的作者头脑中没有诉讼过程的“回避”意识，如宋江曾在郓城知县时文彬手下工作，两人关系很好，宋江杀惜案发生后，时文彬按照制度是应该回避的。作者不仅没有这样写，反而又强

① ［元］马端临撰：《文献通考》，见上海古籍出版社影印“文渊阁”《四库全书·史部·政书类》。

调郓城知县“却和宋江最好，有心要出脱他”。如果生活中真是如此，这不是张扬时文彬的不法行为吗？那样时文彬是要受制裁的。写武松杀嫂案也有这个问题。

四是“据状勘鞫”。这是指审讯过程中要根据“状子”来审，不能节外生枝。这一条在宋初的《宋刑统》中就已经定了下来：“诸鞫狱者，皆须依所告状鞫之。若于本状之外别求他罪者，以故入人罪论。”不肯“据状勘鞫”要按照“故入人罪”治罪，可见当时法律很重视这个问题。这样做除了防止官员滥用审讯权外，还表明了官方对诉讼案由的重视。

《水浒传》中许多诉讼的故事里都牵涉到官员是如何对待诉状问题的。杀嫂案发生后武松到阳谷县自首，此时距案件的发生不到半天，在杀嫂祭兄的过程中，武松邀请了许多邻居到场，并做了记录。他自首时把王婆、在场众人等也一并带到了大堂，他当场拿出胡正卿的记录念了一遍，并口述了案子发生的过程，然后：

> 知县叫那令史先问了王婆口词，一般供说。四家邻舍，指证明白。又唤过何九叔、郓哥，都取了明白供状。唤当该仵作行人，委吏一员，把这一干人押到紫石街检验了妇人身尸，狮子桥下酒楼前检验了西门庆身尸，明白填写尸单格目，回到县里，呈堂立案。

武松自首之言就是自诉状，王婆有了亲口供状，四家邻舍与何九叔、郓哥等人证词全都具备了。阳谷县又派吏员和法医到武大郎家和狮子楼前验了潘金莲和西门庆的尸身，填写了“尸单格目”。这样供状、口供、物证、证词全都有了。前面说过，作为县一级的阳谷县衙门对于涉及三条人命的大案重案是没有判决权的（可以拿出个判刑意见），知县能做的只是预审，在诉状诸证齐备的情况下他只要把这些材料上交到州衙门也就算完成任务了，这在当时称作“勘结圆备”。可是这位知县没有到此为止：

> 且说县官念武松是个义气烈汉，又想他上京去了这一遭，一心要周全他，又寻思他的好处。便唤该吏商议道：“念武松那厮是个有义的汉子，把这人们招状从新做过，改作‘武松因祭献亡兄武大，有嫂不容祭祀，因而相争，妇人将灵床推倒。救护亡兄神主，与嫂斗殴，一时杀死。次后西门庆因与本妇通奸，前来强护，因而斗殴，互相不伏，扭打至狮子桥边，以致斗杀身死’。”写了招解送文书，把一干人审问相同，读款状与武松听了。

阳谷县知县是武松的老上级，而且武松能在阳谷县做都头还是他亲自选拔的，按照宋代诉讼的规定他是应该回避的。阳谷知县不仅没有回避，而且利用手中的权力，把这个案子的材料“从新做过”。这“从新做过”四字写尽了古代衙门的黑暗。一切拿出台面的材料、证据都不是原有事实了，一切都是根据利益指向“从新做”出来的。《水浒传》作者对这个“做”是欣赏的，因为这才能搭救武松。作者描写了知县的心理：他原是欣赏武松的，又有点感激武松对自己的效劳。还有一点是作者没有说的，知县内心恐怕还有点歉疚，因为他曾贪图西门庆的贿赂，拒绝了武松的状子，从而埋下了案发的种子，按照宋代的法律，武松这种擅自复仇杀人，刀伤二命，也要判死刑的，何况已经死了三人。于是他在武松的自首状和众人的证词中做了三点重大改动，歪曲事实，并编造了没有发生的“事实”。一是“武松因祭献亡兄武大，有嫂不容祭祀”与嫂斗殴；二是西门庆“前来救护”潘金莲；三是西门庆与武松在紫石街武大郎家扭打，一直打到狮子桥，西门庆“斗杀而死”。这种“从新做过”的状子与证词还怕武松自己不了解，把改动和编造的“款状”读给他听了，让他到州里按此向州衙门陈述。

如果说《水浒传》作者对于阳谷知县为武松开脱罪责还只是欣赏的话，对于东平府尹陈文昭则是无保留地赞美了。他依照阳谷县的路子，再次强调武松杀潘金莲的合理性，言王婆“又令本妇赶逐武松，不容祭祀亲兄，以致杀伤人命”。在阳谷县“不容祭祀”之前又加上潘金莲“赶逐武松”四字，意为潘金莲动手在先，这为武松杀嫂铺垫了更多的理由。州衙门负责判决，陈文昭对诉状的改动，是决定武松和王婆的量刑轻重的。宋代的诉讼中是特别注重物证和人证的，宋人陈襄在《州县提纲》中多处提到州县衙门长官审案时要注重口供和证据的辨析，不要轻信误信。阳谷知县、陈文昭等无视原有的口供、物证，擅自改动诉状从而影响最后的判决，这是无视程序正义、不称职的州县长吏。

五是差官录问。审讯结案之后，对于判徒刑以上的案子，不会马上进行判决，还要派与审理此案无关，而且不须回避的官员再对即将判刑的犯人审问一遍，看是否有瑕疵，以示谨慎。如果犯人翻供、申诉称冤，那么这个官司将交给与原审无关的官员重审。宋朝廷很重视这个环节，在录问过程中无论官或吏，如果发现冤案，有所平反，朝廷统统给予奖励，或增加其年资，或提级升官，这大大刺激了官吏录问的积极性。《水浒传》中没有写到差官录问这一程序。

六是法司检法。在判决之前要由负责法律的官员，如州里的司法参军，先把适合此案的相关法律搜检罗列出来。宋代法律比较复杂，除了《宋刑统》外，还有大量的“敕”“令”“格”“式”等。这些都要一一检出，并写出对于判决量刑的意见（名为“拟判”或“书拟”），以供长官判决时参考。这个程序《水浒传》没有写。

七是依法书写判决。在经过了这种种环节后，最后由州县长官判决。判决书的书写一般都要引证“律”“敕”“格”“令”等。

南宋有一本《名公书判清明集》，这是南宋时名公如朱熹、真德秀、刘克庄、方岳等著名文人士大夫做地方官审案时所书写的判牍汇编。这些判决书大多都要说明判决是依据了哪条哪款律条，在行文中往往明确地写上：准“法”、在“法”、准“律”、准“敕”、准“令”、照“格”、“看详”等等。《水浒传》中数案的判决都是采取了叙述的方式，没有判词。只有江州宋江、戴宗案中有约略判决书。那是他们临刑前透露出来的。在刑场上看热闹的人群“仰面看那犯由牌（类似今天的法院布告）”，上面写道：

> 江州府犯人一名宋江，故吟反诗，妄造妖言，结连梁山泊强寇，通同造反，律斩。犯人一名戴宗，与宋江暗递私书，结勾梁山泊强寇，通同谋叛，律斩。监斩官江州府知府蔡某。

重大的案件，涉及两个人的死刑，判决不到一百字，哪能写得如此简单？判词中虽然提到了“律”，但没有说明是依据哪条。我们用《名公书判清明集》中范文一衡量，便会知其不足。

对于重案、大案，或易于产生争议的案子还要报到“路”一级的监司或朝廷的司法部门批准。武松的案子，在东平府尹陈文昭那里把“这招稿卷宗都改得轻了”，但他也没有做最后的判决，而是通过关系申报到尚书省的刑部和审刑院。“那刑部官多有和陈文昭好的，把这件事直禀过了省院官，议下罪犯”：

> 据王婆生情造意，哄诱通奸，立主谋故武大性命，唆使本妇下药，毒死亲夫，又令本妇赶逐武松，不容祭祀亲兄，以致杀伤人命。唆令男女，故失人伦，拟合凌迟处死。据武松虽系报兄之仇，斗杀西门庆奸夫人命，亦则自首，难以释免。脊杖四十，刺配二千里外。奸夫淫妇，虽该重罪，已死

勿论。其余一干人犯，释放宁家。文书到日，即便施行。

真是朝里有人好做官，这个判决基本上就是过录陈文昭的“拟判”。刑部与审刑院同意陈文昭的意见，“来文”也就是终审判决。定下来的判决是要当着与此案有关的人宣读的。因此，“随即行移，拘到何九叔、郓哥并四家邻舍，和西门庆妻小一干人等，都到厅前听断。牢中取出武松，读了朝廷明降，开了长枷，脊杖四十。上下公人都看觑他，止有五七下着肉。取一面七斤半铁叶团头护身枷钉了，脸上免不得刺了两行金印，迭配孟州牢城。其余一干众人，省谕发落，各放宁家。大牢里取出王婆，当厅听命。读了朝廷明降，写了犯由牌，画了伏状，便把这婆子推上木驴，四道长钉，三条绑索，东平府尹判了一个剐字，拥出长街。两声破鼓响，一棒碎锣鸣，犯由前引，混棍后催，两把尖刀举，一朵纸花摇，带去东平府市心里，吃了一剐”。剐罪又称凌迟，宋代以前虽然也有，但始终没有正式进入刑律；宋初统治者本来主张废止此种酷刑，但后来随着政争、党争的激烈化，特别是后来少数民族入侵，统治者为了打击叛逆者，也有用此刑震慑反对者之意，废止凌迟一事便不再提起。靖康之后，金人南下，地方纷乱，所谓“治乱世用重典”的观念被许多士大夫接受，凌迟这种彰显人性恶的刑罚便被许多人采用。顺昌知府郭允迪投降了金人，他派遣陈味道来游说坚持抗金的蔡州知州程昌寓，因为程、陈二人年轻时是同学，关系很好，又都是蔡州人。待陈味道来到后，程昌寓本来热情接待他，后发现他是奸细，遂“以木驴钉之，即日凌迟于市”。这个记载与《水浒传》中所写的王婆被凌迟的方式与时间段非常接近。据“水浒”编年，王婆被剐发生在政和六年（1116），程昌寓处理陈味道发生在建炎三年（1129），前后相隔十几年。社会矛盾的加剧，使得本来对凌迟酷刑十分反感的士大夫不仅接受此法，而且使用它了。

3.《水浒传》作者对法制与法治的态度

从以上罗列的宋朝在刑事诉讼中对于制度和程序正义的追求，可见它在古代历朝中是比较重视法治的。浏览宋代文人士大夫的著作和《宋史》，可知统治者在法治上设计的制度和程序，在很大程度上得到了执行。这些在研究宋代政治学、法学的学者那里都有所论述。但是它们在《水浒传》中却没有得到充分的反映。除了其中一些涉及司法、执法的故事不是写于宋代以外，《水浒传》中第七十一回以前许多故事在南宋已经有了雏形。也就是说，最初的“水浒”故事的作者只关心故事的主人公在其涉及的案件中的命运，而不关心其中的法治问题，因而很少写到它们。

1）“法”与“清官”

宋代是个重视制度建设的朝代，不仅在法治上，而且在选官和官吏的管理制度上，在科举制度上，也都做了许多创新。这些制度其立意都是使得官员能够成为不贪不昏的合格官员。可是老百姓不相信这些，他们不了解这种制度程序，甚至也不想去了解，他们还是把希望寄托在品格好、有操守的清官身上。

宋代法制严密，《水浒传》中写了那么多的案件与对这些案件进行审判的故事，但我们从中基本上看不到“法律”“刑律”，看不到依据法律的判决，甚至在故事的描写中连这样的词或词组也很少出现。在一百二十回的《水浒传》中“法律”这个词只出现过一次，那是在第八十三回，招安之后的宋江等受命出征辽国之前对即将被斩的“小卒”说的：“我自从上梁山泊以来，大小兄弟，不曾坏了一个。今日一身入官，事不由我，当守法律。虽是你强气未灭，使不的旧时性格。”

书中人物对话时，提到“法”或“律”，也很少用“王法”“官法”一类虽属民间但有确指的名词（这两个词在宋代运用已经很普遍），往往用一个涵盖面很广、含义比较模糊的词“法度”。如林冲被设计陷害误闯白虎节堂遭拿问时，开封府尹问他："林冲，你是个禁军教头，如何不知法度，手执利刃，故入节堂？"林冲回答："恩相明镜，念林冲负屈衔冤。小人虽是粗卤的军汉，颇识些法度，如何敢擅入节堂？"这里的"法度"是指法律，许多情节中"法度"的含义不是如此明确。例如，武松被发配到孟州之后，牢城之中不仅没有打一百"杀威棒"，反而好吃好喝款待他。武松认为，这其中必有阴谋，不知怎么害他，便向老犯人们问道："还有什么法度害我？"王婆子教唆潘金莲谋害武大郎时对她说："大娘子，我教你下药的法度。"这些"法度"的含义就宽泛许多。"法度"不是个"刑名学"的专用词，而只是常用的一般名词，有方法、方式、途径等多种意义。

从作者对待法律的态度，可见"法""守法""犯法"并非是《水浒传》作者重要的描写对象，法律在作者头脑中也没有什么位置。作者对于国家政府的期待是多出"清官"。如郓城县的"为官清正，作事廉明"的知县时文彬；"平生正直，禀性贤明"的东平府尹陈文昭；乃至处理林冲案的当案孔目，"为人最鲠直，十分好善，只要周全人"的孙定；以及孟州处理武松案的叶孔目，他被赞美为"西厅孔目心如水，海内清廉播德音"，甚至说他仗义疏财。其实叶孔目也收了施恩给他的一百两银子。如果做诛心之论，《水浒传》作者期待的并非是什么"清官"，而是倾向于梁山好汉的官吏，"清廉""贤明"只是赞美官吏的套话，并非是品德本身。

2）倾向性与程序正义

皇权专制制度下的中国人期待法律实体的公正。大家信奉"王子犯法与庶民同罪"，幻想包龙图三把铡刀杀尽作恶犯法的凤子龙孙（龙头铡、虎头铡、狗头铡三者区分就包含了不平等性）；下层民众向往八贤王的金鞭上打昏君、下打奸臣，都是关注法律惩治的平等性这个实体，很少想到法律实施过程中的制度与程序问题。实际上，即使法律真的有想象中那么公正，没有严格的程序也不可能变成现实。即使在某些问题上变现了，也不带有普遍性。尽管宋代法律从其实体上来说对于反抗者的镇压比唐朝更严厉了，但从制度上，统治者设计了一套尽量减少冤滥的程序。这是法治的进步，可是不要说底层民众，就是士大夫对此也不甚理解，苏洵批评法过于“细密”[1]，妨碍“奇杰之士”的出现与发展；其子苏轼也以带有讽刺的口吻写诗：“读书万卷不读律，致君尧舜知无术。”有见识的士大夫尚且如此，何况社会底层的说话人和书会才人！南宋“水浒”系列故事最初的作者就是这类人，他们才不会考虑或关心制度或程序是否正当。他们在叙述案件的发生和审理时略去了许多细节，只是关注故事发生的过程和结局，彰显正义与邪恶，换句话说就是表达一种倾向。

“水浒”故事原始作者把正义定位在一百零八位好汉的身上，结果就是两个凡是：凡是有利于一百零八位好汉的就是正义的，凡是不利于一百零八位好汉的就是邪恶的。用这种倾向去判断《水浒传》故事中的一切是非，在法律问题上也是如此。因此书中所写的林冲案、杨志案、宋江案、武松案、解珍解宝案，其邪恶都在于加害者一边。因此《水浒传》的故事里作者笔下的审判与判决是件很随意的事，其操作完全取决于官员的倾向与态度。那些制度程序好像根本就不存在，更不要说彰显它们了。

其实制度程序的正义对于法治的重要，直到现在我们都未必想通了，那些“事事都按程序办要给坏人钻了空子怎么办”的论调不正是否定程序的表现吗？

三、《水浒传》与宋代法律的惩罚体系

皇权专制社会中的法律就是惩治老百姓的工具，因此，谈宋

① ［北宋］苏洵：《衡论·养才》。

代法律，最后不可避免地要谈它的惩罚体系，这在《水浒传》中有着更为鲜明的表现。

1. 老五刑与新五刑

违法、犯罪都要受到惩罚，这是自法律产生以来就有的。最原始的惩罚都是摧残犯罪人的身体，称为“肉刑”。我国最早的一篇有关上古法律的文献——《尚书·吕刑》中记载夏朝残割身体的肉刑有三千条之多，其中包括黥刑一千，割鼻一千，残割腿脚五百，宫刑三百，死刑二百，其中细目惨不忍睹。简称为五刑——墨、劓、剕、宫、大辟。这些惩罚，在现代人看来是十分野蛮的，但在上古它们实行了有数千年。这些刑法不仅给犯罪人以极大痛苦，也在摧残人性，其直接后果就是破坏了生产力。春秋战国时期，有的国家甚至弄得“屦贱踊贵”（因为受刑人多，弄得草鞋便宜，残障人士使用的“踊”却贵了）。汉初，经历暴秦数十年的统治，再加上秦末数年的战乱，劳动力锐减，统治者实施休养生息的政策。因此，残割肉体的五刑受到质疑。汉文帝时，肉刑开始废止，用新的“五刑”——笞、杖、徒、流、死来替代。这种新五刑在《唐律疏议》中才逐渐固定下来。

宋初制定的第一个法律——《宋刑统》，其中的刑罚也是笞、杖、徒、流、死五类。笞是用小竹板或细荆条打臀部，杖是用大竹板或大荆条打臀部。笞杖各分五等，笞以十下为一等，最高五十下。杖是从五十下到一百下。徒刑以时间长短分五等：三年，两年半，两年，一年半，一年。流刑以流放远近分三等：三千里，二千五百里，二千里。死刑分绞、斩二等。这是继承了唐律。

《水浒传》中没有五刑这个词，笞刑、徒刑只各出现过两次。如第十五回吴用对阮氏兄弟说起梁山所作所为“不是笞杖五七十的罪犯”；第八回林冲发配时说“原来宋时，但是犯人徒流迁徙的，都脸上刺字，怕人恨怪，只唤做打金印”；第三十五回宋江说到经过大赦之后，自己杀阎婆惜之罪“也只该个徒流之罪，不道得害了性命”。这些地方都是连类而及，并非专说笞刑或徒刑的。这说明宋代笞刑、徒刑、流刑都有所变化，已经不单独行使了。这是因为“折杖法”的出现使新五刑中死刑以外的笞、杖、徒、流四刑都受到影响。

2. 充斥于《水浒传》的杖刑

心细的读者读《水浒传》时会感到，为什么小说处理每个案子都说“杖”几十，怎么这样千篇一律呢？流刑、徒刑到哪里去了呢？这是因为宋代实行了独特的折杖法，也就是五刑都折成杖刑执行。

1）折杖法

折杖法说简单点就是用杖刑来替代其他刑名（如笞、杖、徒、流）来惩罚罪犯。在司法中，罪行轻重审结之后，进入量刑阶段时，因为有五个刑名并存，容易畸轻畸重；如果把这些都折合成为杖刑一个刑名，也就是说用一把尺子来衡量，其轻重容易比较。另外，美国学者马伯良也说了两点选择杖刑替代的理由：“首先，它很公开，不仅处罚了犯人，而且也威慑了公众。其次，它避免了长期看管犯人所带来的费用和麻烦。杖刑固然会留下伤疤，但它却不像肉刑那样毁坏人的肢体或容貌，使罪犯可以更容易地回归正常社会。”①

折杖法始于宋初乾德元年（963），《续资治通鉴长编》记载吏部尚书张昭奉诏制定此法，当年三月，他在“上言”中公布了“折杖法”的基本规则。杖刑作为代用刑来惩罚犯了应处以流、徒、杖、笞刑的犯人。例如，该犯应处以“加役流”，流放三千

---

① ［美］马伯良：《宋代的法律与秩序》。

里，杖二十，配役三年（杖二十，流放三千里，并在流放地劳役三年），折杖之后便成为“杖二十（打脊背），配役三年”，流放地不必去了，劳役就在本地服刑。其他三等例减。如是徒刑三年，折杖后改为“杖二十（打脊背）”，打完就地释放，不必服劳役。其他四等例减。如果是杖刑一百，折杖后改为“杖二十（打臀部）”，打完后释放。如是笞刑五十，杖刑后，改为“杖十（打臀部）”，打完后释放。

关于杖刑中所使用的“杖”，法律上也做了严格规定：“常行官杖长三尺五寸，大头阔不过二寸，厚及小头径不过九分。小杖不过四尺五寸，大头径六分，小头径五分。”①“折杖”过程中不够一“大杖”的余罪，则用“小杖”来执行。从书面上看折杖法的实行达到了“蠲除烦苛”和慎罚省刑的作用。折杖法后世还有修订，对一些不合理之处有所调整，但它是宋代法制的刑罚体系，判案子，特别是徒刑以上的重案最后判决首先说到的是“杖”多少，而非其他。这一点在《水浒传》中也有所反映。

2）《水浒传》中的折杖法

《水浒传》中主要人物的许多故事是与审案判罪有关的。如林冲、宋江、武松、杨志、朱仝、卢俊义等都曾被官府逮捕，被立案判刑。高俅陷害误入白虎节堂的林冲，林被开封府判“不合腰悬利刃，误入节堂。脊杖二十，刺配远恶军州”。宋江杀惜之后逃跑，遇到大赦，回到郓城，被县里拿获，因经过大赦可以不死。县里无权判杖刑以上的案犯，于是，郓城知县时文彬把审结案卷和案犯解到济州府，“本州府尹看了申解情由，赦前恩宥之事，已成减罪。拟定得罪犯，将宋江脊杖二十，刺配江州牢城。本州官吏亦有认得宋江的，更兼他又有钱帛使用，名唤做断杖刺

① ［南宋］李焘：《续资治通鉴长编》卷四，见上海古籍出版社影印“文渊阁”《四库全书·史部·编年类》。

配，又无苦主执证，众人维持下来，都不甚深重”。其他东平府判武松文中说“武松虽系报兄之仇，斗杀西门庆奸夫人命，亦则自首，难以释免。脊杖四十，刺配二千里外”。武松被张都监陷害送到孟州府，孟州叶孔目只按照盗窃罪判武松“脊杖二十，刺配恩州牢城”。卢俊义被家属告发，说他私通梁山盗匪，因无实据，大名府判卢俊义“脊杖四十，刺配三千里”。杨志杀牛二，开封府判他“二十脊杖”，然后“迭配北京大名府留守司充军”。朱仝私放犯有杀人罪的雷横，被判“二十脊杖，刺配沧州牢城”。连受宋江杀惜连累的郓城的唐牛儿，因为宋江跑了，他也被郓城知县“问做成个故纵凶身在逃，脊杖二十，刺配五百里外”。

从这些判决中可见法官都是把罪犯所应受的“杖”放在前面，虽然也都有“发配”或“充军”一类附加刑，但不见“徒刑”“流刑”或“流放”字样。这说明此“杖刑”已经不是“笞、杖、徒、流、死”这一惩罚系统中的“杖刑”了，而是折杖法中的“杖刑”。今人戴建国在《宋代刑法史研究》一书中说“张方平（宋仁宗时参与编纂《庆历编敕》）曾指出‘今刺配者，先具徒、流、杖之刑，而更黥刺，服役终身’。很清楚，刺配者必须先执行徒、流、杖本刑，亦即依据折杖法把徒、流、杖本刑之一折成杖刑实施，然后再执行刺配刑”。可见刺字（黥）、发配、充军等都属于主刑之外的附加刑，与现在的刑事审判中“判处有期徒刑十年，剥夺政治权利三年，罚款十万元”徒刑是主刑，剥权、罚款是附加刑一样。不过现在的附加刑与主刑比较起来是小头，主刑是大头；而两宋实施折杖法之后与现代正相反，主刑轻了。后来宋代官方发觉“徒、流、杖、笞”诸刑折杖之后与死刑相比太轻了。刑轻则不足以制止犯罪，主刑是祖宗所定不能变，于是就在附加刑上想办法，弄得附加刑越来越重。宋江、武松、杨志、卢俊义等人的判决都是州府做的，他们的案子在折杖之前都属于流刑、徒刑一类；像唐牛儿只是郓城县判的，最高也就是

“杖刑”，但在判决表述时还是依照折杖法，他的“脊杖”也是折杖法的“脊杖”。

从上述可见，《水浒传》写到刑事惩罚时是源于宋代生活的，但故事具体情节形成还是在宋代之后。这在书中也有反映，第八回林冲发配前陆谦贿赂并嘱公差半路害死林冲：

> 当下薛霸收了金子，说道：“官人放心，多是五站路，少便两程，便有分晓。”陆谦大喜道：“还是薛端公真是爽利！明日到地了时，是必揭取林冲脸上金印回来做表证，陆谦再包办二位十两金子相谢。专等好音，切不可相误。”原来宋时，但是犯人徒流迁徙的，都脸上刺字，怕人恨怪，只唤做打金印。三个人又吃了一会酒。陆虞候算了酒钱，三人出酒肆来，各自分手。

这里写得很明确，故事发生在宋代，但演绎相关题材已经是宋代以后了。因此，尽管所写刑事惩罚反映了宋代实施的折杖法，但其中细节也有一些不准确的地方，这也是可以理解的。如东平府判武松杀人案中有“脊杖四十”的说法，大名府判卢俊义通匪案也有“脊杖四十”。作者也许认为他们的案子比较严重，如与宋江、杨志还有武松以后的“窃盗案”都一样“脊杖二十”，恐怕读者不能接受。其实宋代折杖法中，最多也就是“二十”，连仅次于死刑的“加役流”也是“脊杖二十”，根本没有“脊杖四十”这一刑款，它完全是出于后人的想象。

3. 发配是不是流放

1) 古老的刑罚——流放

在法制问题上，读《水浒传》印象最深的可能就是刺配了。后世往往把刺配与流放等同起来，甚至称为流配。实际上发配

（也就是刺配）与流放有根本的不同。流放是“新五刑”中的一种，但这在往古就已经有了。《尚书·尧典》中舜继位后“放四凶”，就是把共工、三苗等四人流放到边裔之地。《诗经·巷伯》中的“豺虎不食，投畀有北”，也是设想把诗人心目中的恶人流放到边远的北方之意。此时的流放就是把犯罪之人驱逐出本土，发到一个荒凉的、没有开发的、人烟稀少的异地，用脱离宗族和家乡给人带来的苦难与不便来惩治罪犯。流放到异地的犯人一般也不再服役（自南北朝以来也逐渐变化，唐律中的“加役流”就附加有短期劳役）。像苏联电影《列宁在十月》中列宁被流放西伯利亚，不仅没有劳役，而且还能像休养一样，在流放地看书、研究革命策略、买羊挤奶保护身体。沙俄这种流放与中国中古以前的流放很相近。但后来由于人口日增，各地人口密度都在逐渐上升，流放的惩治力度便大大下降了。宋神宗时的韩绛就说“古者乡田同井，人皆安土重迁。流之远方，无所资给，徒隶困辱，以至终身。近世之民，轻去乡井，转徙四方，固不为患，而居作一年，即听附籍，比于古亦轻矣”[①]。此时已经不是古代的井田制了，随着工商业的发展，城镇增多了，人们把离乡背井、辗转四方不当作一回事了。流放丧失了威慑力，所以单纯的流放在中国就逐渐消失了。

2）刺配的产生

刺配是杖刑的附加刑，不是把犯人流放到荒无人烟之地，而是送到有牢城营的地方，放到厢军的兵营服劳役。这个刑罚的产生与折杖法密切相关。

折杖法体现了法律对犯罪者的悲悯，但对于死罪以外的犯罪有惩罚太轻的感觉。如较死刑轻一等的刑名是“加役流”，被定为“加役流”的要流放三千里，附加刑是杖二十，配役三年。折

① ［元］脱脱等撰：《宋史·刑法志》，中华书局 1977 年版。

杖之后，变成杖脊二十，配役三年，这与死刑相比较是太轻了，显得苍白无力，对犯罪失去了威慑效应。宋神宗时曾布说："况折杖之法，于古为鞭扑之刑，刑轻不能止恶，故犯法日益众，其终必至于杀戮，是欲轻而反重也。"实施折杖法的目的是宽待违法民众，但取得的是相反的效果，这一点在北宋中叶成为统治者的共识。他们考虑在折杖法不变的情况下对一些犯罪情节较重、性质比较恶劣的，通过附加刑来增加威慑力。于是便想到了在晚唐或五代已经实施过的"配隶"和"编管"（移居他地，并加以管制）。这两者合在一起就是"流配"。

所谓"配隶"，如戴建国所说，"是指将犯人遣送指定场所服劳役并隶属于军籍的刑罚。其方式分为刺面配与不刺面配两种，前者在犯人脸上刺字或刺符号"[①]。但在宋代"配"也是一种集军方式，宋代的禁军大多采取招募方式，是为募兵制，但他们也常常采取"配"的方式集军，因此发配就等于入了军籍（宋代军人都刺面），必刺面，如不刺面在判决词中要说明。

编管最初是处理官员的，后来才扩大到违法犯罪的老百姓。其移居编管的距离包括"邻州""五百里""千里""二千里"等，并且与配隶结合，再加上刺面，就成为从北宋中叶以来日渐泛滥的附加刑"刺配"。配隶加移居编管在统治者看来是肉体与精神的双惩罚、双改造。宋仁宗在一份诏书中说："言念无良之人，向缘不师于教。故隶之军以苦其形体，移之乡以劳其心志。使知罪戾，以图改为。"说这些不受教化之人走上了犯罪道路，只有让他们在军中服劳役，在肉体上承受艰苦，把他们迁出故乡，远离亲友家乡的关爱，这样，他们才会认识到自己的罪行，改恶迁善。

也许宋太祖赵匡胤这个人天性比较仁厚，也许是国家稍稍安定，可以采取轻刑了。太祖读《尚书·虞书》读到尧舜时期处理

---

① 戴建国：《宋代刑法史研究》，上海人民出版社 2008 年版。

共工、驩兜等四凶只是流放，特别感慨地说：“尧舜时，四凶之罪止从投窜，何近代宪网之密耶！”因此对于原来的死刑案犯中“非情理深害者，多得贷死”。这些从宽的犯人自开宝三年至八年（970—975）就有“四千一百八人”。当然死罪虽免，活罪难饶，他们所领受的“活罪”大多是这三合一（配隶、黥面、编管）的“刺配”。可见原来是对死刑的宽宥，但在后来的实际执行中，成为补充折杖法惩治力度不足的附加刑，而且范围日益扩大。

3）贼配军——刺配的泛滥

马端临在《文献通考》中说：“其后科禁浸密，刺配日增。考之《祥符编敕》，止四十六条。至于庆历，已一百七十余条。今淳熙配法，凡五百七十条。”也就是说宋真宗时的“编敕”中刺配之罪才有46条，到了宋仁宗时增加到170余条，而南宋孝宗时则猛增到570多条。五刑中徒、流、杖在折杖之后，大多都有个附加刑——刺配。读《水浒传》自然会有此感受。在上面所谈到的《水浒传》的审判中裁决都是用折杖法来量刑的，但在折杖主刑之后，都有刺配的附加刑。连唐牛儿这样的轻刑犯，折杖后也附加一个“脊杖二十，刺配五百里外”。似乎只要进了衙门，“刺配”就很难避免，最轻的也要在本城或本州牢城中配隶一年。在当时，人们已经有刺配泛滥的感觉。《容斋续笔》中说：“国朝之制，减死一等及胥吏兵卒配徒者，涅其面而刺之，本以示辱，且使人望而识之耳。久而益多，每郡牢城营，其额常溢，殆至十余万，凶盗处之恬然，盖习熟而无所耻也。”如果说每郡的牢城营的配军“殆至十余万”有些夸张的话，全国的配军则绝不止于此数。如果每个州的本城厢军和牢城营里，出出进进都是各地刺配来的苦役犯，他们除了自处恬然外，还会给州城的居民造成何等印象？肯定会十分恐惧。现实也确是这样，各地的牢城营中配军闹事、逃亡与重新犯罪的事件屡有发生，成为困扰地方官的重大问题。

为什么刺配会如此泛滥？除了统治者估计当时政治形势比较严峻，因而要加大打击和惩治力度以外，其中也包含了对劳动力资源的需求。

宋代采取了两税法，人丁力役，即唐代租庸调中的“庸”基本消失。农村上户有些衙前职役之类的差役，经过王安石变法中的免役法，也用交钱替代，于是，国家也就是各级衙门缺乏力使人员。厢军逐渐蜕化为“役兵”，从事各种劳役，如铸钱，开矿，制盐，造桥修路，运输兵粮，烧造陶器、瓷器，参与大量的修造、制造业，总之没有厢军不能干的。厢军也是招募来的，收入较禁军少，又从事无止无休的劳役，这几乎与平民没有什么差别。宋代军人地位低，还要刺字，因此，厢军这一军种极无吸引力，其来源也便成了问题。这样，配军、刺配的犯人逐渐成为厢军的后备力量，不断地为其缺员做补充，“配”遂成为一种集军方式。这一点过去的研究者很少提到。[①]

于是，一些边远的州军和接纳有流配犯人的州军中的厢军里，犯人占的比例越来越大。南宋陈傅良在任湖南桂阳军知军时，提到此城“牢城指挥”管士兵74人。陈对这些人一一调查，得知其中窃盗25人，强盗12人，劫盗8人，从北方来的流民1人，总共46人，占了厢军一半还多。这是转成厢军了的，还应该有一部分没有转，仍然保持着犯人身份，把这两者加起来，比例更大。

配军所从事的劳动几乎是无偿的，因此，当有劳役需求时，统治者往往优先想到他们。宋神宗熙宁年间，岷州要设置“铸钱监”。官员们预估这里铸钱，每年可得四十万。而劳动力不是考虑花钱去雇，而是要“秦凤、永兴两路配军充工役，以五百人为额”，如果还“不足，即选邻路”。当然这些配军是不花钱的，因此在许多专“干实事”的官员心目中，这种劳动力岂不是多多益

① 淮建利：《宋朝的配隶法与厢军中的配军》，载《史学月刊》2007年第11期。

善。因此，几乎每个触犯法律的人，判刑后，都不免要附加一个刺配的待遇。《水浒传》中的官司就反映了这一现实。

配军面上有刺字，为国家提供无偿或少偿的劳动，接受军事化管理，在厢军兵营中生活，几乎与厢军没什么差别。这样不是提高了犯人的身份，而是大大拉低了军人的地位，社会上的人们视军人、士兵与犯罪分子没什么差别。《水浒传》一开始，写高俅当了太尉第一次上班点卯就迫害教头王进，怒斥他不来参拜，骂其为“贼配军”。王进虽然出身是个使枪棒卖药的，但并没有被刺配过，凭什么骂他“贼配军”？因为军人有相当一部分是配军来的。

4. 刑罚的执行

1）午时三刻，开刀问斩

《水浒传》作为文学作品，也很细致地描写了刑罚执行，展示了其细节，甚至可以补充历史记载之不足。宋代最重的刑罚是凌迟，小说中写到王婆曾受此刑，这在上文已经谈到。其次是斩首，小说中两次写到行刑的场面：一是宋江、戴宗在江州，一是卢俊义在大名。前者写得很细：

> 蔡九知府升厅，便唤当案孔目来分付道：“快教叠了文案，把这宋江、戴宗的供状招款粘连了，一面写下犯由牌，教来日押赴市曹斩首施行。自古谋逆之人，决不待时。斩了宋江、戴宗，免致后患。”当案却是黄孔目，本人与戴宗颇好，却无缘便救他，只替他叫得苦。当日禀道：“明日是个国家忌日，后日又是七月十五日中元之节，皆不可行刑。大后日亦是国家景命。直待五日后，方可施行。”一者天幸救济宋江，二乃梁山泊好汉未至。蔡九知府听罢，依准黄孔目之言。直待第六日早辰，先差人去十字路口打扫了法场。饭

后，点起士兵和刀仗刽子，约有五百余人，都在大牢门前伺候。巳牌已后，狱官禀了，知府亲自来做监斩官。黄孔目只得把犯由牌呈堂，当厅判了两个斩字，便将片芦席贴起来。江州府众多节级牢子，虽是和戴宗、宋江过得好，却没做道理救得他。众人只替他两个叫苦。当时打扮已了，就大牢里把宋江、戴宗两个揙扎起，又将胶水刷了头发，绾个鹅梨角儿，各插上一朵红绫子纸花。驱至青面圣者神案前，各与了一碗长休饭、永别酒。吃罢，辞了神案，漏转身来，搭上利子，六七十个狱卒，早把宋江在前，戴宗在后，推拥出牢门前来。宋江和戴宗两个面面厮觑，各做声不得。宋江只把脚来跌，戴宗低了头，只叹气。江州府看的人，真乃压肩叠背，何止一二千人。……刽子叫起"恶杀都来"，将宋江和戴宗前推后拥，押到市曹十字路口，团团枪棒围住。把宋江面南背北，将戴宗面北背南。两个纳坐下，只等午时三刻监斩官到来开刀。

宋代按照规定，节日是不能处决犯人的，有些重大的节日所谓"国家景命"是前七日后三日都不能行刑的。行刑要在热闹的街市，《庆元条法事类》中明确规定，主持监斩的官员要亲自问犯人"乡贯、年甲、姓名来历。别无不同，给酒食，听亲戚辞决，示以犯状，不得别伤害"。这就是"验明正身"，怕弄错了（宋代确有弄错了的案例），避免冤滥。还要宣读"犯状"，这就是小说中的"犯由牌"，江州还把写在纸上的犯由牌贴在芦席上以供观看，大名府斩卢俊义时是由"当案孔目，高声读罢犯由牌。众人齐和一声"。"犯由牌"大约是民间的叫法，元代《窦娥冤》杂剧中窦娥就有这样的唱词，说毒药"原来是你赛卢医出卖张驴儿买，没来由填做我犯由牌，到今日官去衙门在"。

行刑前还不得塞住犯人嘴，使之不能呼冤喊话；不许监押人员鼓噪起哄，使得犯人有话别人听不到。行刑时间在未、申之间，也就是下午一点到五点之间。这在《续资治通鉴长编》中有明确的记载：

> 决大辟于市，遣他官与掌狱官同监，量差人防护。仍先给酒食，听亲戚辞诀，示以犯状，不得掩塞其口，及令人众奔噪。并以未、申二时行决，经宿乃许收瘗。

元祐元年（1086）殿中侍御史林旦上言，被朝廷采纳。林旦说，他见大理寺、开封府等司法官员往往不“亲临讯问”，一切委之吏胥。在审讯时，犯人被打得半死；待处决时，用篮子抬到刑场，而且还堵塞犯人之口，使之发不出声音。“又以纸钱厚蒙其首”，“军巡、狱子百十其群，前后遮拥，间以铁锤击枷，传呼鼓噪，声不暂止。罪人虽欲称冤，无复有可言之理”。这样既伤天害理，又容易造成冤案。因此朝廷做了整顿，有了上面的规定。江州在处决宋江、戴宗时应该说基本上是符合这个规定的，也有林旦说的那些现象的遗存，如六七十个狱卒前呼后拥，刽子手呼叫“恶杀都来”等（意为凶恶的煞神都来，刽子手用此呼叫，显示他什么都不怕）。有些描写是不见于史书记载的，如“将胶水刷了头发，绾个鹅梨角儿”的习俗。《左传》中说“国人逆丧者皆髽。鲁于是乎始髽”，所谓“鹅梨角儿”就是髽鬏。春秋时期迎丧，免冠将头发绾成髽鬏，表示哀悼。用“胶水刷了头发”是防止被斩首后头发散乱。

“午时三刻，开刀问斩”已为广大读者所熟悉，这是通过传统文艺作品传播开来的，于史无据。宋代记载明确说是“未、申二时”，而且宋徽宗宣和二年“六月月令”规定“日中无得行刑”。元代杂剧写到开刀问斩往往说在“午时三刻”：如无名氏的《谢金吾诈拆清风府》王枢密陷害杨六郎、焦赞，命令刽子手说

“刀斧手，到午时三刻，疾忙下手者”。无名氏的《庞涓夜走马陵道》中郑安平对孙膑说：“你好模好样的做这等勾当，你也须自知罪过，还说甚么？你说一句钢刀豁口，觑一觑金瓜碎首。刽子磨的刀快，只等午时三刻到来，便要杀坏了哩！”这反映了道教对于死刑的认知：午时三刻是阳气极盛之时，最能压住阴气。宋元明清在制度上都无此规定。

2）杖刑与杀威棒

宋代对于笞杖的刑具有严格的规定，上面已经说到。行刑击打的部位也不能乱来。“五刑”中的笞刑、杖刑都是击打臀部，这里肉厚，经脉、穴位少，对于人体伤害相对较小。而折杖法中的击打次数虽然大大减少了，但徒、流是击打脊背的，称之为“杖脊”，这是非常残酷的。人体的奇经八脉许多从背上通过，背的正面就是心脏，除了头部以外，这是人体最重要的部位了。脊杖很容易把人打残，甚至打死。行笞、杖刑都要在大堂上公开进行，而且要在白天，免得舞弊。前次棒疮未愈，不能再次加杖。对于老幼孕妇残疾以及病患都不许加杖。在行刑时还特别强调使用的刑具要符合朝廷规定的标准。笞杖不仅尺寸上不许增加或减少，而且“笞杖不得留节目，亦不得钉饰及加筋胶之类，仍用官给火印”①。也就是说不许在刑具上耍花活，让犯人吃哑巴亏。执行机关不得使用“非法之具”拷掠犯人，如有发现，当事者要被处“徒二年”。

《水浒传》中常常提到并引起读者关注的“杀威棒”一直没有得到解决，因为史书中没有记载，但小说中却提到五次。林冲发配到沧州，因为花了钱，所以只说了说。

> 管营道：“你是新到犯人，太祖武德皇帝留下旧制，新

---

① ［元］脱脱等撰：《宋史》卷二〇，中华书局1977年版。

入配军，须吃一百杀威棒。左右，与我驮起来。”林冲告道：“小人于路感冒风寒，未曾痊可，告寄打。”差拨道：“这人见今有病，乞赐怜恕。”管营道：“果是这个症候在身，权且寄下。待病痊可，却打。”差拨道：“见今天王堂看守的多时满了，可叫林冲去替换他。”

武松被发配至孟州牢城，管营与沧州一样。

管营喝叫除了行枷，说道：“你那囚徒，省得太祖武德皇帝旧制，但凡初到配军，须打一百杀威棒。那兜拕的，背将起来！”武松道：“都不要你众人闹动。要打便打，也不要兜拕。我若是躲闪一棒的，不是好汉。从先打过的都不算，从新再打起，我若叫一声，也不是好男子。”

“杀威棒”的说法起于元杂剧，元初关汉卿写的戏中就有“杀威棒”这个词。如《包待制三勘蝴蝶梦》中开封府的衙役张千上场：“手执无情棒，怀揣滴泪钱。晓行狼虎路，夜伴死尸眠。”然后把打入死囚牢的王大、王二、王三拉出来，“别过枷梢来，打三下杀威棒”。这是衙门里对于刚入监的犯人实施的打压措施，也就是打掉人本有的自尊，使之迅速完成从正常人到犯罪人的心态转变。元代不仅官府衙门用“杀威棒”整人，民间财大气粗者也有以此打压进入其家庭的新成员。如关汉卿的名剧赵盼儿《救风尘》中公子哥儿周舍下了许多功夫好不容易娶了美女宋引章，但媳妇到手后，周舍一改往日殷勤，狠下杀手，宋引章控诉说“进的门来，打了我五十杀威棒”。可见“杀威棒”一词在当时的民间是很流行的。

元代的“水浒戏”中也多次出现“杀威棒”或“杀威棍”。如元代早期杂剧作家高文秀《双献功》中孙孔目受冤枉进了监牢，监狱的小牢子对孙孔目说：“入牢先吃三十杀威棍。”当孙孔目号叫时，小牢子还说便宜话：“你灯油钱也无，免苦钱也无，倒要吃着死囚的饭，有这等好处？你也带挈我去走走。”《还牢末》中李孔目私通梁山被抓了起来，刘唐、史进都是小牢子。史进把李孔目带上场来，刘唐说：“旧规犯人入牢，先吃三十杀威棒。”史进说：“这三十杀威棒就打死了。看史进面皮，饶了他罢。”这些都是元代的材料，宋代就没有这类资料。那么到底有没有“杀威棒”呢？南宋人所著《州县提纲》卷三有“捕到人勿讯”条：

> 大辟窃盗捕至之初，例于两腿及两足底辄讯杖数百，名曰入门杖子，然后付狱。不知其在都保或巡尉司绵历多日，饮食不时，饥饿羸弱，兼为承捕人考掠其伤已多。若不先验以备不测，又纵而酷讯之，往往至狱即病，方鞫情状，而其人或死矣。既死合委官验复，若痕在致命，罪属惨酷，至累终身。故始至须躬问大情，仍验有无伤，始付狱，戒给饮食，然后鞫之。异时生杀自有常宪，不必于其初辄酷讯之也。况捕至之初，罪辜未明，一例辄讯，异时推鞫无犯，追悔亡及。

看来，宋代衙门确有常例，死刑犯、重刑犯和窃盗被送到州县衙门要“杖百”，名叫“入门杖子”。作者不赞成这样做，他认为犯人在被逮捕之时已经吃够了苦头，一入公门再打，极容易造成死亡；另外，犯人虽被逮捕，但是否有罪，需要审问才能最后确定，先打了，甚至打死了，若发现无罪，那时将悔之无及。标题上的“勿讯”不是不要审讯，而是不要拷讯。从这段文字来看，犯人一进公门要打“一百杀威棒”也并非是空穴来风。不过因为它只是衙门的惯例，没有写上法律，所以失于记载。《州县提纲》

乃南宋一位久做州县官员的儒者写的自己做基层官的体会和思考，比较可信。

3）黥刺

折杖法施行后，杖刑是主刑，又是小头；附加刑却是大头，它包含了黥刑（刺字）和配隶中的流放、劳役等三部分。

宋代军人承继五代陋俗，为防止当兵的开小差，统统刺面。狄青官至太尉，为武官之首，因为是军人出身，脸上仍留有黥刺。就凭这一点，他就很难进入士大夫行列。配隶是发配到厢军中服劳役，军人都要黥面，服劳役的犯人，更不能避免。一般来说，军人所刺之字比配军要小，借以区分两种不同的身份，但两者差别不大。宋初有的执法官员在黥刺时字过大，甚至毁面。宋真宗下诏说“犯人刺面者，多大刺文字，毁伤既甚，深可哀矜。自今官吏点检，如有违越，委所司觉察闻奏”。这只是让执法官员自我约束，起不了什么作用的。宋神宗元丰八年（1085）制定了黥刑的规格，“凡犯盗，刺环于耳后：徒、流，方；杖，圆；三犯杖，移于面。径不过五分”。五刑中徒刑和流刑刺方形，杖刑则刺圆形。其直径不得超过五分，位置是耳朵后面。三次犯杖刑罪，则被刺在面上。这个规定约束力有多大，很难说。在社会矛盾特别尖锐的时候，统治者自己就不能遵守，先帝宣布为“永为定制”的，也被后世皇帝修改。南宋孝宗就曾下诏：“自今强盗抵死特贷命之人，并于额上刺‘强盗’二字，余字分刺两脸。”从《水浒传》来看也是这样。林冲、武松、宋江都是在脸上刺字，根本没有刺在耳后。

黥刑都刺些什么？朝廷没有严格的统一规定，不同的时期、不同的地区有差别。最初往往是刺上所发配牢城“指挥”（牢城负责人）的姓名，与厢军差不多，或黥某指挥杂役，以及“重役使唤”等。北宋末年的《东轩笔录》有个笑话：

有朝士陆东，通判苏州而权州事，因断流罪，命黥其面，曰：“特刺配某州牢城。”黥毕，幕中相与白曰：“凡言特者，罪不至是，而出于朝廷一时之旨。今此人应配矣，又特者，非有司所得行。”东大恐，即改“特刺”字，为“准条”字，再黥之，颇为人所笑。后有荐东之才于两府者，石参政闻之，曰：“吾知其人矣，得非权苏州日，于人面上起草者乎？”

从这个笑话可见其刺字的内容也包括发配的目的地。这个州官小心谨慎地按法律办事，但这种“严肃认真”近于胡闹，仅仅因为两个字有疑问，便在人脸上改来改去，仿佛在脸上打草稿。这与《水浒传》中济州府尹在“三都缉捕使臣”何涛脸上随意刺字相映成趣。因为破不了黄泥冈生辰纲被劫之案，府尹斥责何涛并在他脸上刺字：

府尹喝道：“胡说！若还违了限次，我非止罢官，必陷我投沙门岛走一遭。你是个缉捕使臣，倒不用心，以致祸及于我。先把你这厮迭配远恶军州，雁飞不到去处。”便唤过文笔匠来，去何涛脸上刺下“迭配……州”字样，空着甚处州名，发落道：“何涛，你若获不得贼人，重罪决不饶恕。”

何涛没犯罪，也没有说一定抓不到案犯，为什么预先在脸上刺下“迭配……州”字样，要是以后破了案怎么办？府尹根本没有想。可见他为人专横，“缉捕使臣”还是个小武官，他都可以如此对待，他会如何对待人犯，则可想见。后来何涛破了案，而且也知道案犯之所在，但抓不到案犯，还被案犯“割了两个耳朵”。倒霉蛋何涛虽没被发配，但脸上也留下了刺的字，要带一辈子，成为屈辱的标志，也有可能被他人呼为“贼配军”了。《水浒传》中称刺字师傅为“文笔匠”，这可能是民间称呼，宋元两代在书面上都称“针笔匠”。

4）发配

第一个就是发配到哪里。处罚最轻的就是“本城”，也就是厢军的“本城”营之中；其次是本州的牢城营；再次是邻州、五百里外州军、一千里外、二千里外、三千里外等，或远恶军州。北宋最令人不寒而栗的沙门岛在山东半岛东端海中，据说这里犯人到了一定的数额，就常常把多余的犯人抛入海中喂鱼。发配的年限，最初没有确切的规定，从理论上来说是服役终身，只有遇到恩赦才能量移近地。但宋代的大赦太多，平均一年多一次，因此，即使是“服役终身”也不是绝对没有被放还的机会。后因刺配日多，张方平上言说被刺配的犯人“锢械系累，扶老携幼，道路相望，不得至配所而死沟壑者，盖不可胜计。州郡积多，往往奏乞住配。臣恐更历年载，远方小郡，流配益众，渐成渊薮”。因为刺配可以家属随行，因此艰于远行，死于道路者不少。而且流配日多，再没有释放日期，渐渐地边远地区就会成为盗贼汇聚和犯罪丛生的渊薮。因此建议别立“居役之法”，给流配者以出路。于是制定了远恶军州实役七年，三千里外的六年，一千里外的五年，邻州的三年，“并供当处官役，不用赦降原免”[①]。也就是说犯人被判之后要实实在在服够应服的刑期，不能因为赦免而提前。

本城和本州牢城的发配实际上是配而不发，不离开本地，不用发解。因而也就没有解差押送，邻州以外就不免有个押送到达配隶场所的问题。这样，就有了押送人员与被押送犯人的故事。

5）解差——防送公人

明清两代将这些押送人员称作解差，人们从《苏三起解》

---

① 戴建国：《宋代刑法史研究》，上海人民出版社 2008 年版。

的崇公道身上认识了这类人。其实像崇公道那样的解差是个异数，吃衙门饭的人的善良大多被衙门里的争斗和无边的黑暗吞没了。解差，在元杂剧中称为“解子”，如马致远《邯郸道省悟黄粱梦》、杨显之《临江驿潇湘秋夜雨》、无名氏《苏子瞻醉写赤壁赋》都称他们为解子。宋代押送犯人一般不使用公人差役，而用禁军甚至军官。《庆元条法事类》中说：

> 诸应部送罪人，逐州专委职官一员同兵官主管，常切预差禁军二十人，籍定姓名，在营祗备，遇有押到罪人，依次差拨，不得越过。

从这条规定可见，宋代押送正式称为“部送”。每个州（被刺配者一般都在杖刑以上，只有州一级的衙门才有判此刑的权力）要有常备禁军二十人，有了刺配犯人，由他们轮班押送。有时案犯是强盗等有安全隐患的，还要增加押送士兵，或用将校和院虞候等低级武官押送。与《水浒传》中防送公人都要把案犯押送到被刺配的目的地不同，宋代不是这样，实际采取了逐州交替押送之法，《庆元条法事类》中说：“诸军及公人部送罪人者，逐州交替。不得减数，仍检察来人，有不至者，报院差官司。”每州在交替中，不能让犯人跑掉。如果案犯被发配的是广南远恶军州或海外军州则改为一路（路是宋代的行政建制，是州以上的行政单位，有些类似现在的省）一接替，避免交替太频繁，使犯人逃逸。总之，在宋代除了刺配本城、本州牢城和邻州牢城外，其他的刺配都不是由两个公差一送到底，而是分段交替。

《水浒传》的押送人员都是差役，称为“防送公人”。《水浒传》写了许多防送公人与刺配犯人的故事，有的能与犯人和谐相处，在危难时期还有互相救助的。如押送宋江的张千、李万，宋江给了二人许多好处，他们对于宋江的意见主张也常常说：“押司说得是。”这里大多是银子在起作用。防送公人绝不是个好差事，他们常年要押送犯人行走在荒蛮地区，那些地区大多还没有开发，山川险恶，烟瘴频发，都要靠自己的体力和双腿克服这一切。《水浒传》还写到江湖上各种犯罪与劫盗的黑车、黑船、黑店也都在威胁着他们的性命。他们与犯人的区别只是不戴刑具而已。而且犯人被刺配，大多也就只此一次，而押送人员则是没完没了，一生不知要走过多少次，也指不定哪次就死于道路。

押送林冲、后来又押送卢俊义的董超、薛霸是差役中的恶棍，他们虽然也是底层人物，自己也被刺配过，但他们对于被押送者绝无同情心，害起所押解的对象决不手软，只要有银子就干。聂绀弩有诗《董超薛霸》：“解罢林冲又解卢，英雄天下尽归吾。谁家旅店无开水，何处山林不野猪？鲁达慈悲齐幸免，燕青义愤乃骈诛。佶京俅贯江山里，超霸二公可少乎？”后来，他们成为恶解差的代名词。押送林冲时董超、薛霸是在鲁智深的监督之下，其阴谋未能得逞，林冲最终还是到了沧州。董超、薛霸因为“害不得林冲回来，被高太尉寻事，刺配北京。梁中书因见他两个能干，就留在留守司勾当。今日又差他两个监押卢俊义”。最后他们在谋害卢俊义时，被燕青用弩射死。

《水浒传》中所写的刺配都是由两个差役一送到底的做法，可能反映了元代的状况。元朝继承了宋代刺配这一惩罚犯人的形式，但缺少详细记载，只是元杂剧中写到刺配，如《临江驿潇湘秋夜雨》《邯郸道省悟黄粱梦》《降桑椹蔡顺奉母》等剧中都是二解子一送到底，因此，我认为《水浒传》中的发配是反映了元代的生活现实的。

5. 刺配犯人服劳役的牢城营

《水浒传》中被发配的犯人的目的地大多是某州的牢城营，如林冲是沧州牢城营，朱仝也是沧州牢城营，因为被沧州知府看中，留在府衙服役。武松是孟州牢城营，宋江是江州牢城营。有人望文生义，把牢城营视为监狱或劳改单位。其实牢城营是厢军番号，早在唐末五代就有了牢城，那时的“牢”取义“坚牢”，并非是“监牢”。唐末就有左右厢军牢城使、牢城指挥使，五代承唐末之旧，保留了“牢城军”等名目。这些名为“牢城使”的就是统领牢城军的军职官员，“牢城”则是方镇军之军号。

宋代厢军地位下降，隶属于侍卫司，以从事各种劳役为主，称之为“役兵”。前面说过“太祖皇帝制折杖法，免天下徒。初置壮城、牢城，备诸役使，谓之厢军”。设置壮城、牢城专备劳役的军队，称为厢军。宋初犯罪配隶多在本地牢城服役，供本地方役使。宋统一南北之后，管辖的地区大了，刺配后可以发往其他州军牢城服役，于是，在劳役之外又加上了编管流徙，这样迁徙的远近就成为罪行大小的标志。于是也就有了刺配邻州、五百里等等不同级别的惩罚。

牢城官员称指挥，北宋神宗时其编制为两百四十三人，后来发展到五百乃至一千以上。这可能与地方对劳役的需求膨胀有关，但决定性的因素还是刺配的增多。不是每个州的牢城营都接纳刺配的犯人的。南宋《淳熙三山志》中说：“牢城指挥以待有罪配隶之人，本路唯福、漳二州为然，馀郡杂以召募，非本法也。”可见福建路只有福州、漳州接纳刺配的囚犯，而其他州的牢城厢军则是招募来的。由于配隶牢城的囚犯主要是供地方役使的，也有力役需求不多的地区，接受不了太多刺配囚犯，便有上奏朝廷要求减配或停配的。

应募牢城军的厢军军卒也是经常服役的，那么他们与刺配来的配军有什么区别呢？应该说区别很小，宋代社会看不起军人，军人受歧视就和他们与囚犯之间没有明显的界限密切相关。厢军与配军平常都是干活，遇有战争，配军参加作战就是不可避免的。配军服役期满，身强体壮有武艺者，甚至可以提拔到禁军。

牢城营的最高官员为正副“指挥使”，下面有正副“都头”“将校”“押官”“承局”“节级”之类。这些在《水浒传》中没有准确的反映，说明元代和元代以后的作者对此已经不甚了了。

宋代传下来的“水浒”系列的故事大多只是说话人口耳相承的梗概，元代和元代以后讲说“水浒”故事者和最后的写定者，对于牢城营的性质也不太清楚了，他们的心目中牢城营就是监狱，所以才有了两院节级戴宗敲诈宋江的故事。宋代州一级的审判庭有两个，关押未决犯的监狱也是两个，所以戴宗才有“两院节级”的称呼。宋江刺配江州牢城营，管辖他的应该是牢城营系列官员，与州监狱无关，戴宗何来权力向宋江索贿？

史书几乎没有对牢城营形制的记载，《水浒传》中对牢城营的一些描写还可以做参考，如林冲眼中的沧州牢城：

> 只说林冲送到牢城营内来，看那牢城营时，但见：
>
> 门高墙壮，地阔池深。天王堂畔，两行垂柳绿如烟；点视厅前，一簇乔松青泼黛。来往的，尽是咬钉嚼铁汉；出入的，无非沥血剖肝人。
>
> 沧州牢城营内收管林冲，发在单身房里，听候点视。却有那一般的罪人，都来看觑他，对林冲说道：“此间管营、差拨十分害人，只是要诈人钱物。若有人情钱物送与他时，便觑的你好；若是无钱，将你撇在土牢里，求生不生，求死不死。若得了人情，入门便不打你一百杀威棒，只说有病，把来寄下。若不得人情时，这一百棒打得七死八活。”林冲道：“众兄长如此指教，且如要使钱，把多少与他？”众人道：“若要使得好时，管营把五两银子与他，差拨也得五两银子送他。”

牢城营是兵营，因此有防护设施。高墙深池，壁垒森严。天王堂是供奉佛教的毗沙门天王的，这是唐代以来，军营中必建的设施。点视厅是营里主管办公检点囚犯的地方，宋代牢城营主管本应称“指挥”，但后世艺人已经不太清楚，只是泛泛地写作“管营”，当然也不能说大错，牢城营是“营”，它的一把手自然是“管营”，只是宋代没有这一职官罢了。

林冲因为花了钱，又有柴进的介绍信，在牢城营中干的是最轻的劳役。如差拨所说：“林教头，我十分周全你。教看天王堂时，这是营中第一样省气力的勾当，早晚只烧香扫地便了。你看别的囚徒，从早起直做到晚，尚不饶他。还有一等无人情的，拨他在土牢里，求生不生，求死不死。”的确也是这样，上下都要靠银子开道。后来管营、差拨得到陆谦更多的贿赂，又有太尉嘱托，于是他们便刻意谋害林冲，先把他从天王堂调到草料场。管营假意对林冲说：“此间东门外十五里，有座大军草场，每月但是纳草纳料的，有些常例钱取觅。原是一个老军看管，如今我抬举你去替那老军来守天王堂，你在那里寻几贯盘缠。你可和差拨便去那里交割。”犯人也有“常例钱”可得，读者可能有些奇怪，其实一点也不怪。因为草料场每月要“纳草纳料”，这就要与商人打交道（宋代军队用的粮草大多包给商人购买、承运），商一与官打交道，其中必有钱做润滑剂。管草料的犯人虽不是官，但他是代表官的直接经手者。商人承购、承运粮草必然行贿官员，以求得好处（当然是损害国家了），那能少得了直接操作者吗？《红岩》写监狱看守到杂货铺买犯人用品，华子良只是个挑担子的犯人，商人除了给看守一份好处和一条烟外，也没忘了给华子良塞一盒烟。

武松被发配的孟州牢城营与沧州的大体相似，有点独特的地方是“武松来到牢城营前，看见一座牌额，上书三个大字，写着道：‘安平寨’”。牢城营有个寨名，这与它也像沧州牢城有高墙峻壁的建筑有关。宋代军营因有高峻的围墙，也称作“城”。宋赵彦卫《云麓漫钞》中说："城壁楼橹去处，以城围大小分为两等，大城五十人，小城三十人。"每个兵营就是小城，所以孟州的牢城营名为"寨"也不奇怪。

> 公人带武松到单身房里，公人自去下文书，讨了收管，不必得说。武松自到单身房里，早有十数个一般的囚徒来看武松，说道……武松听罢，去天王堂前后转了一遭，见纸炉边一个青石墩，是插那天王纸旗的，约有四五百斤。

配军在牢城里都干些什么呢?《水浒传》中也写了。如宋江到江州牢城后，上下打点花了不少银子。于是不仅没有挨杀威棒，而且管营特别照顾他：

> "此人既是县吏出身，着他本营抄事房做个抄事。"就时立了文案，便教发去抄事。宋江谢了，去单身房取了行李，到抄事房安顿了。众囚徒见宋江有面目，都买酒来与他庆贺。

现代监狱里编有《劳改通讯》等一类内刊，文字抄写当然都是犯人做。宋代牢城中有专门从事文案的"抄事房"，这虽没有见过史料记载，但以生活逻辑度之，很真实。林冲在沧州服役，先是看守和打扫天王堂，后是在草料场管理收发草料。沧州在北宋已经接近北方边境，与辽国相邻，军队往来较多，草料自然是很要紧和繁重的事情。牢城营的厢军管理此事，很合乎情理。王庆被童贯、蔡京谋害，发配陕州牢城。他也使了钱，所以干的活是替张管营买东西。宋江、林冲、王庆所服的劳役皆属于美差，在牢城中是很特殊的。只有写孟州牢城时，才涉及一般苦役犯的劳动，但较为一般化：

武松那日早饭罢，行出寨里来闲走，只见一般的囚徒都在那里，担水的，劈柴的，做杂工的，却在晴日头里晒着。正是五六月炎天，那里去躲这热。武松却背叉着手，问道："你们却如何在这日头里做工？"众囚徒都笑起来，回说道："好汉，你自不知。我们拨在这里做生活时，便是人间天上了。如何敢指望嫌热坐地！还别有那没人情的，将去锁在大牢里，求生不得生，求死不得死，大铁链锁着，也要过哩。"

之所以一般，因为它不是来源于宋代刺配囚犯的生活，这样写只是为了衬托武松在牢城营所受的优待罢了。

6. 宋代和《水浒传》中的监狱

牢城不是监狱，但林冲被高俅送到开封府，府尹将林冲"取刑具枷杻来枷了，推入牢里监下。林冲家里自来送饭"。林冲所进的确是监狱，现今称为"市看守所"。开封府的监狱不仅关押京城的犯人，有的官员犯罪也被送到这里，它兼有地方监狱与中央监狱双重职能。按说林冲是太尉属下的官员，他犯罪按道理应该送到"御史台狱"或"大理寺狱"，但御史台狱多关押"诏狱"（皇帝直接负责的案件）犯人，而"大理寺"相当于现在的"最高法院"，它更多的是处理下面报上来的疑难案件。因此朝廷里各个职能部门发生的案件，案犯多送到开封府关押。

州里、县里也都有这种以看守待决犯人为主的监狱。州里还分司理院监狱和州狱。县里监狱，如郓城县雷横打死白秀英后，被"枷了，下在牢里"。如武松杀人自首后，阳谷县"知县叫取长枷，且把武松同这婆子枷了，收在监内。一干平人寄监在门房里"。东平府收到阳谷县解来的武松一案，"将武松的长枷，换了一面轻罪枷枷了，下在牢里。把这婆子换一面重囚枷钉了，禁在提事司监死囚牢里收了"。

谈到古代以看押未决犯为主的各种类型的监狱，有几件事值得注意。

其一，这种监狱不仅关押案犯，对于原告、证人也多关押。阳谷县把为武松案作证的街坊邻居“寄监在门房里”，还算文明的，一般的就与犯人关在一起。东平府尹陈文昭是作者歌颂的好官清官，所以他对武松一案的证人格外体贴：“唤过县吏，领了回文，发落何九叔、郓哥、四家邻舍：‘这六人，且带回县去，宁家听候。本主西门庆妻子，留在本府羁管听候。等朝廷明降，方始结断。’那何九叔、郓哥、四家邻舍，县吏领了，自回本县去了。武松下在牢里，自有几个土兵送饭。西门庆妻子羁管在里正人家。”可见监狱可以关押未决犯之原告和证人。只是阳谷县袒护武松，所以对有利于武松的证人，未免爱屋及乌，只是“寄监在门房里”。而陈文昭则是尽量让证人少受累系，对于最后判决无关的何九叔等人放回阳谷，作为原告的西门庆的妻子一时不能走，也只是羁管在里正（街道干部）家里。《州县提纲》作者也强调，办案不要牵连更多的证明人，他称作“判状勿多追人”，不要动辄把事主的父子兄弟全都拉上，“甚至与其夫相殴而攀其妻为证，与其父相殴而攀其女为证，意在牵连人数，凌辱妇女”。这就是因为案子未决，证人都要在监内相候，使得很少抛头露面的妇女受到凌辱。这些被留监的证人还没有囚粮，《州县提纲》作者还告诫州县官吏说，长官还要记得你关押的证人，否则没吃没喝，会饿死的。

其二，监狱中犯人要戴刑具，也就是戴“枷”。这也是案犯与原告、证人在监狱中的不同之处。犯罪轻微的戴轻枷，重犯戴死囚枷。“枷”是夹之于脖颈的刑具，关于“枷”的尺寸法律上有具体规定。《宋会要辑稿》中说“诸枷，大辟重二十五斤。流徙二十斤，杖罪十五斤”。长五尺至六尺。八十岁以上，十岁以下，孕妇、废疾、侏儒等免枷散禁。宋徽宗宣和间定盘枷为十斤，这是枷中最轻的。押送囚犯用盘枷，《水浒传》中发配的犯人所称的“盘头枷”或“团头枷”就是盘枷。不过其中写明是“七斤半”，如杨志被发配大名时以“七斤半铁叶子盘头护身枷钉了”。武松发配孟州牢城也是“取一面七斤半铁叶盘头枷钉了”。押送林冲是“当厅打一面七斤半团头铁叶护身枷钉了贴上封皮”。“七斤半”大约是元代盘枷的重量。元代重视“七”字，行刑打板子都是十七、二十七、三十七……

《宋史》中还记载：

> 枷以乾木为之，轻重长短刻识其上，……仍用官给火印。暑月每五日一洗濯枷杻，刑寺轮官一员，躬亲监视。

犯人在狱中日夜都要戴着枷吃饭睡觉，非常痛苦。暑天木枷还会腐朽有味，规定五日一洗，而且有人监督。

其三，现在关押未决犯的拘留所、看守所都不许送饭，怕串通案情；古代看守性质的监狱原则上是不管饭，要家属送。家中无人或特别贫困的才每日发给囚粮二升，由犯人自己做。南宋是给钱，临安二十文，外地十五文。冬天要给衣被。对于病囚要给看病，刺配初到的犯人要讯问是否有病。这不单纯是打不打杀威棒的问题，有病的，要给予治疗，每州有狱医三人，每县一人。犯人有病未治，或无缘无故死亡，责任官员要受处分，死亡过多要治罪。总之宋代悯囚形成一套制度，皇帝经常下诏督促，或派员下去检查。当然上有政策，下有对策，在皇权专制时代，无代无之。监狱中克扣囚粮，虐待犯人，甚至擅杀犯人的现象也屡有出现。

江湖人回归社会的道路

1. 江湖人的回归

武侠小说《笑傲江湖》写衡山派二当家的刘正风厌倦了江湖上的刀光剑影、血腥仇杀，想金盆洗手息影江湖，但自诩名门正派的五岳盟主左冷禅不同意，并召唤各派强加干涉，最后，刘正风不仅回归主流社会的愿望成空，甚至惨遭灭门之祸。当然，当年金庸写作这部小说时是有隐喻的，但作者笔下的故事也并非全属寓言，现实中也不乏这种现象。邪教、黑社会以及极端专制的团体，它们从思维到行为都是非常极端的，世间事物在他们看来，非黑即白，非邪即正，非我即敌，正邪不两立，而且都自诩是正派，还要求正派是纯之又纯的，连个黑点也不能有。处理矛盾都是你死我活，不允许而且最恨“中间路线”。在这种思维模式和社会氛围的笼罩下，生活在其中的人不要说摆脱，即使有这种想法也属于大逆不道。然而中国的古代社会是管制相对宽松的社会（就其管治能力来说，甚至不如现代社会的威权政体），而作为隐性社会的江湖并不等于黑社会，只是其中包括黑社会和更多的游走于江湖的江湖人。这样，许多在江湖游荡了一个时期的青年人回归主流大多不会遇到刘正风那样的麻烦。

江湖人主要是由游民与社会边缘人组成，在江湖上游走的不都是叛乱者，许多走江湖的人也是依靠合法的手段谋生，不管他们与现实主流社会有多少格格不入的思想情绪，作为个人，他不是反叛者，没有违法犯罪，尽管官府也视其为“异类”，但他们回归主流还是不成问题的。如江湖上常说的巾（也有写作“金”的；指相面、算卦、占卜等行当，江湖上称有七十二巾）、皮（江湖郎中、卖野药的等）、彩（变戏法的）、挂（练武术的、看家护院者、镖师等）等行从业者，都是江湖上的佼佼者，有一天他们厌倦了江湖上的是非风波，手中又积攒了点钱，回家买上点田产房屋，照样可以做政府的良民，完全用不着金盆洗手。因此，他们回归的关键在于有没有钱，有钱就一切都好办了。

2. 两类江湖人最难回归

江湖上有两类人最难回归，一是强人，或说强盗匪类，一是娼妓。前者指那些拿起武器非法掠夺和武装反抗政府的人们和集团。古代史书往往称这些人为“盗贼”。像方腊这种有政治诉求的武装叛乱称“盗贼”；打家劫舍，拦路抢劫，如“宋江三十六人”（流动性很强的抢劫集团）也叫“盗贼”，在官府看来他们没有多大差别，统统是强盗歹人。强人回归之难不在于其没钱，也不在于他们有前科（即使受到过法律处分的人，如果不是盗贼，其处分解除后，大多也就自然而然地回到主流社会），关键是有过做“盗贼”的经历，他们会被官府打入“另册”，不与平民等量齐观，即使正常生活也常常会受到干扰。《水浒传》中动不动就骂他们“贼配军”。

娼妓则是社会习俗难于接受，不用说古代社会，就是在新中国，经过改造的妓女返回主流社会也是充满了血泪的。二十世纪五十年代苏州作家陆文夫的《小巷深处》，写妓女出身的纺织女工徐文霞和技术员张俊相爱的故事。因为是写在中华人民共和国成立之初，作者对于游民改造与回归带有美丽的憧憬，小说最后张俊决意冲破一切世俗偏见向徐表达爱情时写道："那性急的擂门声，在空寂的小巷子里，引起了不平凡的回响……"实际上这种结局的暗示只是作者善良的愿望，后来徐文霞们真实的结局是霍达的《红尘》、苏童的《红粉》中女主角们的悲惨遭遇。

3．从良与"存粮"

小的时候看京剧中的风趣小戏《打面缸》，其中女主角周腊梅厌倦卖笑生涯，到县衙门向县太爷要求脱离风尘，找个丈夫"从良"。"从良"一词，我听不懂，以为是"存粮"，并问大人什么是"存粮"。大人有点不耐烦地说："从良就是变成好人了。"我还是不解。又问怎么存了粮食就变成好人了？大人笑了："你说的这个存粮啊，有吃有喝，还不当好人吗！"

现在懂了。原来从良就是作为非主流社会的妓女（毛泽东把这一类人列为"游民无产阶级"），或说一个女江湖要放弃原来的生活方式，回到主流社会过正常人的生活。把"从良"误为"存粮"也有点歪打正着，也就是回归主流社会的前提就是存了一些未来的衣食之资，即"有吃有喝"。从大人的回答中还可以看出当时主流社会的人们对于妓女的看法：她们身份低贱，并非"好人"，但不去做"好人"又往往是贫困所造成的。

"从良"这个词最早见于唐代，原是个法律词语。《唐律疏议》"户婚律"中有"若养部曲及奴为子孙者，杖一百。各还正之。无主及主自养者，听从良"。中古时期有着严格的身份制度，南北朝时这种身份制度系统化、法律化，人分良民与贱民。良民指一般庶民，贱民则指官私奴婢，倡优皂隶。从良就是从贱民的身份转化为良民的身份。当时不仅妓女（属于"倡优"）改变成为良民身份叫"从良"，一切贱民转变为良人都叫从良。《唐律疏议》中规定良人如果养了无主人的奴婢，或自己与奴婢生了孩子，可以改变原有的奴婢身份。不过身份制度化、法典化经过五代十国战乱之后有了很大改变，于是良贱之间的分野也逐渐淡化，从良这个词越来越指向娼妓了。

工商社会中一切都职业化了，妓女成了“性工作者”，许多操此业者也不觉得有社会歧视的压力和年龄增加以后生活的压力。因为她们只觉得自己是从事一种人类无法彻底禁绝的职业，为男人制造欢乐，为自己赚取较为丰厚的收入，晚年也自有社会保险。而中国古代社会是宗法社会，脱离宗法网络的游民已被社会视为异类，用各种手段打压排斥，何况游民中更加弱势的妇女。虽然男人为主体的社会统治者不能缺少娼妓为他们制造快乐，但又极度蔑视她们，称她们所操之业属于贱业。不管她们原先出身如何，一进入娼门，便失去良人的身份，成为贱民，而贱民被歧视还不仅是因为社会习俗，在法律中也有明确规定，法律制度要求严格区分良贱。一旦为娼，青年妇女只要还有生存愿望的，无不时时刻刻想脱离娼门这个火坑，以从良为其生活目标。明代有个民歌《劝从良》，其中唱道：

> 我劝情人从良罢，花街柳巷，贪恋着甚么？细想想，受了多少打合骂，这几年，挣的银钱何曾剩下，人过三十，如月退光华，老了来，改变容颜想我的话，到那时，要想从良无人嫁。

民歌唱的仿佛是个青年男子（或是嫖客）在劝妓女，其实字字句句都是妓女发自内心的呼喊。

明代有个像《打面缸》中周腊梅一样的妓女，她向县官要求从良，托名汤显祖的《古今律条公案》记录了她的申请与县官批示的《娼妓从良照》云：

吁天超拔事。蹇生不辰，卖落烟花。趁钱则龟妈受用，构祸则蚁命承当。思至伊门已经一十二载，扣偿伊债奚啻八百余金。不遂从良终无结果，恳天赐照主张，庶免生为万人妻，死作无夫鬼。为此衔恩（当为“衔恩”）上告。

批曰：妓者沉酣脂粉，笼络勾栏，或一夕易一夫。而含羞解金扣，带笑吹银灯，良有由也。今某志欲从良，弃秦楼之风月，罢巫山之云雨，撤章台之杨柳，终身抑事一夫，此梦之觉而醉之醒者，合与执照，任其所从。

妓女“照会”县官说自己命运不好，被卖到妓院，挣了钱全归了开妓院的鸨母，出了祸事则自己承当。自己已经为他们挣了十二年的钱，完全够偿还卖身钱的了。现在要求从良，建立自己的家庭，过一种全新的正常生活。应该说这种要求是正当的。当事的县官肯定是个风流自赏的文人，他批准了这个女人的要求，但还不忘了用笔点染一下娼妓生活的“风流浪漫”。实际上“沉酣脂粉”云云大多是站在男人立场上制造出来的、建立在女人痛苦上的“风流”。

4. 从良娼妓多悲剧

妓女的从良是有许多风险的。《醒世恒言》上的《卖油郎独占花魁》中有个资深的、能言善辩的鸨母刘四妈开导不肯接客的“花魁娘子”美娘：

“刘四妈道：我儿，从良是个有志气的事，怎么说道不该！只是从良也有几等不同。”美娘道：“从良有甚不同之处？”刘四妈道：“有个真从良，有个假从良；有个苦从良，有个乐从良；有个趁好的从良，有个没奈何的从良；有个了从良，有个不了的从良。我儿耐心听我分说。如何叫做真从良？大凡才子必须佳人，佳人必须才子，方成佳配。然而好事多磨，往往求之不得。幸然两下相逢，你贪我爱，割舍不下，一个愿讨，一个愿嫁，好像捉对的蚕蛾，死也不放。这个谓之真从良。怎么叫做假从良？有等子弟爱着小娘，小娘却不爱那子弟。本心不愿嫁他，只把个嫁字儿吹他心热，撒漫银钱。比及成交，却又推故不就。又有一等痴心的子弟，晓得小娘心肠不对他，偏要娶他回去，拼着一主大钱，动了妈儿的火，不怕小娘不肯。勉强进门，心中不顺，故意不守家规，小则撒泼放肆，大则公然偷汉。人家容留不得，多则一年，少则半载，依旧放他出来，为娼接客。把从良二字，只当个赚钱的题目。这个谓之假从良。如何叫做苦从良？一般样子弟爱小娘，小娘不爱那子弟，却被他以势凌之。妈儿惧祸，已自许了。做小娘的，身不由主，含泪而行。一入侯门，如海之深，家法又严，抬头不得，半妾半婢，忍死度日。这个谓之苦从良。如何叫做乐从良？做小娘的，正当择人之际，偶然相交个子弟，见他情性温和，家道富足，又且大娘子乐善，无男无女，指望他日过门，与他生育，就有主母之分。以此嫁他，图个日前安逸，日后出身。这个谓之乐从良。如何叫做趁好的从良？做小娘的，风花雪月，受用已勾，趁这盛名之下，求之者众，任我拣择个十分满意的嫁他，急流勇退，及早回头，不致受人怠慢。这个谓之趁好的从良。如何叫做没奈何的从良？做小娘的，原无从良之意，或因官司逼迫，或因强横欺瞒，又或因债负太多，将来赔偿不起，别口气，不论好歹，得嫁便嫁，买静求安，藏身之法。这谓之没奈何的从良。如何叫做了从良？小娘半老之际，风波历尽，刚好遇个老成的孤老，两下志同道合，收绳卷索，白头到老。这个谓之了从良。如何叫做不了的从良？一般你贪我爱，火热的跟他，却是一时之兴，没有个长算。

或者尊长不容，或者大娘妒忌，闹了几场，发回妈家，追取原价。又有个家道凋零，养他不活，苦守不过，依旧出来赶趁。这谓之不了的从良。”

这真是阅世极深的鸨母，她没有说真正能达到“乐从良”“趁好从良”“了从良”的还是少之又少。像《卖油郎独占花魁》这个故事的最后结局，卖油郎以其善良、温情赢得了美娘的爱情，两人终成眷属的完美从良当然是少之又少的，更多则是悲剧。

《警世通言》中《杜十娘怒沉百宝箱》就是一例。在国子监上学的书生李甲与京城名妓杜十娘初逢，双方都觉得好不容易遇到了知音。“李甲自遇了杜十娘，喜出望外，把花柳情怀，一担儿挑在他身上。那公子俊俏庞儿，温存性儿，又是撒漫的手儿，帮衬的勤儿，与十娘一双两好，情投意合。十娘因见鸨儿贪财无义，久有从良之志。又见李公子忠厚志诚，甚有心向他。”“易求无价宝，难得有情郎。”这是“阅人多矣”的杜十娘的感受，然而最终还是被骗。李甲为了钱，也是因为怕脱离了旧有的生活轨道，背叛了杜十娘。小说用浓墨重彩写出这位向往爱情、向往正常人生活的女人的悲剧：

十娘推开公子在一边，向孙富骂道：“我与李郎备尝艰苦，不是容易到此。汝以奸淫之意，巧为谗说，一旦破人姻缘，断人恩爱，乃我之仇人。我死而有知，必当诉之神明，尚妄想枕席之欢乎！”又对李甲道：“妾风尘数年，私有所积，本为终身之计。自遇郎君，山盟海誓，白首不渝。前出都之际，假托众姊妹相赠，箱中韫藏百宝，不下万金。将润色郎君之装，归见父母，或怜妾有心，收佐中馈，得终委托，生死无憾。谁知郎君相信不深，惑于浮议，中道见弃，负妾一片真心。今日当众目之前，开箱出视，使郎君知区区

> 千金，未为难事。妾椟中有玉，恨郎眼内无珠。命之不辰，风尘困瘁，甫得脱离，又遭弃捐。今众人各有耳目，共作证明，妾不负郎君，郎君自负妾耳！”于是众人聚观者，无不流涕，都唾骂李公子负心薄幸。公子又羞又苦，且悔且泣，方欲向十娘谢罪，十娘抱持宝匣，向江心一跳。众人急呼捞救，但见云暗江心，波涛滚滚，杳无踪影。可惜一个如花似玉的名姬，一旦葬于江鱼之腹。三魂渺渺归水府，七魄悠悠入冥途。当时旁观之人皆咬牙切齿，争欲拳殴李甲和那孙富。慌得李孙二人手足无措，急叫开船，分途遁去。

从杜十娘的诉说到李甲的后悔、孙富的恐惧和旁观之人的愤怒突出了作者对于杜十娘的追求正当性的肯定。杜十娘把悲剧发生的原因全部归之于孙富，或还捎带点李甲。就是李甲没有负心，两人一同回到家乡绍兴，或是在苏杭一带搞个小家，杜十娘就能幸福吗？李甲家中还有妻室，虽然他说“贱室不足虑。所虑者，老父性严，尚费踌躇耳”。当时社会崇尚的是“父子天伦，必不可绝”，正如孙富向李甲所言：若为妾而触父，因妓而弃家，海内必以兄为浮浪不经之人。异日妻不以为夫，弟不以为兄，同袍不以为友，兄何以立于天地之间？”这是李甲最为恐惧的。在这样的环境下，杜十娘则是“一入侯门，如海之深，家法又严，抬头不得，半妾半婢，忍死度日”。如果在苏杭一带另筑外室，李甲在绍兴、外室所在地和北京（李甲正在北京国子监上学）三地之间奔波，先不说李甲的经济和精力是否能在三者之间周旋而不疲，杜十娘会不会如孙富所说“即不然，江南子弟，最工轻薄，兄留丽人独居，难保无逾墙钻穴之事”，此时李甲会作何想？会不会觉得妓女出身，个个水性杨花，早早弃之为好，免得赚顶绿帽子？总之杜十娘的悲剧绝不单纯是李甲思想性格造成的，其根本原因还在于社会风气和李杜二人只是“一般你贪我爱，火热的跟他，却是一时之兴，没有个长算”。李甲是追求一时的刺激，杜十娘更多的是找个终身的依靠。最后杜十娘看破了世俗的虚伪，也已对前途绝望，“怒沉百宝箱”，投江而死。

妓女从良之难不仅是因为社会的偏见，她们自身也存在着难容于主流社会的思想性格。刘四妈与美娘说及“假从良”时就批评妓女心中不顺时会“故意不守家规，小则撒泼放肆，大则公然偷汉。人家容留不得，多则一年，少则半载，依旧放他出来，为娼接客。把从良二字，只当个赚钱的题目”。这样以赚钱为目的“从良”，哪个正常的家庭敢容纳？

5. 水浒故事中涉及的妓女

《水浒传》写的虽是江湖人的奋斗，但其中很少正面描写妓女，偶尔提及也是从江湖好汉的角度审视。十字坡黑店的店主东张青对武松表白，他们不是谁都“黑”的。他曾嘱咐孙二娘说有“三等人不可坏他”，其中的“第二等是江湖上行院妓女之人”。当然这也并非是什么“阶级同情”，而是考虑到“他们是冲州撞府，逢场作戏，陪了多少小心得来的钱物。若还结果了他，那厮们你我相传，去戏台上说得我等江湖上好汉不英雄”。对于做性生意的妓女，《水浒传》作者没有什么好感，就连梁山好汉招安时要求助的李师师，也很少正面赞颂。

在宋代文人笔下李师师是位“侠妓”。《李师师外传》写汴京沦陷于金人之后，金主指明要活的李师师，汉奸张邦昌得之以献金营，李师师“乃脱金簪自刺其喉，不死，折而吞之，乃死”。作者赞美她有“侠士风”。可是作为江湖人主体的游民没家没业，正当性要求得不到满足，因此对于年轻的女性有一种天生的、像阿Q对未庄女性一样的“羡慕忌妒恨”，这种复杂的感情的焦点就在于“性”。《水浒传》是一部只讲敌我不讲是非的书，只要对梁山一百零八将有利的人和事无不肯定，反之则否定。唯独在“性”上，只要沾了边，无论是谁，即便是一百零八将一把手宋江也要受到责难与抨击，似乎作者最痛恨的就是“贪淫”，几乎与阿Q一样。前面说李师师是梁山得以招安的功臣，可是作者并没有忘记她的身份，从而设计了一个李师师勾搭浪子燕青的情节：“李师师是个风尘妓女，水性的人。见了燕青这表人物，能言快说，口舌利便，倒有心看上他。酒席之间，用些话来嘲惹他。”本来燕青是“浪子”，浪子、妓女真是天生一对，地造一双。可是燕青成为一百零八将中的一员，就要变成柳下惠了。

《水浒传》还有个身份扑朔迷离的妓女——阎婆惜。《大宋宣和遗事》中写明她是“娼妓”，为宋江所眷恋，梁山好汉送给自己的金钗宋江也交给阎婆惜保存，可见两人关系之密切。他杀阎婆惜，也不是因为阎婆惜要到官府告密，揭发宋江私下与梁山往来，而是由于吃醋。宋江看望父亲暂离郓城县，待他回来之后“却见故人阎婆惜又与吴伟打暖，更不睬着。宋江一见了吴伟两个正在偎倚，便一条忿气，怒发冲冠，将起一柄刀，把阎婆惜、吴伟两个杀了”。这里称阎婆惜为宋江“故人”，乃知她是宋长包之妓女，宋江是她的孤老，因而见她与吴伟打得火热，又不理睬自己，怒而杀之。

宋江与阎婆惜的故事是宋江上梁山最重要的契机。元代“水浒”杂剧中，宋江上场自报家门时往往要说“自幼郓城为小吏，因杀娼人遭迭配。宋江表字本公明，绰号顺天呼保义”“我乃宋江是也，山东郓城县人。幼年为把笔司吏，因带酒杀了娼妓阎婆惜，迭配江州牢城”。可见这个故事很重要，不能删除，照南宋以来流传故事写，宋江的英雄形象就会受到“贪淫”娼妓的损害，于是在小说中做了两个重要的改动。一是把货真价实的娼妓改写为有“风尘倡妓的性格”“会唱曲儿，省得诸般要笑”的风流女青年，并说明其娼妓性格的形成是因为从小儿在东京时受的影响，正如其母所说，女儿常去“行院（妓女）人家串，那一个行院不爱他。有几个上行首，要问我过房几次，我不肯”。二是把“故人”改作外室，这样就为杀阎婆惜制造了更多的理据。娼妓虽也属于江湖人，但江湖艺人们还是把她们视为异类的。

元代“水浒戏”中写了好几个“贪淫”的荡妇，她们在作者心目中应该是从良的妓女。《黑旋风双献功》中的郭念儿，《同乐院燕青博鱼》中的王腊梅，《争报恩三虎下山》中的王腊梅，《大妇小妻还牢末》中的萧娥，等等。她们在这些戏曲中的身份都是“小妻”，也就是“妾”，她们都是由“搽旦”（花旦）行当来扮演，又有共同的恶德，即喜欢干些“不伶俐的勾当”（偷汉子）。虽然只有《还牢末》中明确表明萧娥是个从良的妓女（男主人公李荣祖自道，家中“嫡亲的五口儿家属：大嫂赵氏，二嫂萧娥，他原是个中人，我替他礼案上除了名字，弃贱从良，就嫁我做个次妻”），但郭念儿和两个王腊梅大约也是从良妓女。她们一个个全是伶牙俐齿，敢打敢闹，欺辱丈夫，谋害大妇，甚至制造冤案（“水浒”故事系列中“替天行道”的主题最早出现于元代“水浒戏”中，所谓的“替天行道”就是代替官府平反冤假错案），是“拳头上立得人，胳膊上走得马”的人物。哪有这样的良家妇女！

从南宋开始的有关宋江等人故事的创作和传播，到明代《水浒传》长篇小说形成为止，江湖艺人都是重要的参与者，其中所体现的对从良娼妓的态度不仅反映了社会习俗，更反映了江湖艺人对这些人的认识与理解。

6. 造反者的回归

在宋江执掌大权以前，梁山就是个抢劫集团。《水浒传》第七十一回前，写梁山军事活动，尽写他们集中力量干大事的情景，如“三打祝家庄”“破高唐州”“智赚华州”“破连环马”“破大名府”“打曾头市”等，没有特别着力描写他们大小山寨的

"日常工作"。不论梁山泊还是后来归属梁山的少华山、桃花山、清风山、二龙山等山头，平常的工作就是某头领带一帮小喽啰在山寨附近的大小路上等候客商或各种各样的路人经过，抢东西杀人。第十一回末和第十二回开头部分就是写林冲带着一个小喽啰，在不同的道路上等待行人路过，实施抢劫，杀掉路人，作为他一心一意加入梁山组织的"投名状"。第一天白等，没有人路过；第二天有一拨三百多人的集团客商，林冲仅二人，而且林冲尽管武艺高强，但此行尚属新手，心怀忐忑，不敢贸然出击；第三天，又遇到个硬手杨志，两人你来我往，周旋了四十多个回合，不分胜负，被王伦喝住。看来这日常工作也很辛苦，山头的威名越大，敢从山下过的客商就越少，过得越少，逮住一个，下手就越狠。后来晁盖决心做好强盗，只抢东西不杀人。对于客商来说，"东西"即财货就是他们的命，因此人们或绕道而行，或结伴而过。此时朝廷称梁山为"盗贼"，定性是准确的。荀子说"窃货曰盗""害良曰贼"。[①]他们是实实在在的盗贼。过去把这种行为定位为"农民起义"，实在令人不可理解。直到宋江接掌盘子，提出"替天行道"，我们不管其真假，这才算有了个政治口号，有了"全忠仗义""辅国安民"，清除奸腐之臣的诉求，把分赃的聚义厅改为忠义堂则是这种改革的标志。此时梁山泊才能算一个有政治诉求的武装抢劫集团。

三阮把梁山泊盗匪生活设想得特别浪漫："他们不怕天，不怕地，不怕官司。论秤分金银，异样穿绸锦。成瓮吃酒，大块吃肉。如何不快活！"这是典型的"只看见贼吃香喝辣，没看见贼挨打"。前面说到林冲在风雪天守株待兔，这种日常工作也很辛苦，当山寨的名声越大，没有人敢从山下过的时候，日久天长，衣食就会成为问题，不得不主动出击，到有钱有米的地方去"打

---

① ［战国］荀子：《荀子·修身》，山西古籍出版社 2003 年版。

土豪”。离开山寨不是件容易事，山寨是进可攻、退可守的堡垒，离开这宝地，要被断了后怎么办？被抄了老窝怎么办？梁山事业高峰时，战将百员，喽啰数万，还可以出击，到富有的地区或城镇捞一票。《水浒传》在描写这些问题时，大多写梁山轻易得手，于是把金银财宝粮食细软等运回梁山，但现实中不会这样。像少华山等小的劫匪集团就根本不会有这样的机会。干这行其实是拿命换钱，正合于吴思先生所发明的“血酬”一说。

另外，干盗匪生意的与艺人一样都是吃青春饭的，梁山一百零八将，大多在三十岁以下，年长点的不过四十。五六十岁怎么办？难道也像武侠小说《鹰爪王》中所写的凤尾帮，还建立一个“福寿堂”，用以安排年高德劭的老会众休息和颐养天年？这纯粹是文学作品所作的非非之想。因此，盗匪集团回归主流社会也必然是个问题要提出来。说一句对“好汉爷”不太尊敬的话，这行当也像行院的姐儿一样，宜春院不可能是终老之所；山寨也不可能开辟敬老院，想消停地、正常地终老就要放下屠刀，过正常人的生活。

北宋刘斧的文言小说集《青琐高议》中有《王寂传》，写王寂怀才不遇、积愤太久，一次与县尉冲突中杀了县尉，遂落草为寇。平时带领着数百人的队伍“椎牛、椎豕，掠墓劫民，烧市，取富贵屋财，民拱手垂头，莫敢出气。白昼杀人，官吏引避，视州县若无有，观诏条如等闲”。这个带有点造反意味的故事，叙述了主人公由于不满意个人遭遇，发展到反对官府，进而酿成祸端，最后在山川溪谷中拉起了一支杆子，要维持这支杆子的存在，也要聚众抢劫。但当宋仁宗即位，天下大赦之时，这位颇有点造反精神的王寂也起了回归社会的念头。他对党徒喽啰们说：“山行水宿，草伏蒿潜，跳跃岩谷中，与豺虎为类，吾志已倦。今幸天子濡大泽，以洗天下罪恶，吾党转祸为福之祥，愿从吾者皆行，不然吾自为计。”现实的山寨不像水泊梁山那么浪漫，随着年龄的增长，厌倦那种提心吊胆“有今天没明天”的生活是很自然的。“党中有鼠辈睥睨，颜色拂厉，悖语嗫然，寂捽斩之坐前。他皆跳跃叫呼曰：‘吾今得为良民，归见故乡亲戚，死无恨焉。’”对于回归社会的主张大多数追随者也都是同意的。

皇权专制主义的统治，从不承认人们武装抢劫（不管抢的对象是谁）的合理性，更不会认同民众的持兵反叛。当然，由于各种原因，必须让这些人平安回归主流社会时，统治者对他们用的词语是“赦罪”，即赦免以前为“盗贼”的罪行。

上节说到两类江湖人（娼妓与“强人”包括造反者）最难回归主流社会，前者是因为社会的歧视，后者是因为官府的疑惧。为什么造反者放下武器，回归了正常生活，官府还要疑惧？这就与皇权专制社会核心的意识形态及其背后的政治文化有关了。许多造反虽是出于经济目的，但造反本身构成了政治问题。

古代皇权专制社会占统治地位的意识形态，不论儒家还是法家，其基本核心都是以维持现实秩序为要务。《论语·学而》：“有子曰：‘其为人也孝弟，而好犯上者，鲜矣；不好犯上，而好作乱者，未之有也。君子务本，本立而道生。孝弟也者，其为仁之本与？’”这是由遵从家庭秩序开始，扩展到遵守社会秩序，因此对于不能遵守秩序的人是严惩不贷的。对于曾经有过犯上作乱行为的，统治者也是另眼看待的。这是中国传统政治文化的核心，侵犯了或践踏了这个核心的江湖人要想回归社会，必须得到维护这个秩序的统治者的准许，这个准许是很难获得的，其道路也是非常漫长和艰难的。这是由中国传统的政治文化决定的，因此谈造反者的回归，不能不从这个文化谈起。

7. 中国传统的政治文化

1）韩愈的《原道》——儒家传统政治文化最简明的概括

了解中国传统的政治文化，不用博学杂搜，最常见的韩愈的《原道》就有简明而准确的概括。政治是治国的，为什么要有国家？韩愈认为，人类是弱的，要生存，非常艰难。于是圣人出现，教给大家“相生相养”之道。相生相养之道的根本就是建立国家，以抵御大自然的侵害，从大自然中获取衣食，并防止人与人之间“强凌弱，众暴寡”。

有了国家就有了统治者（君）和被统治者（民）。最高统治者就是君，他高高在上，负责决定政策，发布命令；贯彻政策、执行命令的就是臣。民——老百姓的责任是生产衣食、制作各种器皿、流通财货，以供给君、臣。君不颁布政策、发布命令，是他的失职；如果臣不去贯彻政策，执行命令，并把这些交给民众，他就当不成臣了；如果老百姓拒绝为君、臣提供衣食物资、制作器皿、流通财货，则杀之。当然，韩愈也谈到君应该有仁有义，应该时时刻刻加强修养，调整自己的不当行为，以维持这个秩序的永恒。可见在传统文化里，君统治人民是他永恒的权力，老百姓向统治者做贡献也是他们永恒的职责，这就是“道”，天不变，道亦不变。这些都是硬邦邦的规定，而且有暴力做后盾。“道”中对君也有所规范，即须“以德治国”。为了达到这一目的，君要加强修养，正心诚意，实施仁义，但这些只是软的期待，没有任何可靠的保障要求君必须做到。专制制度一个重要的特点就是即使对最高统治者有些约束或规定，也都是劝谕性的，实行不实行全靠统治者自觉，而且这种制度往往告诉被统治者，君是天纵圣人，一定会有这种自觉。

2）罪在不赦，是否杜绝了造反者的归路

上面说的是中国古代政治文化的主体，可见其间根本没有分权观念，更不要说政治权利共享与政治权利平等的观念了。统治者取得了天下，就认为天下的一切从此属于自己，天下都是自己的臣民，一切权力都出于皇帝，任何人不能染指。刘邦取得天下之后，在未央宫建成的庆祝会上向他老爸敬酒时说：“始大人常以臣无赖，不能治产业，不如仲力。今某之业所就，孰与仲多？”于是与宴者也跟着凑趣，“殿上群臣皆呼万岁，大笑为乐”。刘邦嘲笑老爸因为自己不努力干活、治不了家业，而看不起自己，他问：“现在您看看我挣的家业比老二如何？”司马迁为后世活灵活现地描绘出这个暴发户视天下为私产的嘴脸。这当然不是刘邦的发明，而是“权出一孔”的文化传统浸润的结果。

因此统治者本质上是要镇压对其统治地位构成威胁的武装抗争的。统治者在把天下看成是自己一家一姓的私有财产的同时，又不无欺骗地把自己与天下所有的臣民说成是一家，皇帝就是全体臣民的大家长（这是强调“以德治国”的基础），是代表一切臣民掌握和运用一切权力的。反抗统治者就是对抗天下，就是反对一切臣民，反叛者仿佛是家族中的逆子，天然地具有不合法与不合理性。人们之所以要铤而走险、武装抗争就是因为自己的根本权利，甚至是生存权利受到了威胁或剥夺。可是在统治者看来老百姓没有争自己权利的权利（即使遭受了苦难，也要耐心地等待统治者去发现），在这种意识的指导下彻底消灭一切武装抗争就是天然合理的了。因此反抗统治者，进而谋反，历来都是最严重的罪行，往往要受到灭族（诛杀其整个家族）的惩罚。

熟悉中国历史的，大多都知道“暴秦”，认为只有秦代才严刑峻法，实际上，读《史记》《汉书》常常遇到“族”这个字，汉代（特别是汉武帝时期）许多高官显贵的下场是“族”，就是参与了谋反，或皇帝怀疑他谋反，就受到“族诛”，轻的是一个家族被杀，重的还株连“三族”（父族、母族、妻族）、“九族”（父三族、母三族、妻三族）。《魏书·源贺传》中记载源贺曾上书朝廷，言及“族”刑的荒谬：“案律：谋反之家，其子孙虽养他族，追还就戮，所以绝罪人之类，彰大逆之辜。其为劫贼应诛者，兄弟子侄在远，道隔关津，皆不坐。窃惟先朝制律之意，以不同谋，非绝类之罪，故特垂不死之诏。若年十三已下，家人首恶，计谋所不及，愚以为可原其命，没入县官。”法律规定处理谋反案件的族刑，所株连者甚众，连过继出去的小孩都要追回来杀掉，以绝其类。这是多么荒唐的事！而族刑之恐怖残忍，韩愈在《元和圣德诗》中有细致的描写。当时割据一方的军阀刘辟对抗朝廷，兵败，整个家族被俘虏、游街示众和被屠戮：

> 妇女累累，啼哭拜叩。来献阙下，以告庙社。周示城市，咸使观睹。解脱挛索，夹以砧斧。婉婉弱子，赤立伛偻。牵头曳足，先断腰膂。次及其徒，体骸撑拄。末乃取辟，骇汗如泻。挥刀纷纭，争刌脍脯。

妇女孩子用绳子串着游街，让所有的人观看（自古以来统治者就热衷培植看客）；最后把他们送上“砧斧”，凌迟处死，还有争食被割下的肉的情况。这就是所谓“圣德”。韩愈认为歌颂对谋反者的残忍是非常正当的，其意在恫吓潜在的谋反者。

唐代法律把谋反列入“十恶”。唐代统治者在法律上有个创造，这就是在编列各种犯罪时，突出了他们认为最可恶的十种犯罪，称为“十恶”。十恶的前三条都与反抗皇权统治有关，《唐六典》记载的十恶前三条为“其一曰谋反，谓谋危社稷。二曰谋大逆，谓谋毁宗庙、山陵及宫阙。三曰谋叛，谓谋背国从伪”。《唐律疏议》中强调，在大赦中十恶一般是属于不赦之列的。而且“其犯十恶者，死罪不得上请，流罪以下不得减罪”。可见只要涉及造反罪，统治者惩治是特别严厉的。

既然造反者属于“十恶不赦”，不仅要杀本人，而且祸及三族，仿佛这就断绝了有造反经历的江湖人回归主流社会之路。其实不然，过去在中国，写在纸上的东西与现实发生的往往有很大距离。另外，现实政治写在法律上和实际运作时强调的是严厉打击的一面，可是儒家经典上却常常力主以德服人，批评“道之以政，齐之以刑”，强调“道之以德，齐之以礼”，也就是“以德治国”。这样就打开了一条法外的通道。

3）“民吾赤子”——皇帝的口头禅

法家强调君权的绝对性，而且明目张胆地主张“以天下奉一人”。韩非就主张天下的一切都是“王资”（君王的工具），没有独立存在的意义。因此，秦始皇一读韩非的著作，马上就成为他的知音，“嗟乎！寡人得见此人与之游，死不恨矣”。然而这种一味“崇君”，没有任何弹性的刚性学说也使得暴秦“二世而亡”。汉武帝汲取了这个教训，搞了一个“罢黜百家，独尊儒术”，实际上是“外儒内法”，用儒家带有血缘温情的伦理观念去文饰法家赤裸裸的统治操作术。

历朝历代的造反者不单纯是处于社会底层的江湖人，坐稳了江山的统治者常常会遇到各种形式的武装反抗，也就是说，被统治者（有些反抗者如果按照阶级分析虽然也属于“统治阶级”的行列，但他们不是主流派，并受到主流派的排挤压抑，他们也往往与“被统治者”站在一起）不安于自己的位置或处境，拿起武器，进行斗争，以求得改善（专制制度下，缺少妥协机制以协调不同利益群体的矛盾，因此和平争取自己利益的机会极少，当对立的社会势力发生利益冲突时，多是用武力解决）。这些反抗的本质都是争取自己权利的斗争。权利往往是以力量为后盾的，这样在法律操作上就有个势力均衡的问题，法律上严格的惩治措施是在统治者占绝对优势的前提下才能实行的。如果缺少绝对优势，那么儒家意识形态上“宽仁”“忠恕”的处理方式就具备了现实背景，成为统治者对待造反者的另一种工具。这样统治者对于武装反抗就有了暴力镇压与和平招抚两手。

“抚”意为安抚、善待，是自古就有的对待百姓的手段。《左传》中就有“吾子其奉许叔以抚柔此民也”的用法。对于武装起来的造反者，统治集团在还有力量的时候，安抚时少，暴力镇压时多。统治集团在力量不足，或者是发生武装抗争的地区难以深入，想靠武装弭平动乱而不可能时，如果最高统治者比较理性，就可能使用安抚或招抚的手段。此时造反者就有可能放下武器，卖刀买牛，重新过老百姓的生活。

这种事态，儒家的“仁政”思想肯定也有些作用，但远不是主要的，虽然统治者也常把“盗贼……亦吾赤子”这类带有家庭温情的话语挂在口头，那个时期最宽容的统治者也只是把百姓的武装抗争看成是愚昧所致。西汉宣帝时，渤海郡（今河北省滨海一带）闹饥荒，盗贼并起，丞相推荐有名的循吏龚遂做渤海太守。宣帝召见龚遂，见他已经七十有余，“形貌短小”，觉得与其名声不相称，有些看不起他，对他说：“渤海业废世乱，我很忧虑，你有什么办法平定盗贼？”龚遂回答说：

> 海濒遐远，不霑圣化。其民困于饥寒而吏不恤，故使陛下赤子盗弄陛下之兵于潢池中耳。[①]

这段话被压缩成“盗弄潢池”的典故，用以表示对民众武装反抗的某种程度的理解。但这段话另外一个含义就是：现在皇帝对“赤子”的苦难已经有所了解了，百姓也应“霑圣化”，不要再执迷不悟了。从这些说法（不管是温情的还是严峻的）可见统治者认为他们对老百姓是拥有一切权利的。“民，吾赤子也”的说法，后来成为皇帝的口头禅。宋代以后用得尤为频繁。其实这种“民，吾赤子也”的说法往往发生在统治者力量不足有求于民的时期，当他们把反抗者押上刑场时就不会这样说了。

唐代黄巢起义，流动作战到广州，军队号称百万，向唐王朝求为天平军（驻地在今山东东平一带）节度使，作为停止暴力反

---

① ［汉］班固：《汉书》卷八九《循吏传》，中华书局2007年版。

抗的条件。当时的宰相郑畋打算接受，但另一个宰相卢携和掌握军权的宦官田令孜不同意。虽然这件事与主政者个人恩怨有关，但其内在的心理原因还是“名器不可假人”的观念在起作用，另外他们觉得当时坐镇淮南的高骈完全能彻底歼灭黄巢。

8. 宋代的武装造反与招安

和平招抚这一手段在宋代是比较多的，多称为“招安”，它在《水浒传》中也多次出现，然而它并不始于宋代。

招安是有造反经历的江湖人回归主流社会唯一的途径。“招安”这个词儿，据我所见，最早大约出现在《旧五代史》卷九五的《张廷蕴传》，张氏曾任“沿淮招安使”。可见“招安”已经成为当时统治者以和平手段处理武装反叛者的术语，虽然招安代代皆有，但从五代才开始用“招安”这个词来表述这种社会现象。检索“二十四史”，以宋代用得最多，元代还偶尔用之，明清两代基本不用（指官方语言中不用，民间却大量运用，这是通俗文艺作品影响的结果），大多是以“抚”来替代“招安”。我想大约是“招安”这个词儿意为“招”而使之“安”，别再闹事，它没有突出朝廷在处理被统治者武装反抗中的主动地位，这当然为专制统治者所不取。

1）待民较宽的宋朝

虽然历代统治者对人民的统治都是严酷的，但是“彼善于此，则有之矣”（《孟子》）。比较起来宋朝就是一个相对宽松的朝代（如果从制度建设的角度说，宋代的专制主义要比唐代强化，但其具体政策与操作上显得比唐代宽松），特别是与元明清相比。两宋三百多年中基本上没有杀过文人士大夫，基本上没有杀过“上书言事人”（据说这两条是宋太祖赵匡胤的政治遗嘱）。统治者对待知识人与言论的态度是一个时代政治上宽松与否的重要指标。

对于老百姓的武装反抗也常有向皇帝说些“公道话”（只是

一定程度的“公道话”）的官僚。北宋的刘敞在《患盗论》中分析“盗之源”时指出：“衣食不足，盗之源也；政赋不均，盗之源也；教化不修，盗之源也。”这三点说得全面而透彻。南宋初年中书舍人洪拟曾上书给高宗说：

> 兵兴累年，馈饷悉出于民，无屋而责屋税，无丁而责丁税，不时之须，无名之敛，殆无虚日，所以去而为盗。①

这些话在宋高宗听来也觉得是事实。南宋的辛弃疾《论盗贼札子》中十分透彻地分析了州县各级官吏如何与地方的豪门大姓互相勾结，巧立名目，对老百姓层层盘剥，因此：

> 田野之民，郡以聚敛害之，县以科率害之，吏以取乞害之，豪民大姓以兼并害之，而又盗贼以剽杀攘夺害之，臣以谓“不去为盗，将安之乎”，正谓是耳。

农夫百姓要受到“聚敛”（国家赋税）、“科率”（额外摊派）、“乞取”（胡拿乱要）、“兼并”（财产与土地的兼并）、“剽杀攘夺”（杀戮抢劫）等各种手段的索取，被层层扒皮，百姓如何有活路？这些言论是常常见之于大小臣僚的章奏的。这些言论在文人士大夫的心中发酵，他们自然就会对武装反抗者（也就是官话中的“盗贼”）有些许理解，这样他们做官为宦时遇到这类问题在处理上就较历代温和。南宋中叶江西赣州一带峒民起事，地方官郑性之邀请精通兵法的宋慈入军幕协助平叛。词人刘克庄为好友宋慈（《洗冤录》的作者）送行，写了《满江红·送宋惠父入江西幕》赠给他：

---

① ［元］脱脱等撰：《宋史·洪拟传》，中华书局 1977 年版。

溪峒事，听侬说。龚遂外，无长策。便献俘非勇，纳降非怯。帐下健儿休尽锐，草间赤子俱求活。到崆峒、快寄凯歌来，宽离别。

词中称，只有实行汉代龚遂宽仁的政策才能真正解决问题。词人告诫说，帐下的士兵不要急于建功勋，滥杀老百姓，不是勇敢；用招安解决问题，也非怯懦。刘与宋都是宋朝官员，他们在对待民众武装反抗的态度上都主张宽容。当然，不仅刘、宋，两宋许多士大夫都有这种心态。他们忠于朝廷，但也爱民。

2）两宋时期民间的武装抗争

考察两宋的农民战争，何竹淇先生于1962年编纂的《两宋农民战争史料汇编》（下面简称“何书”）是一部重要的参考资料。此书从宋代以来的史传及各类著作中辑录各类武装反抗活动（不单纯是“农民战争”，还有大量的兵变）433次（其中北宋203次，南宋230次），为我们提供了分析的依据。何书虽编于“文革”之前，却出版于“文革”即将煞尾之时。前面的“出版说明”中云：“宋代的社会阶级矛盾始终十分尖锐，大大小小的农民起义不断发生。”这是当时史学界的套话，历史上没有一个时代“阶级矛盾”不尖锐的。表面上看，享国319年的宋朝发生于社会下层的武装反抗每年平均1.36次，不可谓不多，实际上何书中所统计的433次，大多是只有千余人、数百人甚至数十人的零星暴动。在方腊起义之前的一百余年中，就没有发生过震动北宋朝廷和影响全国局势的农民武装反抗。历史教科书上经常提到的发生于淳化四年（993）的王小波、李顺起义，始终没有越出四川边境，其持续的时间也就一年有余，最大的动静是李顺占领成都三四个月。被通俗小说所张大的贝州王则的武装暴动（罗贯中《三遂平妖传》即写此事）和宋江流动性的武装反抗，实际上一个是没有出贝州城（今河北省邢台市清河县），而且前后只闹了两三个月；

一个是只有三十六人在京东一带横行。南宋高宗以后，大规模的武装反抗活动也很少。

宋代之所以很少因为天灾人祸导致大规模的武装暴动，与其实行募兵制有关。每当有大的天灾人祸，产生了大量脱离土地的人口以后，军队都能予以吸纳，把这些容易造成动乱的难民、饥民吸收到部队当兵。这样便大大减少了铤而走险的分子，缓和了社会矛盾。还应该看到，宋代统治者常常采取的招安政策，有助于缓和不同阶层的对立情绪，降低了弭平动乱的社会成本，客观上有利于社会的发展。因此我认为招安是有一定正面意义的政策。

3）最频繁的“招安时代”

从上述可知宋王朝对待民间武装抗争的态度比历代宽缓些，但具体说来各个阶段还是有很大差别的。从何书中可以看出，王朝统治者在宋代初年就对所谓的“盗”实行过招安。太平兴国四年（979），因常州、润州（今江苏常州、镇江）一带多“小寇”，宋太宗遂派名儒柳开知常州、转徙润州。柳开就采取了招抚政策，而且自己掏钱“以奉金给之，又解衣与贼酋，置之左右。或谓不可，开曰：‘彼失所以盗；不尔，则吾民也。始惧死，故假息锋刃之下，今推以赤心，夫岂不怀？’未半岁，镇内辑宁”[①]。大约这种政策是得到太宗默许的，又有柳开那样正直而真诚的儒者去执行，招安是成功的。宋朝皇帝第一次下诏实施招安政策的是宋真宗咸平三年（1000）九月，遣使谕在蜀中的造反者王均，其中说王均等人“如能递相劝率，效顺革心，当赐生全，别加录用”[②]。因为蜀中的斗争形势十分复杂，双方失去了信任，这次招安没有成功，后王均被捕杀。

① ［南宋］王称：《东都事略·柳开传》。

② 司义祖整理：《宋大诏令集》。

宋高宗时期，天下大乱，下层民众的武装反抗此起彼伏，数量激增。除了大规模的、震动朝野的钟相、杨幺武装起义以外，何书中著录的这个时期的武装抗争就有92次之多，占全部著录的四分之一左右。上文我已经指出，由于统治者处于内外夹攻之中，为了在南方立足，他们必须迅速稳定国内，于是，宋王朝在处理民间的武装反抗时采取了以招安为主的政策。何书之中著录的90余次民众反抗中，有名有姓的有80次，而被招安的就有23次之多，近三分之一。而且，对于这些造反队伍的首领，大多委任以官。这是很刺激一些平民百姓的，使他们心理不平衡，觉得造反似乎成了做官的捷径。庄季裕在《鸡肋编》中说的“若要官，杀人放火受招安”就是这种心态的反映。《鸡肋编》还记载：

> 绍兴之后，巨盗多命官招安，率以宣赞舍人宠之。时以此官为耻。然清流者寄禄官下皆有兼字，至贼辈则无。又加遥郡者，尽以忠州处之，其徒亦稍有解者。甚非旷荡欲安反侧之意也。

被招安的巨盗大多被任命为“宣赞舍人”（荣誉侍从官，无具体执事）这种七八品的小武官，弄得正常的官员都不愿意担任此职，怕被别人认为是被招安的盗贼。可见当时被招安的人数之多。做官在官本位的社会中是第一职业，为全社会所羡慕，这对于那些被抛出宗法网络、没有家业、过惯了冒险生活的游民尤其具有吸引力。

9. 如何看待招安

说到招安，近几十年来，对它采取了极端否定态度。中华书局为何书所写的“出版说明”中就指出，宋代统治者“采取所谓招抚的手法，引诱个别起义将领叛卖，以瓦解破坏农民革命”，并称这种政策是“反革命招安策略”，接受这个政策的武装反抗的领导者则是“农民革命”的“叛徒”。此书中所著录的403次武装反抗，许多是散兵游勇和社会游民制造的骚乱和动乱。即使我们把这些都看成是农民起义，也不能说“出版说明”所做论断是正确的。

首先我们应该弄明白的是农民为什么要搞武装抗争，有人说为了“反压迫”“反剥削”，我认为不对，这是我们自以为学到了一些知识以后对历史事件做出的分析。自进入文明社会以后，“压迫”“剥削”从来没有消灭，甚至没有中断过，为什么有时就有武装抗争，有时就没有？实际上中国古代农民的武装反抗是统治阶级过度的剥削和压迫使老百姓没有法子活下去，人们的要求与愿望又没有正当的表达渠道，说话没有人听，或者根本不让老百姓说话，于是人们只好用武器说话。

要认识到古代的农民（包括农民起义领袖）不是现代的革命家，把革命视为自己生活和人生的目的，把武装斗争视为自己的权利与天职，不会为了暂时的、些微的物质利益出卖自己的“长子继承权”。他们都是普通老百姓，而老百姓如果“甑中有麦饭数升，床上有一故絮被，虽仪、秦（张仪、苏秦）说之于前，彭、韩（彭越、韩信）驱之于后，不能使之为盗”[①]。胡交修这番话虽是站在南宋统治者立场上说的，但确实是大实话，直到近百年来还是如此。

统治者的招抚政策能使更多老百姓活下来，无论从当时老百姓的角度来看，还是从当代历史学的角度来看，都应该是一件好事。因为被招安的老百姓不必再用生命的代价去换得一日之果腹（在许多武装反抗者看来，他们的抗争不过是以求晚死罢了）。

从历史的角度来看，历史要发展，不是靠人类的互相杀戮实

① ［南宋］孙觌：《鸿庆居士集·胡公行状》。

现的，而是要靠物质财富和精神财富的积累。我们现在比往古时代进步一些，就是因为现在的精神财富与物质财富比那时多些，人均享受也多些。而招安少破坏一些社会财富也有利于物质与精神财富的积累，从马克思主义历史观来看也是有利于社会进步的。

为什么有的历史学家认为招安比镇压还坏呢？他们的逻辑是：镇压使得阶级矛盾更为尖锐、阶级斗争更为激烈，阶级斗争越激烈越能促进社会的发展。从历史事实看这显然是荒谬的。几十年的战乱造成“白骨露于野，千里无鸡鸣”的景况，社会财富、人口几乎是扫荡殆尽，“激烈”到这种程度还能“促进社会的发展”，真是令人百思不得其解。我以为这是“阶级斗争万能论”。恩格斯也批评过一些人迷信暴力在历史上的进步作用，不把社会进步看成是生产力发展的结果。

社会进步的终极原因还是经济的发展。具体到古代中国，特别是在自给自足的小农经济时代，社会的发展是以适量的人口增长和社会财富的积累为前提的（当然两者不能画等号）。统治者实行的招安政策是有利于这二者的发展的。有了这两个前提，经济制度的变革才会提到日程上来（具体地说就是从农业社会向工商社会转化）。中国皇权专制社会搞得这样长，中国农业生产率迟迟不能提高（有的经济史学家统计清代的农业生产率比汉代还低），中国农民长期处于贫困状态，古代的战乱、社会动乱之多肯定是一个重要原因。不是所谓的农民战争推动了历史的发展，而是战乱太多影响了社会进步。历史上大规模的战争多、战争频繁并非好事，古代中国两千年都没有走出“分久必合，合久必分”（实际上是战乱—安定—战乱）的历史怪圈。

北宋末、南宋初便是个很好的例子。由于靖康之乱，本来十分繁荣的汴京（北宋首都汴京的繁荣是畸形的）和中原一带马上陷入一片混乱之中。金人烧杀抢掠，不仅破坏了原有的生产力和经济结构，而且制造了大批的难民。南宋的叶适在《薛公（弼）

墓志铭》中说：

> 自宣和失驭，天下安土乐业之民皆化为盗贼，更起灭千万计，剑槊不能胜，旗榜不能绥，垂二十年，狙唉势穷，乃稍弭戢。

巨大数量的人口被抛出原有的社会结构后，所形成的宏大的、盲目的力量如决堤的洪水，所到之处，都是破坏，而且使人无从收拾。北宋二帝被俘后，在南方立国的宋高宗赵构，外有金人大兵追击，内有战乱蜂起，在这种情况下，南宋统治者对于下层人民的武装抗争主要采取了招安政策，不仅较为迅速地使宋王朝得以在南方立足，而且为南宋一百余年的安定与发展奠定了基础。可以设想如果当时宋统治者采取的是以镇压为主的手段，那么最大的可能是宋官军与民间的武装和入侵的金人处于混战之中（当时金人也有激烈的内部矛盾，很难一举灭宋），这会给当时的广大民众和社会带来什么是不难想象的。因此，我认为当时的统治者实施的招安政策不论从历史的发展，还是从民众的生存和意愿来说都是具有正面意义的。

10. 如何实现成功的招安

实施招安政策的全过程中是否对被招安队伍有个全面的、妥善的安排，是招安成功与否的关键。招安不是把几个搞武装反抗的头领拉过来，授之以官，就完事大吉了。有着丰富政治经验的北宋南宋之交的宰相李纲在上给高宗皇帝的奏状中说，招安多是以“官其首领”为终结，对于部队中的广大徒众往往只是解散了事，不再管了。这样，“其徒党中桀黠者又复纠集徒众，自为头首，以俟招安，复得名目，递相仿效，无有穷已”。另外“其招安出首领，虽已补授官资，或与差遣，多是不离巢穴，不出公参，依旧安居乡土，稍不如意，或资用阙乏，则又相率为盗”。[①]有的招安其首领，或整部招安，但不把他们调离原来驻地，首领不参加当地官员参谒，不与当地官员交流，这样的招安本身就不牢靠，稍不如意，他们就会重新扯起造反的大旗。北宋南宋之交的招安只是宋统治者没有力量镇压武装抗争时无可奈何的一个选择。例如当时江西一带的状况就是：

> 每贼所至，州县之间，既无城池，又无兵食，不过裒率金帛，以为犒设，书填官告，以议招安。才得片檄之申，便谓巨盗已息，孰敢定其要约，散其徒众哉？[②]

这里所谓“招安”只是用来蒙蔽朝廷的，统治者根本没有能力控制武装造反者，还谈什么解散其武装呢？他们所实行的不过是“官匪”合作，把招安做成一笔被招安者得官、招安者得利的交易。于是，已经受了招安的人们再度拉起杆子、重新下海的现象就不可避免。“招安—反水—再招安”成为一个公式，在许多地方出现。

为了使招安能够名副其实，李纲力主对被招安队伍的首领及“强壮桀黠之人”要“结以恩信，使之改过自新”，并把他们调“赴军前使用，以除后患”。“头首与补正官资，及其强壮人并刺手臂，分隶诸军下使唤。若能用命立功，优与旌赏或又作过，必杀无赦。其不能悛改，逃亡复归本土之人，许诸色人捕斩，籍没田产，编配妻子，以系累其心。”当然，这是最理想的状况，当时的韩世忠平定建州人范汝为武装就是这样做的，把招安人员带上了抗金前线。当时内忧外患，把造反人员编为对外的

---

① ［宋］李纲：《李忠定公奏议》卷一五。

② ［南宋］李心传：《建炎以来系年要录》卷九一，中华书局 1985 年版。

作战人员还是很容易的。调宋江去打方腊，不管是否符合历史真实，小说家的这种想法确是许多被招安人员的出路。南宋绍兴时期“海寇”大多是被招安的，招安后大多被派到海上镇压后起的“海寇”。

不过要统治者实现对招安全过程稳妥地控制（如李纲所设想的那样）是很难的。最根本的一点就是上面说过的宋代地方武装力量的薄弱（无兵、无城、无食）和统治者的腐败，如谎报军功、杀良冒功、同僚之间互相掣肘、上下交相欺骗等等都是官僚专制制度下官员们的拿手好戏。所以招安过程中只要有个环节出了问题，就会失败。

11. 招安政策的不确定性

在古代，无论是法律还是政策都是人治的一部分，都带有天然的不确定性，招安也一样。在宋代，叛乱者招安之后，有的结局不错，有的还不能免除被屠戮的命运。其原因非常复杂，这与统治者招安的诚意、执行此政策官员的水平，以及人们的阶级分野、社会地位、人治的方针和由这些所决定的心态都有关系。但归根结底，其原因在于中国古代是皇权专制社会。这个社会实施的是人治，社会中的一切都系于皇帝个人的一念之间。

前面说过，按照中华传统的政治文化逻辑，对造反者的无情镇压具有天然的合理性，因为当朝天子都认为自己是奉天承运，获得了天命的，而造反者是逆天而行，对于逆天者最好的做法是一鼓荡平。这是与现代法治根本不同的。

前面说过，皇权专制的中国，其主流思想中没有政治权利共有与政治权利平等的观念，有的只是“天无二日，民无二主”这一统治者的权力独占观念。当然，在此他们也不否定臣民也有一定权益（比如生存权），但这个权益一般不许老百姓自己去争取，而要等待统治者给予。那么老百姓的权益在哪里呢？按照传统政治文化的逻辑，被统治者的权益、利益溶解在统治者的义务之中。统治者自认为，他们整天操心的就是国家的安全和广大人民的福祉。有个别地区个别人群利益受到损害，甚至生存不下去了，那也是统筹的问题，而非否定了他们权益的存在。这些观念被认为是亘古不变的天道，人人都要遵循。造反违背了天道，必有天殛。因此韩愈才会那么理直气壮地、绘声绘色地描绘屠戮妇婴的极其恐怖残忍的场景，而没有丝毫灵魂上的不安。因为这种杀戮符合他的“原道”观。

招安是统治者对造反者的网开一面，只有从“圣王”的标准要求帝王，他们才觉得这属于他们的“义务”（商汤在捕猎时曾“网开三面”）。统治者觉得（不幸的是全社会绝大多数人也这样看）招安是对于造反者的恩典，他们应该愉快地接受，不应讨价还价，如果造反者冥顽不灵，招安随时可以收回。而且这样做也完全符合传统政治文化中对于统治者的规定。因为镇压造反者属于常“道”，而招安政策只是从“权”，或说是权宜之计。可见招安在传统政治文化的设计中天然地处于劣势。统治者在必要时收回招安政策也是完全合理的。

当然，统治者的许诺、儒家道德中所强调的“信义”也不能说完全不起作用，皇帝的“金口玉言”、圣旨、诏令等都有一定的约束力。古代人比今人淳朴些，不是说过的话、做过的事说推翻就推翻；另外，宗教上报应的说法（如杀降不祥）也有些作用。但这些如果与根本利益发生冲突，一切都要让路。

宋代收回招安的例子很多，但由最高统治者直接收回的少，大多是下面执行招安政策的官吏干的。虽然被招安者没有干什么与王朝根本利益相冲突的事情，但负责的具体官吏可以从自身利益出发谎报军情，挑动皇帝对造反者的恶感，激起他的杀心。在资讯不发达的时代，皇帝非常有可能被欺骗、被误导。即使皇帝不愿意背信弃义，但杀降的事情发生了也无可奈何，因为鞭长莫及。在是相信既有的官员（自己人）还是相信投诚者（曾经的敌人）的问题上，皇帝肯定选择前者。

宋太宗时虔州刘法定兄弟八人“皆有身手，善弓弩”，带领数百人起事，杀伤许多官军。后江南西路转运使张齐贤派刘法定的朋友徐满去招安，并答应“赦其罪，许酬以厢镇之务”，不到一个月，法定兄弟八人“束身归命，以求自雪”。而当地武官同巡检殿直康怀琪，以勇武自负，但他没有捉到过刘氏兄弟一人，而张齐贤只用了片纸就招安了刘氏兄弟，康怀琪有些嫉妒，于是就与知州等密谋，并上奏朝廷，说刘氏兄弟勇武过人，旧党还散在山谷，有水旱之灾，必为州郡之患，“乞用酷法杀之”。结果是刘氏兄弟八人被“活钉于市”。[①]这个悲惨的事件表面上看是出于同僚之间的嫉妒，实际上有着很复杂的背景。

其根本点在于刘氏兄弟的武装反抗不管有无理由，在当时人看来都是大逆不道的。由此注定刘氏兄弟一辈子都被看成是与朝廷对立的异类，都是坏蛋，人们认为只要有机会他们就会给朝廷制造麻烦，他们活着就要提防，所以，早杀早省事。经过战乱的皇帝赵光义（太宗）无疑认为杀掉刘氏兄弟是符合朝廷根本利益的。

传统的政治文化中，视老百姓的生命如蝼蚁。平常说人命关天，其实在制度化（正式处决要有一定的手续，在这方面古代还是很严格的，这里包含着代天行刑的神秘因素）以外，草菅人命的事情随时都在发生。对待刘氏兄弟如此酷虐，史官也只是一笔带过。

人治就是这个样子，或宽或严都是统治者一句话，不必遵守什么规范，特别是对这些“异类”。而法治就要麻烦得多。在古代主持这种非规范操作的官吏，还会被视为“干员”，被看作是灵活干练，没有书呆子气。

① ［北宋］张齐贤：《洛阳缙绅旧闻记》。

即使比较成功的招安，由于阶级地位与社会地位的差距，当过盗贼的官员和其他官员也很难和谐相处。宋神宗时期福建廖恩被招安之后，补右班殿直，他在填写履历时写道“历任以来，并无公私过犯（任职以来于公于私都没有犯过错误）”[①]。这句话本来没有什么错，因为他讲的是做官以后；但“见者无不笑之”。这就是说人们永远忘不了过去，廖恩会永远背着盗贼的黑锅。

南宋高宗年间，福州海寇郑广被招安后负责统领福州的水军，每当初一、十五到帅府站班、公参（到长官处参拜）时，其他官员没有理他的，认为与自己不是一类。有一次，到了帅府，群僚正在谈诗。郑广到了，群僚清谈依旧，仿佛没有郑广存在。郑愤愤不平，突然站起来说：“郑广粗人，欲有拙诗白之诸官。”大家一愣，倾耳静听：

> 郑广有诗上众官，文武看来总一般。众官做官却做贼，郑广做贼却做官。[②]

岳珂没有记载郑广念了这首诗后，造成了什么后果；但有一点是肯定的，群官一定哗然，双方的隔阂会越来越大。被招安后的盗贼大多不愿意出席公参，这往往是不赞成招安政策官员的口实，说被招安者没有诚意，从郑广这件事来看，它是有深刻原因的。

这些社会背景造成的互相猜忌也可能导致被招安者再度拉起杆子，重新下海，统治集团中一些反招安派往往会根据这些，说被招安者贼性难改——他们本来就是投机招安，并以此论证主张招安政策的错误。这些官吏不懂得或故意掩盖他们反对招安也是造成被招安者心怀疑忌的重要原因。正是统治集团的不信任和猜

① ［北宋］庞元英：《文昌杂录》。

② ［南宋］岳珂：《桯史》，中华书局 1987 年版。

忌才导致了招安的失败。

12．造反对抗中的广大民众

民间的武装抗争中最倒霉的还是没有介入武装抗争的平民百姓。鲁迅曾说，“革命的被杀于反革命的，反革命的被杀于革命的。不革命的或当作革命的而被杀于反革命的。或当作反革命的而被杀于革命的，或并不当作什么而被杀于革命的或反革命的”[①]。一般平民百姓反而在这种战乱中枉死的概率最大。

宋仁宗庆历年间，荆湖南路（今湖南省）少数民族因民族矛盾而酿成武装反抗。为了迅速平弭动乱，“杀一人头，赏钱十千”。于是，“军人利于厚赏，道上逢人，即以为贼而杀之，至有头插标识，以免官军之害者。由是标识者，贼人杀之，无标识者，则官军杀之”。[②]当时的有识之士如欧阳修、包拯、张方平、余靖等无不为民请命，谴责这种以民命为儿戏的暴行。生活在这种情境中老百姓自然是深切盼望停止动乱，让自己过上安生日子。湖南转运使王逵，被包拯称为“凶暴无识，残恶有余，列位簪绅，心同蛇蝎，因缘奸诈，遂忝职司”，在湖南时，他横征暴敛、苛待百姓、杀人甚多，导致湖南少数民族叛乱。当他事发被撤职时，“潭（今长沙）父老数千人，共设大会，以感圣恩与人去害。在城数万家，三夕香灯彻曙；又被苦之家，并刻木作王逵之形，日夕笞挞，其人心憎恶如此”。[③]在皇权专制下，可怜的人们没有权利去追查是什么人把如此贪渎酷虐的王逵派到湖南去为害一方的，更不可能对此追究其责任，人们只有感谢的义务。然而，长久生活在无权状态下的人们的感谢的确是发自内心的。

参与武装抗争的普通民众怎么想？可供参考的资料很少，但

---

① 鲁迅：《而已集·小杂感》，人民文学出版社 2006 年版。

② ［北宋］余靖：《武溪集·余襄公奏议卷上》。

③ ［北宋］包拯：《包孝肃奏议》卷六。

可以想见，既然大多数人是为了活下去（即吃饭）而参与武装抗争的，那么随着这个问题的解决他们必然失去抗争下去的动力，何况皇权社会大多数人还笼罩在忠君意识之下呢？建炎四年（1130）是南宋朝廷岌岌可危的时期，就在这个时候还发现湖南茶陵被卷入武装叛乱的乡民在自己的脸上刺上“聚集兴宋”四个字，其意在希望朝廷招安。[①]

发起和领导武装抗争的领袖人物的想法会因人而异，但他们会有一个共同的追求，就是要通过武装斗争以求得个人的生存与发展。有的历史学家把古人现代化，用现代职业革命家的面貌给古代武装斗争的领袖画像，这是十分可笑的。例如，南宋初年在湖南洞庭湖一带聚众抗争的领袖钟相，因未被招安，被历史学家评价甚高。钟相曾说“法分贵贱贫富，非善法也。我行法，当等贵贱，均贫富”（近几十年，许多历史学家认为“等贵贱，均贫富”是农民的革命思想，这是不确的，实际上这是儒家“大同说”的通俗版。参见杜甫诗“无贵贱不悲，无富贫亦足”），可是他却接受信徒的朝拜和财物，被人们称为“老爷”，并借此聚敛了大批钱财，可见其追求个人发展的愿望还是很强烈的[②]，并非沉溺于“等贵贱，均贫富”的理想主义之中。如果他生在现今非被视为邪教头目不可。当然，这里并非厚责古人，而是使读者看到问题的另一面。

实际上钟相的这种做法一点也不奇怪，民间武装抗争的中坚与领袖人物是以游民为主的，他们多是失去土地或失去正当职业，脱离了宗法网络，浪迹四方。他们或是江湖人，或是秘密宗教职业传教者，或是从事各种迷信宣传的人，或是被打散的军汉，也有少数处于边缘状态的士人和心怀不逞、永远进不了官僚

---

① ［南宋］李心传：《建炎以来系年要录》卷三一，中华书局 1985 年版。

② ［南宋］徐梦莘《三朝北盟会编》卷一三七。

系统的文武备员。这些都是江湖人的后备军，他们对自己的未来都是有想法的。“下半辈子的快活”“论秤分金银，异样穿绸锦。成瓮吃酒，大块吃肉”，乃至聚敛财富，做大官，“封妻荫子”都是他们孜孜以求的目标。他们梦想“发迹变泰”，武装抗争显然只是一条重要的途径，舍此，游民根本不可能进入仕途，不可能成为主流社会的核心人物。

如建州范汝为，出身于贩私盐（宋代茶、盐皆为国家控制的物资，私贩要靠武力，多是浪迹江湖的游民才敢干这个行当）之家，因打人致死，才拉起杆子，领导当地饥民造反。他是向往招安当官的，因为他的造反军中有一些士人参加，因而对招安以后缺少安全保证有较清醒的认识，被招安后他始终不肯放弃军队，也不解散军队，只是充“民兵都统领”，而且把朝廷派去招安他的官员拉到自己一方，增加自己的安全度，但因为时顺时叛，他最终还是被宋将领韩世忠消灭。

13. 招安中统治集团内的官员

任何时代都有不称职和不负责的官员，专制制度下更甚，宋代也是这样。像建炎、绍兴——南宋初那样危险的时期，许多官员依然文恬武嬉，缺少责任感，不为国家尽力。这些官员如被派去平弭动乱，他们对待所谓的“盗匪”，则多是“玩寇自重”，力主招安，并在招安过程中为自己捞取好处。这在范汝为的“招安—反水—再招安”的反复中也可以看得很清楚，不仅最初朝廷派去镇压的神武副军都统制、福建制置使辛企宗畏首畏尾，怯懦不前，遇到范军躲着走，就是被派去专职负责招安的官员谢响、陆棠、施逵等竟也秘密为范汝为出谋划策，告诉他如何在招安中讨价还价，为自己争得最大的利益。这从范汝为的角度来看自然是大大的好事，可是从宋王朝的角度看，他们就属于为虎作伥私通“叛贼”的一类，应该说比范汝为还坏。后来三人被追究，谢、陆自杀身亡，施逵改名换姓，跑到北方的金国，为金国消灭南宋出力，官至翰林侍读学士。在“武官怕死，文官要钱”的南宋政坛风气中，许多次招安成为造反者与执行招安者之间的交易。范汝为一案闹得太大太久，最后还是被揭了出来，许多官员获罪。

那些尽职而又称职的南宋官员中反对招安政策的居多，尤其反对没有统筹安排的、盲目的招安。这方面在南宋建炎、绍兴间以李纲、赵鼎为代表。这些官员认为招安不仅不能弭平武装反叛，而且只会进一步刺激武装抗争，因为一些不逞之徒通过招安尝到了甜头（做官），更会使其他心怀异志的人群起效尤。这些我在前面已经谈到。至于南宋初的名将如张浚、岳飞、韩世忠等都是直接镇压民间武装反抗的骁将。钟相、杨幺、范汝为等南宋较大规模的武装反抗被镇压，他们都出了很大力。

南宋高宗赵构在登基之初是力主招安的，那时他的帝位还不稳定，被金人赶得一直向南奔窜，一度还被赶下海。高宗主张招安不仅是因为他没有力量去镇压，更希望这些有组织的武装力量能够去与入侵的金人战斗。到绍兴年间南宋政权逐渐稳固了，他的态度就有所转变。绍兴二十八年（1158）严州遂安出现民间的武装反抗，事情报告到高宗那里，高宗对宰相说：“招安非良法，命之以官，是诱之使为盗，不若移此以赏捕盗之人，盗知必见获，则可使无盗。”于是，大臣们颂扬说：“圣虑高远，非臣等所及。”①

自此以后，招安也就日渐其少了。

14. 余论

近几十年来，历史学界一贯把招安作为批评对象，用极端

① ［南宋］熊克：《中兴小纪》卷二八。

的语言丑诋被招安的古代造反者。从这种逻辑来看，一旦造反只能有两个前途：一是推翻了统治者自己做皇帝（真做了皇帝也有“罪名”——背叛农民起义），起义者都做文臣武将；一是做烈士（这被现代史学家认为是最光荣的前途）。为什么这些造反者就不能与统治者达成妥协，造反者回家重新当老百姓，或被招募当兵或为官呢？为什么脱离了主流社会的人们就不能回归呢？这种想法其实与皇权专制社会的统治者一样，一旦成为造反者就永远不能改弦更张。本文是从游民回归的角度思考这个问题，分析招安在传统政治文化中所处的地位，以及与招安有关的各方面人物的心态，以凸显实现成功的招安之难。也就是说江湖人一旦为盗，再返回社会确是十分艰难的。

过去，历史研究很少涉及江湖人问题。一遇到史书上记载的“盗”，马上直译为“农民起义”，如果武装规模稍大便称为“农民战争”。何竹淇先生那四大本书题名曰《两宋农民战争史料汇编》，实际上所收录的许多不是农民起义，特别是北宋南宋之交许多是散兵游勇叛乱，茶盐私贩的反抗，有的就是占山为王的盗匪。但是不管这种武装抗争是什么性质的，其共同点都是来自下层社会的人们对现存政权的暴力反抗。

即使参与武装斗争的群众大多是农民，其领袖与中坚人物也多是游民，其破坏性很大，也很难得到广大群众的支持，最后以失败告终。对于这类性质的武装反抗如何定性分析、如何称呼，这是史学界应该关注的。最近秦晖先生提出用“民变”“佃变”等传统概念分别称呼不同社会群体的武装抗争，也可供史学界参考。

对于造反者来说，最好的前途就是推翻旧王朝、夺取天下自己做皇帝，也就是孙悟空说的“皇帝轮流做，明年到我家”。这对造反的人来说是最佳结局了，然而不是轻而易举可以得到的。这需要许多条件，其中最重要的一条就是要有许多有知识者参加，也就是说要有政治经验的文人士大夫的加入，并成为其“谋主”。没有游民或农民单独打天下而能成功的。北宋时的欧阳修曾指出，当时京西盗贼虽多，但没有为他们出谋划策之人：

> 若使其得一晓事之人，教以计策，不掠妇女，不杀人民，开官库之物以振贫穷，招愁怨之人而为党与。况今大臣不肯行国法，州县不复畏朝廷官吏，尚皆公然迎奉，疲民易悦，岂有不从？若凶徒渐多，而不暴虐，则难以常贼待之，可为国家忧矣。[①]

这段话可以说基本上概括了两宋时代民间武装抗争的状况，大多数民间的武装反抗是不能与打家劫舍的盗匪划清界限的，他们是做不到“不掠妇女，不杀人民”，而且不能杀富济贫的。他们的武装反抗还没有构成现代人所理解的“政治行为”，他们缺少宏图伟略，存在时间都不长，规模也不大，大多旋生旋灭。

在没有新的意识形态传入时，要取得天下，必须遵从并灵活运用传统政治文化。所谓“传统政治文化”就是以儒家思想为主体，融合兵家、法家、纵横家部分思想意识的综合体，包括其理想主义和操作性两部分。那些秘密宗教不管是属于佛教系统，还是道教、祆教、摩尼教系统，也不管这些秘密宗教在鼓励造反过程中起过如何巨大的作用，它们都不能成为取得天下的工具，都不能把造反者推上皇帝的宝座，并使宝座稳定下来。这一点被无数失败或成功的造反事例所证明。宋代方腊奉行摩尼教，元代的韩山童传播白莲教，也仅能在诱掖追随者之时起点作用，太平天国坚持“拜上帝会”，把传统的孔孟著作统称为“妖书”，付之一炬，要靠洪秀全创造的教义（半是耶教，半是游民文化）打天下，虽然太平天国闹得声势很大，最终还是以失败告终。这从反

---

① ［北宋］欧阳修：《欧阳文忠公集·论募人入贼以坏其党札子》。

面证明了传统政治文化的威力。

武装反抗的第二个结局是被镇压下去，这对统治者来说是梦寐以求的好事，对于造反者则是个悲剧。

武装反抗的第三个前途就是被招安，当造反者的力量还不足以取代统治者的时候，又不想死，如果统治者来招安，这就是唯一的选择，也是自然而然的事。造反队伍中的领袖人物有可能比一般造反群众更热衷于招安，这虽然有企图投靠统治者和往上爬的嫌疑，但须知，把跟随自己造反的群众带出死境也是这些领袖人物义不容辞的职责。招安对大多数参加者来说不是最坏的结局。

上面说了那么多，其意在于说明"招安"这个专制统治者对待民间武装反抗的政策，不管统治者在其中要了多少手段，而且有些招安也不成功，成为统治者残酷镇压的另一种形态，但造反者对于招安的认同不能完全否定。如果统治者认真执行这个政策，它在历史上也是具有正面价值的。虽然招安是统治者的政策，往往也是他们主动实施的，但应该看到招安政策也是专制统治者无可奈何的一种选择，而不够强大的武装抗争的领导者和广大参加者往往愿意接受招安，以不多的成本换取自己所向往的东西。

宋代一些文人士大夫更希望招安最好行于民间武装反抗之前，因为这种政策有利于保持社会的稳定，有利于国家和百姓，其中最关键的是安抚好可能成为武装反抗的领袖人物。宋代重文轻武的政策不仅使得尚武之风下沉，而且把许多可以为主流社会所用的豪杰之士赶到了造反者一边。华州狂士张元（他曾写下"战退玉龙三百万，败鳞残甲满天飞"的诗句）就是一例，当他科举屡考不中，在主流社会不得意时，便抛弃了家园，跑到西夏，鼓励夏主元昊造反，给宋王朝造成严重的边患。北宋的秦观向皇帝建言："臣以为销亡大盗之术，莫大于笼取天下之豪俊。"[①]

---

① ［北宋］秦观：《淮海集·盗贼》。

苏轼对皇帝说得更具体："昔者以诗赋取士，今陛下以经术用人，名虽不同，然皆以文辞进耳。考其所得，多吴楚闽蜀之人。至于京东西、河北东西、陕西五路，盖自古豪杰之场，其人沉鸷勇悍可以任事，然欲使其治声律、读经义，以与吴楚闽蜀之人争得失于毫厘之间，则彼有不仕而已，故其得人常少。"而这些人中的"德不足而才有余者，困于无门，则无所不至矣"，因此苏轼主张，"不专以文辞取人""别开仕进之路"，并打通"吏"与"官"的隔离，使优秀的"吏"可以晋升到"官"，让那些豪杰秀士得以脱颖而出，不至于成为民间造反者的领袖或中坚。[①]南宋末叶的华岳还在《平戎十策》中说要注意访求沉沦在社会下层，但又特别具有才能与能量的胥吏、将校、江湖领袖、"山林标准"乃至干犯刑法的罪犯和流放犯[②]，把他们招到主流社会中来。从消极面上说，这有利于稳定；从积极面上说，可以有效地抗御外敌。有眼光的士大夫主张招安于出乱子之前，而平庸的统治者只是在出乱子之后，把招安当作不得已而为之的手段。

① [北宋]苏轼：《东坡七集·上皇帝书》。

② 楼栖：《反刍集·再论宋江》。

《水浒传》中江湖人回归主流社会之道——招安

1. 令人败兴的结尾

上面说到宋代的招安政策成为“犯上作乱”的游民回归主流社会的一条道路。《水浒传》中一百零八将排座次之后的故事就具体地描写梁山好汉受招安之路，这是个很令人瞩目的故事。毛泽东发动“评论《水浒》”的政治运动时就指出：“《水浒》只反贪官，不反皇帝。屏晁盖于一百零八人之外。宋江投降，搞修正主义，把晁的聚义厅改为忠义堂，让人招安了。”[①]这个运动赋予招安以另一层意义，当时到处揪“投降派”，举国惶惶然。这也增加了招安的知名度。

《水浒传》的结尾也很使读者败兴，因为它是一次不成功的招安。宋江作为梁山泊的领导者，有责任带领梁山一干兄弟走出江湖回归主流社会，但其操作和策略是不成功的。游民、江湖人

---

① 实际上所有的农民起义本质上都不反皇帝，即使是反对在位的皇帝，其目的也在于谋求自己做皇帝。

脱离江湖的目的一是求得生命安全，并能过上稳定的生活，二是取得荣华富贵。宋江为了忠义之名，为了实现报效朝廷的志愿，不仅没能让兄弟们安定下来，没有封侯拜相、“人人都做大官”，反而处处受到奸臣的诬陷，即使努力为朝廷建立功业，也换不来皇帝的信任，最后还是一杯鸩酒了却了宋江等人的性命，令人叹惜不置。而那些陷害忠良的奸佞之臣却没有受到任何惩治，没有任何报应。这些情节招致读者议论批评最多。

从文学角度来看，招安的故事也是《水浒传》精彩篇章的终结。读到这里，仿佛是《三国志通俗演义》读到“陨大星汉丞相归天”，《红楼梦》读到“林黛玉焚稿断痴情”，从此而后，笔调越来越显得衰飒，一回不如一回。从此故事的发展直至结局，再也没有提振精神的情节，再也没有精彩华丽的辞章，而且小说中原本活灵活现的人物形象也失去了光彩，令人扫兴之至。总之几部古典长篇名著都是越读越败兴，似乎中国古典小说作家都不善于收尾。这是不是因为招安最后是悲剧所致呢？其实悲剧如果写得好更感人。关键是施耐庵在设计和描写招安情节时是充满矛盾的，有些描写违反了生活和艺术的逻辑，并与前七十回所塑造的人物性格发生背离，影响了人物形象的完整，因此就文学来说《水浒传》所写的招安也不算是成功的。

招安给人的负面印象是如此之深，追慕“打遍天下无敌手”的英雄的读者自然对招安故事感到扫兴，他们希望好人有好报，恶人就该遭殃。他们认为《水浒传》中好人就是宋江等一百零八将，而坏蛋就是以高俅、蔡京、童贯等为首的奸佞集团。这些读者同情梁山好汉被招安，因为他们思想深处总觉得老当强盗也不是个了局，招安也不失为一条出路。但他们对施耐庵写的那种悲剧性的招安是不满的（这是“大团圆”意识作怪，他们认为应该把一百零八将都写成做了大官，娶妻生子，享尽人间荣华富贵）。有的续写者为了适应和满足这些读者的要求，把《水浒全传》中剩下的残余好汉送到海外去当国王，给喜爱《水浒传》英雄好汉的人们一些安慰。近几十年来，人们对于《水浒传》招安的批评，主要是站在意识形态的高度，认为受招安就是投降派，就是去做统治者的奴才，就是缺少彻底的革命精神，因此，要口诛笔伐。

明末清初才子金圣叹处于乱世，坚决反对招安造反的强盗，认为招安是向盗贼投降。他批评招安的始作俑者宋代官员侯蒙赦宋江之罪令其征讨方腊的建言有“八失”：“失朝廷之尊”，“坏国家之法”，“显当时之无人”，“将反教之合”（意为拉一贼，打一贼，有可能使两贼合而为一），“使壮夫失色”（显贼之武功，不能显军民武功），“有负百年养士之恩”，“有罪者可赦，无罪者生心，从此无治天下之术”和“颠倒是非”。[①]金圣叹根本反对《水浒传》第七十一回以后的文字，因此便腰斩了袁无涯所刻一百二十回的《忠义水浒全传》，删去了第七十一回之后的全部文字，把第七十一回的《忠义堂石碣受天文　梁山泊英雄排座次》改为《忠义堂石碣受天文　梁山泊英雄惊恶梦》，把第一回改为《楔子》。删除了“招安”“征四寇”等情节，增写了卢俊义“惊恶梦”等情节，预示着梁山一百零八将被一网打尽。这个七十回的删节本，金圣叹称是其家藏“古本”，并做了批点。这个本子流行了两百多年，我小的时候读的也是这个本子。删去了招安的《水浒传》保留了全书最精彩部分，前后笔墨大体一致，结尾又带有大团圆的气氛，从而受到读者的欢迎。清代刊刻最多的《水浒传》本子就是这个，其他一百回、一百一十回、一百二十回等原汁原味的古本反而日渐式微，很少有刊刻。

招安的悲剧通过《水浒传》得以传达到社会底层，给许多现实生活中的造反者以警戒，使得他们在还有一线生路的时候不敢轻易尝试接受招安。有时他们也把接受招安挂在口头，但这却是

① 《宋史目批语》，见朱一玄、刘毓忱编《水浒传资料汇编》，百花文艺出版社 1981 年版。

一种向统治者讨价还价时进退自如的手段。到了明代招安这个词儿已经在官方文书中隐退（这与明统治者对民间反抗的镇压更为严厉有关），而那些民间的造反者仍然常常据《水浒传》而大谈招安。崇祯十五年（1642）刑科给事中左懋第上给皇帝的题本中说“盗贼”李青山等窃据梁山“日日破城劫狱，杀人放火，而日日讲招安，以为玩弄将吏之口实”，并且研究如何招安。[①]可见招安不仅在统治者那里是弭“盗”之策，在“盗贼”那里也成为一种斗争策略，所谓“打打谈谈”也是这一策略的发展。明末造反者张献忠就在造反、被招抚、再造反的轮回中强大起来。

2. 为什么要写“招安”

1）大家都爱听江湖人被招安的故事

既然招安情节如此败兴，而通俗文艺的生命就在于受众的欢迎，就在于有卖点，为什么南宋艺人和明代作者施耐庵还要写招安呢？

所谓“败兴”那是后世受众的感觉，而南宋，特别是南宋之初临安市民未必觉得“败兴”，招安在当时是个热门词语。庄绰《鸡肋编》讲到南宋初年的流行语时说：“建炎后俚语，有见当时之事者。如‘仕途捷径无过贼，上将奇谋只是招’。又云‘欲得官，杀人放火受招安；欲得富，赶着行在卖酒醋’。”这些谣谚含有对当局制盗乏策的批评，但从中也流露出对被招安者的羡慕。谁不想发达呢？特别是在那动乱的年代。

由于靖康之乱，本来十分繁荣的汴京（北宋首都汴京的繁荣是畸形的）和中原一带马上陷入一片混乱之中。金人烧杀抢掠，破坏了原有的生产力、经济结构以及社会组织，这样必然制造了大批的难民。南宋学者叶适在《薛公（弼）墓志铭》中说：

---

① 转引自朱一玄、刘毓忱编《水浒传资料汇编》卷四，百花文艺出版社1981年版。

> 自宣和失驭，天下安土乐业之民皆化为盗贼，更起灭千万计，剑槊不能胜，旗牓不能绥，垂二十年，狙唊势穷，乃稍弭戢。

巨大数量的人口被抛出原有的社会结构后，所形成的宏大的、盲目的力量，如决堤的洪水，所到之处，都是破坏，而且无从收拾。北宋二帝被俘后，康王赵构（高宗）逃亡到南方立国，外有金人大兵追击，内有变乱蜂起，在这种情况下，南宋统治者对于下层人民的武装抗争只好采取了以招抚为主的政策。

滞留在北方的士民与百姓纷纷组织起来自卫以谋求生存。他们中间既有民间自卫武装，也有大量的散兵游勇和脱离了主流社会秩序的游民，还有不少北宋末犯上作乱的“盗贼”。此时他们大多转化为抗金队伍，扰乱金人的后方。这些武装的奋斗屏蔽了南方，也给在南方刚刚安定下来的宋统治者以喘息的机会，给南宋小朝廷的确立和稳定以极大的支持。南宋自立朝以来也不断地表彰中原一带民众的武装结社，赞许他们抗金与自卫。本来，北宋统治者对于治下的百姓习武、私藏兵器、武装结社都是严厉禁止的。但此时，北方的统治者换成了与宋统治者不共戴天的金人，本着敌人的敌人就是朋友的原则，凡是反抗金人统治，或坚持与金人战斗的北方民众，不管是谁，当朝都会奉上一顶“忠义人”的帽子，称他们的组织为“忠义社”或“忠义巡社”，甚至倡导北方民众建立这样的组织。

这些以游民为主体的武装力量主要还是谋生存的，他们对待金人与民众的态度也不像历史教科书写得那样单纯。他们朝秦暮楚，或军或盗，亦正亦邪。然而，蹐局在西子湖畔的南宋统治者感到昔日的“盗贼”不像过去那样可恶、可怕了，甚至有点可爱了。南宋初年，统治者积极推行招安政策，在北方的，授予

“官”的虚名（由于时局艰难，当时许多官员已经没有俸禄了，在北方的更要自谋衣食），用此招诱那些时时刻刻盼望改换门庭和提高地位的游民。在南方被招安的，有的被派到海上或北方边境保卫国家安全，有的还参加了对金人的战争。金人大举南侵的铁骑，摧毁了各个阶层人的正常生活，引起全体汉族人民一致反抗，朝廷的做法受到举国上下的认同。用现代的说法，这就是民族主义的高涨吧！

此时的皇帝也爱听游民造反与被招安的故事。南宋初年有个名“纲”的太监，擅长“说话”，也能自己编撰。他用此伺候和娱乐宋高宗。南宋史书《三朝北盟会编》记载：

> 杜充守建康时，有秉义郎赵祥者，监水门。金人渡江，邵青聚众，而祥为青所得。青受招安，祥始得脱身归，乃依于内侍纲。纲善小说，上喜听之。纲思得新事编小说，乃令祥具说青自聚众以后踪迹，并其徒党忠诈及强弱战斗之将，本末甚详，编缀次序，侍上则说之。故上知青可用，而喜单德忠之忠义。

赵祥原本是官员，后来被游民邵青的造反队伍裹挟，在这个队伍中生活了一段时间。邵青被招安后，他也得以回归朝廷，依附了纲。这位内侍纲请赵祥叙述自己的遭遇，编为传奇小说，再根据小说为皇帝讲述。他所编写的小说可以称为底本，如果这个本子流传下来就是较完整的话本小说。纲把这部小说演说给皇帝听，宋高宗特别爱听。他从邵青的所作所为及其实力和能力，知道邵青可以招安利用。对于邵青队伍中积极支持招安的单德忠高宗特别偏爱（纲也一定赋予他很可爱的性格），因为他忠于朝廷，积极支持招安。

邵青（？—1140）是个造反起家的游民，济南人，本为五丈河船工，后为盗。靖康之变后，聚舟于楚、泗间，建炎三年（1129）受知建康（今南京）府的杜充招安。邵青是也打金人，也抢劫杀人，而且滥杀无辜，屡次被招安，又屡次叛变（这是无政治目标的游民造反者的常态）。绍兴间被招安，官枢密院水军统制。绍兴十年（1140）为濠州兵马钤辖，金兵陷濠州，巷战而死。用现代语说，邵青晚节还不错。单德忠是邵青部将，支持招安，邵青犹豫不决，另一部将阎在坚决反对招安。于是，在诸将谒见邵青聚会时“德忠起身欠伸，即掣刀杀在于坐。众皆惊，德忠曰：‘今邵统制欲归朝廷，唯阎在不从，今杀之。敢有不归朝廷者依此。’众默然”。[①]邵青出来责备单德忠篡权，德忠吃泥土发誓，表明他对邵青的忠诚。单德忠火并阎在的故事中有一些情节是不是有点像《水浒传》中林冲火并王伦？邵青攻打太平州之战，由于知州郭伟率军民坚持防守，战斗特别残酷。郭伟用反间计除掉邵青智囊魏曦的故事，也离奇曲折。通过上述可见，邵青故事正是反映游民冒险生活的。皇帝也是常人，也喜欢曲折和冒险刺激的故事。但皇帝就这个故事做出的政治反应也许与一般听众不同。他认为邵青可用，事实也证明邵青被招安后，确实为保卫南宋政权做了贡献。内侍纲是为皇帝服务的，情况特殊，先把故事打成演讲底本的艺人应该是少数，多数艺人只有记载故事梗概（也就是评书术语中的“梁子”）和诗词赋赞的秘本。邵青造反与招安的故事不知道是否流传到瓦子里，是否经过跑江湖的艺人们的演说。如果被这些艺人演说了，他们一定会把邵青故事归于“发迹变泰”一类。

宋江的故事发生在北宋末，后来被招安，与邵青故事类似，但它是诞生于民间的。从南宋通俗文艺演变的情况推断，这个故事一定在南宋建立不久就被人创作出来并开始在首都临安演

---

① ［南宋］徐梦莘：《三朝北盟会编》卷第一四九炎兴下帙四十九。

出。写于南宋中叶的灌圃耐得翁《都城纪胜》的“瓦舍众伎”一节中提到“说话”就明确指出当时有一种专门的说话艺人，“说公案，皆是搏刀赶捧，乃发迹变泰之事”。“搏刀赶棒”就是“朴刀杆捧”。我在《朴刀的故事》一文中说“‘朴刀’这种兵器只在《水浒传》中大量出现过。再细一点还会发现，它在百回本《水浒传》（‘天都外臣序’本）中共出现过207次，集中在前七十一回，前七十一回出现195次，后二十九回仅12次；《水浒全传》（一百二十回本）共出现222次，前七十一回出现188次，后四十九回出现34次。……朴刀在其他通俗小说中出现得很少”。由此可知，《都城纪胜》所说的“搏刀赶捧，乃发迹变泰之事”就是“水浒”一类或与“水浒”非常近似的故事。

江湖艺人是属于游民范畴的，他们脱离了宗法网络，在城乡娱乐圈中闯天下，北宋南宋之际的战乱，更增加了这类人的数量。中原一带南逃人士，对于三四年前纵横京东、淮北地区的宋江集团记忆犹新。宋江在协同宋朝官军平定方腊时又曾活跃于杭州的周边地区，这样临安瓦子里北来的江湖艺人演说宋江等人又造反又招安的故事就成为自然而然的事情。从历史的真实性来说，宋江等人的武装反抗活动只是一股力量不甚强大，却是十分精悍的、流动作战的绿林好汉所为。他们只有三十六人（江湖艺人把他们夸大为三十六伙），纵横驰骋于京西、河北、山东、淮北之间，有时剽掠至海边。三十六人之间团结十分紧密，有“来时三十六，去后十八双。若还少一个，定是不还乡”之说。这一伙人采取的是“打了就跑”的游击战略，以致“官军数万，无敢抗者”。这些绿林英雄不仅特别勇敢，而且其行动必有传奇性，这些也能给逃难的人们以鼓舞。那些生活在宗法网络中的人们一生过的都是安全平庸、周而复始的生活，突然而来的流血与苦难把他们惊呆了，此时江湖人的冒险故事对他们自然是个震撼和吸引；宋江等人驰骋江湖的经验和他们之间的团结精神，又会使得那些逃离家园、无依无靠、只是凭劳力与技艺糊口谋生的难民（包括江湖艺人）羡慕不已。宋江的故事不仅城市人爱听，艺人们也爱说。

那时“水浒”故事是遵照历史事实的，其中已有招安情节。也正因为宋江曾被招安，艺人创作和演出强盗的故事才能得到官方认可。江湖艺人们把招安视作宋江等三十六人的发迹变泰，而官方视为忠义。南宋早期的“水浒”故事里，很可能不是《水浒传》中悲剧性的招安，而是大团圆的招安。《大宋宣和遗事》写到宋江所率领梁山泊好汉“略州劫县，放火杀人，攻夺淮阳、京西、河北三路二十四州八十余县；劫掠子女玉帛，掳掠甚众。朝廷命呼延绰为将统兵，投降海贼李横等出师收捕宋江等，屡战屡败；朝廷督责严切，其呼延绰却带领得李横，反叛朝廷，亦来投宋江为寇。那时有僧人鲁智深反叛，亦来投奔宋江。这三人来后，恰好是三十六人数足”。这也像《水浒传》一样，张大了梁山好汉的实力，逼得宋代统治者无计可施，只好招安。这与《水浒传》中宋江积极争取招安、由于奸臣的破坏统治者还多次拒绝是根本不同的。《大宋宣和遗事》中写道：

> 宋江统率三十六将，往朝东岳，赛取金炉心愿。朝廷无其奈何，只得出榜招谕宋江等。有那元帅姓张名叔夜的，是世代将门之子，前来招诱宋江和那三十六人归顺宋朝，各受武功大夫诰敕，分注诸路巡检使去也。因此三路之寇，悉得平定。后遣宋江收方腊有功，封节度使。

宋江等人的结局还算不错，这不仅符合民间绝大多数受众的期待，也反映了江湖艺人的梦想。

中国人在审美习惯上是喜欢大团圆结局的，特别是宋以后的通俗文学，大团圆倾向更为明显。这与通俗文艺面向市场是密切相关的。日常生活中多有缺欠的平民百姓，为了求得心灵上的安慰，更是喜欢大团圆的故事。“买主”既有这个要求，“卖主”就要使“买主”满足。古人早就认识到这一点。《古今小说》卷末所附的《绿天馆主人叙》中说：“大抵唐人选言，入于文心；宋人通俗，谐于里耳。”如果我们把这点不只理解为语言，就会认识到其内容的通俗（例如大团圆的情节）也是为了满足广大听众的要求。不同类型的人，有不同的大团圆。青年人的大团圆是才子佳人，是有情人终成眷属；文人的大团圆是金榜题名，洞房花烛；官员们的大团圆是出将入相，连升三级；平民百姓的大团圆是生活富足，子孙满堂……什么是敢于武装反抗的游民的大团圆呢？我想应该是发迹变泰，具体说就是成为帝王将相，最高的当然是做皇帝，最低的也是招安做官。不仅江湖艺人这样想，观众听众也是这样企盼。宋江没有做皇帝是历史事实，谁也改变不了，于是，便采用了招安做官的结局。这样的故事不仅寄托了创作者的理想，也反映了平民百姓的心理需求。所以说招安这个被现代人所诟病的“投降主义”，恰恰反映了广大平民百姓的善良愿望，它更是游民重要的爬升之路。

2）招安是忠义的载体

招安本来只是统治者招抚犯上作乱者的一项政策，但到了南宋，当忠义成为朝廷最关注并大力提倡的意识形态，此时招安就成了忠义重要的载体。当金人铁骑任意驰突，北宋王朝轰然倒塌，天下大乱，千百万人四处逃窜。靠什么能把人们凝聚在一起重建权威和秩序？统治者选择了忠义，金人与宋人的冲突不仅带有民族矛盾的色彩，也是野蛮与文明之争。忠义成为南宋军民苦撑危局的重要动力。招安是江湖人为国献身必经的途径，从而获得了重大的意义。要忠义就得报国，那么歌颂为朝廷献身的人士就成为朝野的共识。这也成为江湖艺人在演出宋江集团故事时公开肯定和歌颂他们的基础。

为了使招安更易于理解，“说话”艺人把宋江集团与太行山联系起来。今人也许对此感到诧异，太行山在山西，水泊梁山在山东，把两者混淆，简直就是“关公战秦琼”。其实在南宋两者就是混淆的。《大宋宣和遗事》提到英雄好汉上梁山泊，必加上“太行山”三字，仿佛梁山泊是太行山的一部分，或径直说“太行山”，如“不免邀约杨志等十二人，共有二十个，结为兄弟，前往太行山梁山泊去落草为寇”，或“这李进义同孙立商议，兄弟十一人往黄河岸上，等待杨志过来，将防送军人杀了，同往太行山落草为寇去也”。不仅《大宋宣和遗事》如此，宋末周密《癸辛杂识》所载龚开的《宋江三十六赞》也是多次提到“太行”。如玉麒麟卢俊义赞中有“风尘大（同‘太’）行，皮毛终坏”；燕青，“大（太）行春色，有一丈青”；张横，“大（太）行好汉，三十有六”；戴宗，“汝行何之，敢离太行”；穆横，“出没太行，茫无畔岸”；等等。这些似乎是地理的错位，但还有些研究者提出，宋江集团故事除了水泊梁山系统之外，还有一个太行山系统的，只是这个故事没有流传下来罢了。[①]我认为宋江故事的原始创作者之所以强调“太行”，只是顺应了当时的民族情绪，与当时倡导忠义有关。因为南宋初年王彦所率领的太行山上的八字军是被视为北方忠义人代表的，那里活跃着许多不领薪俸官饷的民间抗金武装。宋江集团的故事是被当作忠义的故事来讲述的，讲述忠义怎么能不提太行山呢？太行山的遗迹就是《水浒传》中也没有完全抹掉。如第十六回形容黄泥冈的地形险恶：“休道西川蜀道险，须知此是太行山。”当然黄泥冈是小说作者虚构的地名，但从小说情节来看，当属郓城县管辖。郓城地处今天山东省，怎么也搬到太行了？另外《水浒传》中还数次提到宛子城（碗子城），碗子城也在太行山。

---

① 王利器：《耐雪堂集·〈水浒全传〉是怎样纂修的》，中国社会科学出版社 1987 年版。

从历史真实来看，作为流寇的宋江集团没有迹象到过太行山。宋江集团活动的范围虽然很大，但是以山东西部、西南部为多，也去过鲁西北、河北东路的东南部，总之是在梁山的周围地区活动，到汴京以西的可能性不大。也许南方的说话人弄不清北方梁山泊真正的方位，也许是故意混淆，他们把梁山泊、太行山这两个相隔数百里的地区混淆了。我认为不管是哪种原因，这个混淆都与当时太行山是临安军民关注的北方热点地区有关。

中原沦陷后，民间的抗金武装多在此地活动，或以此为根据地，袭击金人部队及金人设置的行政机构。把这些民间武装说成强盗，或者说成义军、义民都有些勉强，然而南宋从统治者到民众都愿意把他们想象成为义军、义民，赞誉他们为忠义，乐于聆听他们的战斗事迹和他们取得胜利的消息。因为南宋小朝廷的安全需要抗金思想和情感的支撑，所以从上到下认同忠义，而且把太行山人招安，纳入国家的防卫系统。太行山中最著名的义军是八字军。北宋末在河北都统制王彦率领下聚兵太行山，所部一万余人，皆在面上刺有“赤心报国，誓杀金贼”八字，用以表达自己的决心。他们是北方汉人坚决抗金的一面旗帜，在频繁与金人交锋中（汴京一带）屡立战功。绍兴三年（1133）八字军随张浚入蜀，在张浚所部军队中亦属劲旅。绍兴六年七月在王彦率领下八字军万人奉调赴杭州，王彦官浙西制置副使，担负起保卫京城北部安全的重大责任。[①]这些必然给杭州人留下深刻印象。把宋江等人与太行山的忠义人联系起来，一方面是为了使听众对这些武装造反者更为理解，对他们的故事不再敏感，以取得合法性；另一方面也是借此指出宋江等人的招安行为就像八字军、忠义人一样，在抗击外来入侵中是起积极作用的，他们的故事应该受到全社会的一致欢迎。因此说话人即使意识到宋江不过是梁山泊一带

① ［元］脱脱等撰：《宋史·王彦传》，中华书局 1977 年版。

活动的抢劫集团，但他们既然要演出这个故事，就要尽量拔高这个故事的意义。

太行山不是一座孤立的山峰，它是一条很大、很雄伟的山脉。太行山北起北京西山，南达豫北黄河北崖，西接山西高原，东临华北平原，绵延400余千米。宋代宋江故事里太行山具体指哪里？北宋南宋之际大多抗金忠义集中在太行山东南麓，即现在山西东南的晋城市泽州县与河南北部沁阳县（今沁阳市）之间的羊肠九阪。这里距洛阳很近，离汴京也不算远，进可攻，退可守。如果收复了中原，还可以北向进攻太原（八字军就一度攻击了金人占领下的太原）。在两省（山西、河南）交界的万山丛中，有个重要的关隘叫作“碗子城”，在《水浒传》中，讹为“宛子城”，书中多次提到，在第一回《洪太尉误走妖魔》之后，预告全书的故事情节时就说：

> 有分教：一朝皇帝，夜眠不稳，昼食忘餐。直使宛子城中藏猛虎，蓼儿洼内聚飞龙。

第十一回柴进向林冲说：“自这南方有个去处，地名唤作梁山泊，方圆八百余里。中间宛子城、蓼儿洼。”第三十五回宋江也说：“山东济州管下一个水乡，地名梁山泊，方圆八百余里，中间是宛子城、蓼儿洼。”其后的“祝家庄上三番闹，宛子城中大队来”“宛子城重添羽翼，梁山泊大破官军”，都可见宛子城已经成为梁山泊的象征。元人的“水浒”杂剧《燕青博鱼》，还把“宛子城”写成“皖子城”：

> 一齐的去那皖子城中送老，上稍里不眠花，下场头少不的落一会草。

“宛子城”正字应该是“碗子城”，其状如碗。现在这个小城的残迹还在，从网上还可以看到它残迹的照片。梁山泊的碗子城正反映了南宋人对碗子城的记忆，而碗子城是北方金人统治下汉人武装反抗的象征。

碗子城“是为太行山之绝顶”[①]，在今山西省晋城市泽州县晋庙铺镇碗城村附近，是晋东南边界上的最后一个村，与今河南省沁阳市常平村邻近。相传这是唐朝名将郭子仪所筑，古城堡南边是深壑幽谷，北边是悬崖峭壁。古代著名的“羊肠九阪”就在这里，碗子城就是扼守这条古道的重要建筑。城并不大，约600平方米，石墙约6米高、4米厚，城内现在已经无人居住，但还能够依稀看到古代屋舍的遗址。它又从属位于晋庙铺镇的天井关（又名太行关），是这一组防守关隘中的一个，居于太行山南端要冲。北宋靖康元年（1126）改称雄定关，自古为兵家必争之地，这使它成为太行山的代表。

3）水浒英雄也想回归主流社会

当年毛泽东说“宋江投降，搞修正主义，把晁的聚义厅改为忠义堂，让人招安了”，似乎梁山一百零八将中只有宋江一个人想被招安，如果是这样，宋江虽是梁山领袖，也有可能像王伦一样被火并。其实一百零八将中向往招安的占其全部的90%以上。

梁山主要由三部分人组成，一是游民出身的江湖人，如武松、石秀、鲁智深、李逵、石勇，包括原来各个山头的寨主等；二是官吏阶层中的边缘人物，包括中下级武官、胥吏等，如林冲、花荣、秦明、关胜、宋江、雷横、朱仝等；三是其他阶层的边缘人，投入江湖是他们的个人选择，他们多是官方文件所说的“不逞之徒”，如晁盖、柴进、吴用、卢俊义等。这三类人，虽然地位差别悬绝，处境也有很大不同，但他们各有各的不如意之

① [清]顾祖禹：《读史方舆纪要》卷四三，中华书局2005年版。

处，且多有改变自己处境的意识，民众的武装抗争就可能成为这些人改变自己处境的一个契机。如何利用民众的武装抗争，道路只有两条，一是推翻现有政权，自己做皇帝；另外就是被招安做官。实现第一条路，需要许多条件的配合，而招安只要统治者愿意就可以了，因此，宋江努力争取招安的行为并没有受到梁山好汉们坚决的抵制和根本的反对。一百零八将中的活跃人士大多赞成招安，即使有些反对宋江过急做法的人士，也非反对招安，而是不赞成不讲任何条件的招安。这种招安不仅不能使他们变泰发迹，而且威胁到个人生命的安全。他们反对的是不成功的招安，要的是成功的招安。

“评论《水浒》”时期的许多大批判文章都把武松说成是反对招安的好汉，实际上《水浒传》中最早说出“招安”两个字的就是武松。在第三十二回中，武松被宋江救下，二人同榻而卧，长夜谈心，宋江邀武松去清风寨，武松怕连累了他，要上二龙山，并说：

> 只是由兄弟投二龙山去了罢。天可怜见，异日不死，受了招安，那时却来寻访哥哥未迟。

这也是《水浒传》第一次出现“招安”一词。在“评论《水浒》”的运动中为了把罪名坐实在“投降派”宋江头上，不引武松说的这句话（因为武松已被定为“反招安派”），而突出武松这句话后面宋江与武松告别时所说的：“入伙之后，少戒酒性。如得朝廷招安，你便可撺掇鲁智深、杨志投降了。日后但是去边上，一刀一枪，博得个封妻荫子，久后青史上留一个好名，也不枉了为人一世。”可见在招安问题上他们是没有多大差别的。除此而外，江州小吏出身、已经在梁山入伙的戴宗在遇到游民石秀时挑动他说：

如此豪杰流落在此卖柴，怎能够发迹？不若挺身江湖上去，做个下半世快乐也好。

石秀表示自己不能发迹时，戴宗鼓动他上梁山，并说：

如今论秤分金银，换套穿衣服，只等朝廷招安了，早晚都做个官人。

这一席话不仅为石秀等人赞同，而且引起他的无限歆羡，当前的享受，未来的前程，都是游民所向往的。社会下层人物如此，至于那些朝廷命官出身的好汉，招安意识则更强烈。

许多研究者认为梁山好汉中反对招安的领袖人物是军师吴用，他数次破坏宋江的招安计划，把宋江置于尴尬境地，这确是事实。然而，吴用也不是根本反对招安，作为军师，他要全面考虑到梁山的现实利益和招安以后梁山全体人员的安全问题，这是他的职责所在。所以他不能像宋江那样简单地、一心一意地想快点招安（这有些不符合宋江这一形象的发展逻辑）。当被奸臣蔡京、高俅所左右的招安使陈宗善到山东招安梁山好汉时，吴用向宋江建议说：

等这厮引将大军来到，教他着些毒手，杀得他人亡马倒，梦里也怕，那时方受招安，才有些气度。

可见吴用主张在实力的基础上才可以谈判招安，不能胡乱受招安，给将来留下隐患。高俅攻打梁山做了俘虏，曾许诺梁山若放他回京，他将在皇帝面前力奏保举梁山，并请皇帝派人来招安。高俅走后，宋江有些不相信他，吴用便对宋江说，梁山应该再派两个“乖觉的人”，多将金宝前去京师，探听消息，打通关节，让皇帝了解真实情况，实现招安。吴用在招安问题上也是尽其军师的责任，破除朝内奸臣对招安的破坏，实现完满的招安，并非一味反对梁山排座位后争取朝廷招安的总方针。

实际上，梁山泊中出身于社会最下层的英雄好汉们也是认同招安的，因为他们造反和上梁山的目的就是追求快乐。阮小五曾对吴用说：我有一身本事就应该过“不怕天，不怕地，不怕官司。论秤分金银，异样穿绸锦。成瓮吃酒，大块吃肉”的幸福生活。前三句是追求精神自由，后四句是物质享受。如果通过更安全的渠道获得，当然他们也不会反对。所以，三阮在开始参与武装抗争时就有招安意识。劫取生辰纲的好汉在抗拒官府逮捕的战斗中，三阮唱的渔歌已经表现出这一点。他们不满的只是贪官污吏，而非宋朝皇帝，而且他们与贪官污吏的战斗正是用以报答皇帝的。例如阮小五唱的：

> 打鱼一世蓼儿洼，不种青苗不种麻。酷吏赃官都杀尽，忠心报答赵官家。

阮小七唱的：

> 老爷生长石碣村，秉性生来要杀人。先斩何涛巡检首，京师献与赵王君。

“报答赵官家”“献与赵王君”的前提都是招安做官。

4）反招安者的心态

一百零八将中的确有些反对招安的，他们是少数，其目的也有很大差别。李逵似乎是最坚定反对招安的，过去这被定性为革命性最强。其实他是由于性格不成熟，是个脱离宗法网络之后不知如何生活的游民。生活对于他只有两种选择：或者犯罪，被关在监狱里；或者依赖一个大哥，作为靠山。李逵先是依靠戴宗，后来依靠宋江。上了梁山之后，他是众头领中向心力最强的一个，因为他的全部（包括物质与精神的）都在梁山泊。他是最坚定主张一百零八人长久相聚的人，主张梁山永不散伙，这是个极幼稚的儿童的想法，他却为此不怕被斥为造反："便造反怕怎地！晁盖哥哥便做了大皇帝，宋江哥哥便做了小皇帝。吴先生做个丞相，公孙道士便做个国师，我们都做个将军。杀去东京，夺了鸟位，在那里快活，却不好？不强似这个鸟水泊里！"这不是什么政治宣言，这只是小孩子的想法。他坚决反对招安最重要的理由就是招安了梁山散伙了，兄弟便不能相聚了。对于破坏相聚的人们，梁山好汉不能容忍，这是游民对小团体有着强烈依附力的表现。林冲火并王伦的理由就是他破坏英雄相聚：

> 林冲杀了王伦，手拿尖刀，指着众人说道："据林冲虽系禁军，遭配到此，今日为众豪杰至此相聚，争奈王伦心胸狭隘，嫉贤妒能，推故不纳，因此火并了这厮。……"

由此"英雄相聚满山寨，好汉同心赴水洼"便成为梁山好汉的精神追求。待梁山真的散伙以后，宋江被毒死，李逵也喝了药酒，他心甘情愿随大哥相聚于地下。

游民反对招安也是出于对另一个社会条件下生活的恐惧。他们大多是来自宗法社会中的农民，宗法制度使他们个性萎缩。他们成为游民后，在江湖上几经奋斗，建立了自己信任的团体，在这个团体中他们可以大块吃肉，大碗吃酒，可以成套穿衣服，大秤分金银，要他们付出的不过就是打打杀杀，而且这打打杀杀（一百零八将这个圈子有个共同点就是"好弄枪使棒"）也就是他们的爱好。因此有了梁山，他们如鱼得水，没了梁山会如何，他们连想也没想过。招安以后比现在好还是差？这些对他们来说也是个未知数。而且要归顺朝廷，就要忠义；说是忠义，其重点在于忠。忠是个事上的观念，注重“事上”，必然要冷落了横向的兄弟关系。宋江虽然也说，他不会忘了“弟兄情”，但敏感的武松已经感受到老讲招安，这样下去将要“冷了弟兄们的心”。武松出身游民，除了因为偶然打虎，当了阳谷县的都头那段时间外，都对他人有不同程度的依赖，最早是柴进，后来是宋江，杀嫂之后，是施恩、张青、孙二娘，上二龙山是鲁智深、杨志。李逵看似最勇敢，实际上离了他人，简直很难存活，他对小团体依赖性最大。前面说过武松是一百零八将中最早说招安的，当然还原当时的语境，武松也是怕给宋江惹麻烦，谢绝宋的邀请，但这也表现出对于结义兄弟很深的依赖之情。经历了梁山大团聚、排座次、招安、平四寇，武松隐隐感觉到江湖、官场除了一个在野、一个在朝外，几乎没有多大区别了；兄弟之间，不要说义兄义弟，就是亲哥哥武大郎又给了他多少温暖呢？只有他刚搬到哥哥家时嫂嫂的一番话，才真是有点亲情的温馨，但其中又包裹着邪恶。武松心冷了，他对宋江说道：“小弟今已残疾，不愿赴京朝觐。尽将身边金银赏赐，都纳此六和寺中陪堂公用。已作清闲道人，十分好了。哥哥造册，休写小弟进京。”他留在杭州六合寺中正式出家（以前的度牒是假的），皈依了佛门。后来死在杭州，葬在杭州，杭州人根据小说为他修了坟墓，这坟墓一直传到1964年，在胡乔木主张挖坟和清扫西湖周围坟墓时才被平毁。

武松、李逵反对招安是感性的，反映了他们对宋大哥、对梁山的感情依赖。鲁智深则是从理性上反对招安，他做过官，熟悉统治阶级内部情况，对于皇帝老倌也是不信任的，认为招安没好下场。他人格比较独立，谁也不靠。他对梁山泊已经厌倦，“宋三郎”不是“奇男子”；弟兄聚义，坐地分赃也不是他向往的。所以他提出招安还不如散伙，鲁智深不怕独立云游天下，最后圆寂在杭州。

当然，反对招安的不止武、李、鲁三位，凡是上梁山较久、组织归属感强、独立性较弱的，对招安起码是不积极，有的坚决反对。

5）没有确立独立的反叛意识

《水浒传》中的江湖人还没有确立独立的反叛意识，从而深信自己事业的正义性，敢于和主流社会对抗。正因为缺少这种独立意识，他们把落草为寇、占山为王都当作临时状态，不看作永久的归宿。他们把“后半世快乐”定位在主流社会。第三回，史进被诬陷，庄院被烧，家资荡尽，不得已上了少华山，住了些日子，想到师傅王进那里寻求出路“求半世快乐”。少华山寨主朱武对他说：“哥哥便只在此间做个寨主，却不快活？虽然寨小，亦堪歇马。”史进道：“我是个清白好汉，如何肯把父母遗体来点污了？你劝我落草，再也休题。”本来人家是好心好意，而史进的回答却有“当着和尚骂贼秃”之嫌，可是双方均不在意。少华山弟兄等于默认了自己是“不清白”，是有“污点”的。这种评价标准就非江湖的标准。

宋江发配江州，路过梁山，被梁山头领刘唐截下，刘唐要杀两个解差，宋江便以自杀相威胁，并说：“这个不是你们弟兄抬举宋江，到要陷我于不忠不孝之地，万劫沉埋。若是如此来挟我，只是逼宋江性命，我自不如死了。”这等于说梁山一干人等所作所为皆是“不忠不孝”。后来被接上梁山，他对千方百计要挽留他落草的晁盖、吴用等人说：“哥哥，你这话休题！这等不是抬举宋江，明明的是苦我。家中上有老父在堂，宋江不曾孝敬得一日，如何敢违了他的教训，负累了他？前者一时乘兴，与众位来相投。天幸使令石勇在村店里撞见在下，指引回家。父亲说出这个缘故，情愿教小可明吃了官司。及断配出来，又频频嘱付。临行之时，又千叮万嘱，教我休为快乐，苦害家中，免累老父怆惶惊恐。因此父亲明明训教宋江，不可不争，随顺了哥哥，便是上逆天理，下违父教，做了不忠不孝的人在世，虽生何益！如哥哥不肯放宋江下山，情愿只就兄长手里乞死。”“不忠不孝”在古代是对人最严重的指控，宋江虽然说的是自己，但指的却是眼前已经落草为寇的诸位兄弟朋友。而这些人面对宋江的指责无动于衷，可见他们在内心深处也是认同这种指控的。皇权专制社会里有所谓“十恶”重罪，不忠不孝占了十恶中绝大部分条款。在通常赦免中“十恶”“不忠不孝”也不在其列。游民、江湖人虽然已经脱离了主流社会秩序，但他们仍然认同统治阶级的思想，这正是回归主流社会的思想基础。正如马克思在《德意志意识形态》中所说的“统治阶级的思想在每一个时代都是占统治地位的思想”。

宋代是江湖最初形成时期，《水浒传》反映的正是这不成熟的江湖人对待招安的态度。

3. “招安”在文学上的不成功

读《水浒传》结尾的败兴，还在于其艺术上的不成功。宋代“水浒”招安悲剧是逐渐形成的，甚至可以说与南宋小朝廷逐渐走上覆灭的道路是同步的。这个悲剧源于皇权专制制度的刚性及其引申出来的庙堂专制文化。从文学来说，写招安的悲剧并不代表文学上的不成功，悲剧写得好要比庸俗大团圆更具有艺术价值和社会意义。关键是《水浒传》的作者不能从这种高度去理解招安，因此在设计和描写招安情节时是充满矛盾的。有些描写违反了生活和艺术的逻辑，并与前七十回所塑造的人物性格发生背离，影响了人物形象的完整，这特别体现在宋江形象的塑造上。其不成功的根源有两点：一是由于感情倾向与历史真实、社会真实发生了矛盾，作家没有处理好；二是因为“水浒”故事是逐渐形成的，不同地区、不同时代（主要是南宋和元代北方）“水浒”故事的题材和主旨有很大差异，《水浒传》对两者的整合是不很成功的。

1）好汉英风不再

施耐庵继承了南宋说话人坚定地站在宋江集团一边的立场，同情心完全在梁山一边，因此在判断是非、裁量人物时完全以梁山好汉的是非为是非，并把梁山好汉一个个写得英武高大，仁勇无敌。而在策划招安以后完全变了，他们的形象萎缩了，一切都要顺应招安这个大局。例如林冲受到高俅迫害，弄得家败人亡，对高俅痛恨已极，连旁观者鲁智深都两次说道："俺若撞见那撮鸟（指高俅）时，且教他吃洒家三百禅杖了去。"可是在第八十回，高俅被梁山俘获，真的来到梁山之上，却受到特别的礼待，"宋江便教杀牛宰马，大设筵宴。一面分投赏军，一面大吹大擂，会大小头领，都来与高太尉相见"。此时林冲、鲁智深哪里去了？书中没有写，显然作者在回避矛盾。这是因为实在没法写，但读者心目中鲁智深、林冲嫉恶如仇的形象自然会衰减。

招安之后，梁山一百零八将虽没有被打散，但他们遭到奸臣排挤，处处受窝囊气，英雄豪气荡然无存。如第八十三回写宋江原班人马被派遣征辽，朝廷犒赏，中书省的两名厢官"贪滥无厌，徇私作弊，克减酒肉"，引起梁山将士不满，与一位梁山军校发生冲突，一厢官被打死，宋江对那名军校说："他是朝廷命官，我兀自惧他，你如何便把他来杀了？须是要连累我等众人。俺如今方始奉诏去破大辽，未曾见尺寸之功，倒做下这等的勾当，如之奈何？""那军校叩首伏死。"宋江不得不挥泪斩军校。梁山整体虽然已被招安，但其地位仍很尴尬，得不到朝廷的信任和封赏，长期没有正式的官职，甚至梁山数万将士一直没有稳定的驻扎地，常年东征西讨，奔波于战场，"受了许多劳苦"，但大多仍是无功无官，甚至在平定王庆之后，宋江等到东京报捷，都不许进入京城，只许在"城外下营屯扎，听候调遣，非奉上司明文呼唤，不许擅自入城。如违，定依军令拟罪施行"。"差人赍榜，径来陈桥门外张挂榜文。有人看了，径来报知宋江。宋江转添愁闷，众将得知，亦皆焦燥”。这种悲剧性的遭遇当然更符合历史真实，作者的不成功不在于他写了这些，而在于他没有能力处理这个悲剧，在悲剧中梁山好汉的性格发展停止了，没有任何作为了，最后只是让他们在征方腊时死去大半，宋江、吴用等梁山领袖和中坚被赐酒毒死，草草了事。没有能揭示招安前后宋江等人的心理变化与矛盾，前七十一回所塑造的英雄形象到了后四十九回发生变异，前后没有一贯性。作者不善于写在官场中挣扎的原江湖人。

施耐庵在南宋“水浒”故事基础上塑造了梁山好汉的英雄形象，又在元代北“水浒”故事影响下发挥艺术想象力，把梁山泊写成造反的英雄好汉坚不可摧的革命根据地，把梁山团伙写成拥有数万精兵悍将的强大的革命武装集团，又有一流的军事领袖与谋士，并且得到广大老百姓的热烈拥护和真诚支持。梁山的事业正是如日中天，攻城略地，战无不胜，与朝廷交战，也是两赢童贯、三败高俅，甚至俘获主帅。宋王朝倾其全力，想要一举消灭梁山全伙，但最终以惨败告终。这样写把梁山的八面威风是做足了，可是在面对历史的真实时就未免捉襟见肘（现代历史小说《李自成》也犯有这个毛病）。在这一点上《大宋宣和遗事》写得比较简单，言宋江等人大闹东岳以后“朝廷无其奈何，只得出榜招谕宋江等”。宋江等人顺水推船，“归顺宋朝”。而《水浒传》不仅张大了梁山反抗的烈火，而且还有忠奸斗争这一条线索，朝中“四贼”处处破坏招安，这更增加了招安的难度。从小说情节中展示的生活的逻辑性来看，招安几乎是没有可能了。但作者又不能改变自宋代就已经定下来的招安这个情节，这样只有一个选择，那就是突出宋江对招安的积极性，而且积极得有些不近人情，大悖情理。为此，宋江不惜自降身份、自取屈辱，对一切可能有利于招安的人低声下气地表白和求助（注重“革命气节”的一些评论家便据此对宋江大加谴责）。这与前七十回宋江的形象大不相同。例如梁山好汉对年轻女人多是采取拒斥态度的，对妓女更是这样。宋江对阎婆惜的冷淡和仇杀都与其他好汉的做派是一致的。可是七十回以后对李师师的态度则与其他好汉大异；这种不顾生活逻辑和人物形象自身行为逻辑的写法是《水浒传》写作艺术上的一大缺点。每当情节的发展可能令作者尴尬时，他便按照自己的主观意志去制造情节，凭自己的意志处理人物，而不顾生活的逻辑。如秦明一家与扈三娘一家被杀后上山的表现，仿佛秦明对妻子老小之死的态度只是丧失一件东西似的，宋江把花荣的妹子嫁给他作为赔偿也就都解决了；在攻打祝家庄的战斗中，扈三娘不仅未婚夫被杀，而且转瞬之间一大家子都被李逵砍死了，而她被当作战利品嫁给比武大郎略强些的矮脚虎王英，又成为宋江的义妹和梁山的头领，面对这巨大痛苦和尴尬，扈三娘竟毫无反应。不知道作者是不善于描写这些，还是不关心这类问题，或是认为这类问题无足轻重。

大家知道俄国作家托尔斯泰写《安娜·卡列尼娜》时，为了忠于作品中人物性格的发展逻辑甚至违背了自己的意愿和感情倾向（例如作者本来打算把安娜写成荡妇，但写着写着，她变成性格率真者和虚伪的上流社会的叛逆者），人们称这是“现实主义的胜利”；而中国文学作品中人物形象只是受到作者意志的干预，叫他死他就死，叫他活他就活，任意性很大（《红楼梦》是个例外）。作者用自己的思想和感情倾向左右人物的命运和走向是司空见惯的，这在江湖艺人的作品中更为普遍。既然宋江招安的历史不能改，那么只有在宋江这个形象上做手脚了。因此宋江变得越来越萎缩，令人生厌。

2）南北“水浒”故事整合中的失误

《水浒传》虽然产生于明代，但它对南宋说话中的“水浒”故事和元杂剧中的“水浒”故事都有所继承，这两个时代的“水浒”故事都是写宋江集团的，然而选取题材时其着眼点有异，立意主张也不同，把两者整合起来本来不是件容易事。

南宋“水浒”故事起始于“说话”，“说话”按照其题材不同有分类，这一点我在前面谈“朴刀杆棒”和“发迹变泰”的章节中已经说到。这两类故事是以写英雄传奇为主，宋末罗烨《醉翁谈录》的《舌耕序引·小说开辟》介绍“说话”诸家，所载的“小说”目录中有“公案”类的“石头孙立”、“朴刀”类的“青面兽”、“杆棒”类的“花和尚”“武行者”等故事，这些作品虽不传于世，但从题目上便可知是属于“水浒”系列的，是以写“水浒”英雄人物杨志、鲁智深、武松、孙立等人为主的。周密《癸辛杂识》中所记载的“三十六赞”赞美的也是个体英雄。

元代北方杂剧作家写“水浒戏”（今传于世，并可以确定为元末以前写作的共有六出[①]）则着重写梁山群体。现存元代“水浒戏”开篇背景是一致的，即梁山群体已经形成，一百零八将聚义已经完成，所有“水浒戏”都突出梁山的武装力量的强大，并做了极度的夸张。高文秀《黑旋风双献功》第一折宋江的道白中说：

> 寨名水浒，泊号梁山。纵横河港一千条，四下方圆八百里。东连大海，西接济阳，南通钜野金乡，北靠青齐兖郓。有七十二道深河港，屯数百只战舰艨艟；三十六座宴楼台，聚百万军粮马草。声传宇宙，五千铁骑敢争先；名达天庭，聚三十六员英雄将。风高敢放连天火，月黑提刀去杀人。[②]

无名氏《鲁智深喜赏黄花峪》中宋江也说：

> 我聚三十六大伙，七十二小伙，威镇于梁山。俺这梁

① 康进之《梁山泊李逵负荆》、高文秀《黑旋风双献功》、李文蔚《同乐院燕青博鱼》、李致远《都孔目风雨还牢末》、无名氏《争报恩三虎下山》和《鲁智深喜赏黄花峪》六种。

② 据脉望馆校抄本。

山，寨名水浒，泊号梁山，纵横河阔一千条，四下方圆八百里。东连大海，西接济阳，南通钜野金乡，北靠青济兖郓。有七十二道深河港，屯数百只战艘艨艟；三十六座宴台，聚百万军粮马草。声传宇宙，五千铁骑敢争先；名播华夷，三十六员英雄将。①

这还是梁山么？简直就像一个强大的地方割据势力。

由此可见宋元作者写宋江集团故事时其着眼点是不同的。这是由不同时代与作者所要表达的主旨决定的。前面说过南宋“说话”艺人为了在首都临安推出宋江集团故事，把其描写的重点放在忠义及其载体招安上。

而元代“水浒戏”除了“忠义堂”这个特有名称外，再无“忠义”字样，更没有招安。招安一词虽有出现，但南“水浒”正相反，是梁山泊去招安还在主流社会的英雄好汉下海上梁山。如李致远的《都孔目风雨还牢末》中宋江上场自报家门之后接着说：“今东平府有二人，乃是刘唐、史进，这两个都一身好本事。他二人有心待要上梁山泊来，争奈不曾差人招安去。”李逵奉命下山，他见了刘唐、史进也对他们说“本奉宋头领将令，着我下山招安你两个”。“水浒戏”中不是江湖人回归主流社会，而是江湖人拉主流社会的良民“下水”。

元代“水浒戏”还宣传了一个南宋“水浒”故事中没有的主题——替天行道。现存的六出“水浒戏”除了李文蔚《同乐院燕青博鱼》外都提到了“替天行道”。如康进之《梁山泊李逵负荆》中宋江的上场诗：“涧水潺潺绕寨门，野花斜插渗青巾。杏黄旗上七个字，替天行道救生民。”高文秀的《黑旋风双献功》结尾

---

① ［元］无名氏：《鲁智深喜赏黄花峪》，转引自朱一玄、刘毓忱编：《水浒传资料汇编》卷四，百花文艺出版社 1981 年版。

点明题旨："黑旋风拔刀相助，双献头号令山前。宋公明替天行道，到今日庆赏开筵。"李致远的《都孔目风雨还牢末》结尾宋江上场，宣明全剧主题："俺梁山泊远近驰名，要替天行道公平。忠义堂施呈气概，结交尽四海豪英。"无名氏《鲁智深喜赏黄花峪》剧终时也是宋江上场："虽落草替天行道，明罪犯斩首街前。黑旋风拔刀相助，刘庆甫夫妇团圆。"无名氏《争报恩三虎下山》中宋江上场介绍自己："占下了八百里梁山泊，搭造起百十座水兵营，忠义堂高搠杏黄旗一面，上写着'替天行道宋公明'。"元杂剧所展现的梁山泊故事已经不是一个个英雄好汉闯荡江湖，最终报效国家、彰显忠义的故事，而是宋江集团这个群体靠着梁山泊山水寨有利的地形和强大的武力，打抱不平，"替天行道"的故事。从"水浒戏"的故事中可见这个"替天行道"也不神秘，就是替代官府平反冤假错案，或者打抱不平，为弱者撑腰。元代政治黑暗，其中最严重的两个问题就是严酷的民族压迫和层出不穷的冤假错案。现存的元代"水浒戏"一开始就为替天行道准备了强大的后盾，所演绎的故事就是在替天行道。

为什么会出现这样的"水浒戏"？因为当时是异族统治，人分四等，汉族属于三等或四等，又长期停止科举考试，绝大部分文人士大夫没有出路，与朝廷离心离德。元初，特别是窝阔台、贵由、蒙哥三朝，其武装初入中原，对文化先进的农业地区还缺少统治经验，北方地区大部分实权还是掌握在一批乘乱而起的"世侯"手里。他们大多发迹于金末战乱中结寨自保的武装自卫运动。这些人中既有率军归顺的金国官员和将领，也有不少江湖造反的领袖。他们可以自辟僚属，罪得专杀；其官职差不多也可以世袭。这样的汉人世侯，遍布于北部中国各地。梁山泊所在的东平路，很长时间内是被世侯严实、严忠济父子所统治的。严氏父子礼贤下士，喜欢接待各种文人学者，得到当时很多重要文人士大夫如元好问、王若虚等的赞美与颂扬。"水浒戏"的作者把宋江集团写成一个割据一方的武装力量，让他们高举“替天行道”旗帜（这也类似世侯领地内相对独立的司法制度），不仅体现了汉族文人士大夫疏离于元朝廷，也包含有对割据势力的肯定。

明代施耐庵的《水浒传》对宋元两代“水浒”故事都有所继承，从总的倾向来看前七十一回取宋代故事为多，后四十九回则有不少是撷取于元杂剧的。但其思想倾向更偏重于南宋，由于明代是大一统时期，宣扬忠义更符合社会舆论的要求。因此《水浒传》都要写作《忠义水浒传》，有的径直作《忠义传》，在宣扬忠义方面施耐庵是做足了文章的。然而《水浒传》中梁山泊的规模乃至氛围却依照元“水浒戏”来写，并且也在山头、忠义堂前竖起了“替天行道”的杏黄旗，仿佛是个割据自雄的政权。但《水浒传》中梁山好汉没有像“水浒戏”中一样大模大样地去捉拿奸夫淫妇、贪官污吏，去拯救弱小，为冤者申冤，为受害者复仇，从而替天行道。这个矛盾施耐庵并没有发现，反而让具有割据能力的梁山泊去与大宋王朝的官军对抗、开打，而且一次次把大宋王朝打得落花流水，写到得意时甚至忘了这是大悖忠义宗旨的。读《水浒传》招安过程总觉得它缺少内在的逻辑合理性，这也是原因之一。

附　录

宋元“水浒”故事传承与演变

关于《水浒传》成书过程、《水浒传》主题及其与历史真实的关系是争辩了几百年的问题，可是研究者很少从《水浒传》中题材、思想等重要因素的形成和传承角度进行系统考辨。《水浒传》是历代诸多作者共同完成的，作品初期形成的一些要素必然对后世有所影响。许多研究者把《水浒传》中一些情节的设置归结为最后写定者的个人意识的产物（如把《水浒传》中仇视青年妇女的倾向，解释为施耐庵可能是情场失败者，借此摅怀；又如说写招安是作者地主阶级思想的反映云云），这些人不懂得这类从说唱文艺演变来的通俗小说，主题和基本情节是经历了复杂演变而最后确定下来的，最后的写定者对其基本倾向是无能为力的。

《水浒传》还有许多谜团，例如宋江集团怎么从一个只有三十六人的小股武装抢劫集团变成了有根据地，有政治口号，进可攻退可守的反抗朝廷的武装队伍？按照梁山排座次时的规模足以打到东京去，夺了“大宋皇帝的鸟位”，为什么还要卑辞厚礼买通官僚，甚至还要买通妓女，靠走后门去招安投降？为什么

《水浒传》第七十一回仿佛是个分水岭，前后在思想艺术上都存在着极大差别？如果我们对于宋元两代留下的、后来构成《水浒传》要素的来龙去脉有所了解，对于要素的历史真相、文化内涵和社会意义有所了解，《水浒传》的许多内在矛盾自然冰释。因此总结宋元“水浒”故事形成的要素并加以考辨，弄清其形成及演变的过程，对于深刻理解《水浒传》和认识其成书过程是简单而便利的手段。

当然，现在已经没有南宋完整“水浒”[①]故事传本了，元代也仅有数本“水浒戏”[②]传世，我们仅能从南宋有关“水浒”故事的记载和元代的“水浒戏”来分析考察。

1. 南宋“水浒”故事基本要素

《大宋宣和遗事》中有关“水浒”的故事，可能就是临安艺人“说话”底本的汇集。全文共三千来字，其中包括：杨志等督运“花石纲”；杨志卖刀；智取生辰纲；宋江通风报信；宋江杀惜；九天玄女授宋江天书，告诉宋江等人他们上应天象，最后受招安，为国家出力，征讨方腊。虽然《大宋宣和遗事》有元人增写、编辑的痕迹，可是体味其内容，书当写于距北宋灭亡不太久远的时间里。从文字中流露的是对北宋末奸臣当道的愤恨、对徽钦二帝俘虏生活的同情与悲哀，这都是南宋初年那个特定时代的感情，是后人难以伪造的。

南宋水浒故事的基本要素包括以下一些内容：

其一，它是群体犯上作乱的故事，群体共有三十六人。故事表现的不是群体形成后与政府的对抗，其主要讲述英雄好汉如何在社会矛盾中落败，一步步走上反叛道路，最后落草为寇。这样

① 这里用“水浒”代称宋元两代以宋江集团为题材的叙事作品。

② 这里“水浒戏”仅指元代以宋江集团为题材的杂剧。

的故事是个人英雄传奇，按“说话”分类属于“朴刀杆棒”类。宋末罗烨《醉翁谈录》的记载也证明了这一点。在其“小说”目录中有“公案”类的“石头孙立”、“朴刀”类的“青面兽”、“杆棒”类的“花和尚”“武行者”等故事，虽然故事内容已佚，但从题目便可知“石头孙立”大约是他被差遣押运花石纲未能按时到达的故事（这个故事没有被《水浒传》采纳），“青面兽”大约是写杨志卖刀杀泼皮（牛二）；“遗事”中还有僧人鲁智深反叛，亦来投奔宋江”的简单记载，后到的“僧人鲁智深”可能即是“花和尚”。

其二，宋江集团等三十六人犯上作乱之原因是“乱自上作”，这个“上”就是当时的皇上——宋徽宗。因此“遗事”一开始就讲“先是朱勔运花石纲”。花石纲属于当时第一工程（皇帝园林艮岳）的重要部分，宋江集团的造反故事即从这里开始。这场犯上作乱又是个定数，这些都写在“九天玄女”颁给的“天书”里。“定数”“九天玄女”云云，反映了宋徽宗时崇尚道教的风气。

其三，已经有了梁山泊和山寨。《水浒传》把一百零八将的聚义点设定在梁山泊山寨，这个要素已经写在“遗事”之中，其中多次提到去“太行山梁山泊”山寨落草为寇。

其四，南宋“水浒”故事主旨是忠义。“遗事”中九天玄女颁给宋江的“天书”上写道：“付天罡院三十六员猛将使呼保义宋江为帅，广行忠义，殄灭奸邪。”军师吴加亮也曾向宋江道：“是哥哥晁盖临终时分道与我：他从政和年间，朝东岳烧香，得一梦，见寨上会中合得三十六数；若果应数，须是助行忠义，卫护国家。”忠义是南宋朝廷提倡的意识形态。当时金人铁骑南来，北宋王朝轰然倒塌，天下大乱。靠什么能把人们凝聚在一起重建权威和秩序？统治者选择了忠义。忠义成为南宋军民苦撑危局的重要动力。上面说到“遗事”把梁山泊安置在太行山上，有的地方径直写“同往太行山落草为寇”，仿佛梁山泊是太行山的一部分。周密《癸辛杂识》中记龚圣予《宋江三十六赞》也把宋江故事发生地点认作太行山。其“三十六赞”中有五次提到太行，甚至直接称他们为“太行好汉，三十有六”。“说话”艺人把宋江集团与太行山联系起来，今人也许对此感到诧异：太行山在山西，梁山泊在山东，把两者混淆，简直就是“关公战秦琼”。是南方艺人对北方地理不了解，还是故意把太行山混同梁山泊？太行山在南宋很长一段时间内具有政治意义，很刺激忠义之士的神经。刘克庄有词云：“记得太行山百万，曾入宗爷驾驭。今把作、握蛇骑虎。”中原沦陷后，民间的抗金武装多在此地活动，或以此为根据地，袭击金人部队和金政权所设置的行政机构。把这些民间武装说成强盗，或者说成义军、义民都有些勉强，然而南宋从统治者到民众都愿意把他们想象成为“义军”“义民”，赞誉他们为忠义，乐于聆听他们的战斗事迹和他们取得胜利的消息。因为南宋小朝廷的安全需要抗金思想和情感的支撑，所以从上到下一致认同忠义，而且把太行山人招安，纳入国家的防卫系统。太行山中最著名的义军八字军，绍兴六年（1136）被调到临安，担负起保卫京城的重大责任。这些必然给杭州人留下深刻印象。把宋江等人与太行山的忠义人联系起来，这一方面是为了使听众对这些武装造反者更为理解，对他们的故事不再敏感，以取得讲述的合法性；另一方面也是借此指出宋江等人的招安行为就像八字军、忠义人一样，在抗击外来入侵中是起积极作用的，他们的故事是应该受到全社会的一致欢迎的。从历史真实来看，没有迹象显示作为流寇的宋江集团曾到过太行山。宋江集团活动的范围虽然很大，但是以山东西部、西南部为多，也去过鲁西北、河北东路的东南部，总之是在梁山的周围地区活动，到汴京以西的可能性不大。也许南方的说话人弄不清北方梁山泊真正的方位，也许是故意混为一谈，他们把梁山泊、太行山这两个相隔数百里的地区混淆了。我认为不管是哪种原因，这个混淆都与当时太行山是临安军民关注的北方热点有关。

其五，招安是《水浒传》中被人们诟病的情节，但宋江集团被招安不仅是历史事实，而且这个情节在“水浒”故事一诞生就被固定下来。招安是表现忠义的载体，也是江湖人发迹变泰的途径。“遗事”中说“宋江统率三十六将，往朝东岳，赛取金炉心愿。朝廷无其奈何，只得出榜招谕宋江等。有那元帅姓张名叔夜的，是世代将门之子，前来招诱宋江和那三十六人归顺宋朝，各受武功大夫诰敕，分注诸路巡检使去也。因此三路之寇，悉得平定。后遣宋江收方腊有功，封节度使”。南宋初所讲述的“水浒”故事还不一定是悲剧结局，招安变成悲剧大约是宋亡之后。招安悲剧恐怕是历史事实；另外南人在异族统治者压迫下反思国家败亡的教训，想起宋江这一伙“盗贼之圣”来，感慨宋江、岳飞等忠义之士的不幸遭遇才大力渲染这个悲剧。明代吴从先《小窗自纪·读〈水浒传〉》提及书中宋江后被招安，为平定内乱建立了功业，但因为蔡京、童贯等奸臣当政，“同朝之中，咸谓贼不可共处”，最终被“毙之药酒中”。吴从先感慨说“呜呼，宋之君臣亦忍矣哉”。这个《水浒传》可能就是元末或明初的作品。

2. 元代“水浒戏”社会背景

虽然元代文化与南宋有一定的传承关系，但由于地域的不同，北方受到金人和蒙古两个以游牧起家的少数民族的影响，风格粗犷，相对来说受皇权专制的约束也较少。当然金人、蒙古人的统治尚有奴隶制遗留，其压迫剥削的手段更野蛮一些，但相对也粗疏一些，粗糙一些。这种统治下，反压迫、倡导抗争的文艺作品反而比相对文明但压迫剥削手段也更细腻些的南宋更易于漏网。这样我们就能理解为什么在民族、阶级压迫都很严酷的社会环境里，反而出现了与主流思想意识激烈对抗的文艺作品。元代出现的大量的有关宋江集团的杂剧就属于这类作品。这些我称之为北“水浒”系列。

那么元代出现了多少“水浒戏”呢？据香港刘靖之《元人水浒杂剧研究》一书统计有36种，现在传世有10种，散佚的有26种。[①]

传世的“水浒戏”包括：高文秀《黑旋风双献功》、康进之《梁山泊黑旋风负荆》、李文蔚《同乐院燕青博鱼》、无名氏《鲁智深喜赏黄花峪》、无名氏《争报恩三虎下山》、李致远《都孔目风雨还牢末》（又名《大妇小妻还牢末》）、无名氏《梁山五虎大劫牢》、无名氏《梁山七虎闹铜台》、无名氏《王矮虎大闹东平府》、无名氏《宋公明排九宫八卦阵》。这些剧本的写作时间现已经很难确定，大多研究者认为前六种是元代的，后四种是元末明初的。研究元代“水浒戏”对明代《水浒传》的影响，主要是根据前六种。

元代关于“水浒”的杂剧许多诞生于梁山泊附近的东平府。金末元初，战乱再一次给北方的经济文化带来很大破坏，元灭金的战争中杀戮之残酷、破坏之严重，更甚于百年前的宋金之战，而东平府（所辖包括今山东省的东部）却是个例外。这个地区有长达四十余年（1221—1264）在严实、严忠济父子统治之下，社会较为安定，成为战火遍地的中原地区一块和平的绿洲、安详的乐土。

蒙古灭金时，为了减少阻力，对于地方实力派采取了统战政策。只要他们归顺蒙古，不帮助金国，就允许他们保有实力，在其势力范围实施统治，甚至可以世袭，称之为“世侯”。当时有许多实力派选择了这条道路，其中做得最成功的当属严实、严忠济父子。严氏父子注重经济生产的恢复和发展，而且都以养士闻名。这是乱世之中扩张自己实力、求得生存的重要手段。其统治范围包括今河北南部东部、河南东北部、山东西北西南部地区，俨然小邦之君。东平在这段时间内文化特别是通俗文艺得到长足

① 刘靖之：《元人水浒杂剧研究》，香港三联书店 1990 年版。

的发展。这里不仅招徕了像元好问、王若虚等一代文人学者，而且还有许多通俗作家和江湖艺人在这里谋生发展，如杜善夫、高文秀、康与之等。以艺人生活为题材的杂剧《宦门子弟错立身》中所写的家庭剧团，其成员就是东平府人士。东平府是当时戏剧活动和创作中心之一，因此才会有那么多“水浒戏”活跃在当地舞台上，上面说的十种现存的“水浒戏”中就有五种是以东平为背景的。

3. 元代“水浒戏”中新要素

1）“水浒”故事被明确定位在东平附近的“梁山泊”

《大宋宣和遗事》作者也觉得宋江集团故事与梁山泊有关，但由于各种原因还是把梁山泊与太行山扯在一起。到了元代宋江集团有了明确的根据地——东平附近的梁山泊。首次有了“梁山好汉”这个称呼——“某乃梁山泊好汉山儿李逵”[①]。这个称呼在传统文化中有着长远的影响。梁山泊是方圆八百里的钜野泽，这个大湖对于东平文士来说是太熟悉了，几乎每个“水浒戏”都有这段介绍梁山泊的套语：

> 聚三十六大伙，七十二小伙，威镇于梁山。俺这梁山，寨名水浒，泊号梁山，纵横河阔一千条，四下方圆八百里。东连大海，西接济阳，南通钜野金乡，北靠青济兖郓。有七十二道深河港，屯数百只战艘艨艟；三十六座宴台，聚百万军粮马草。声传宇宙，五千铁骑敢争先；名播华夷，三十六员英雄将。

虽然有些夸张，南北大体还对，东西则不免离谱。这样宋江集团

---

① 李致远：《都孔目风雨还牢末》。

就不是由三十六人组成的来去如飙风的抢劫团体了，而是有山头、有地盘（包括领水）、有组织、有制度（一年春秋两假）、有庞大武装力量（一百零八将）的一股割据势力了，俨然敌国。这种定式后来被《水浒传》的作者所接受，并加以了发展。

2）从英雄传奇向“士马金鼓”过渡

现存“水浒戏”都是以梁山泊集团（三十六大伙，七十二小伙）已经形成为开端的。这一点与南“水浒”根本不同。既然梁山军事集团形成，其战争方式应该是大规模“长枪大马”的正规军作战。宋代“说话”中把这类题材的作品分在“士马金鼓”类（如《水浒传》中劫州略府和招安后“征四寇”）。然而，由于故事内容的限制（“水浒戏”故事大多发生在梁山的春秋两假里，好汉下山游玩或奉命出差办事过程中），还是“短打”[①]故事为多。

3）摒弃了忠义的梁山好汉

忠义在南“水浒”故事中是意识形态，而这个词在“水浒戏”中基本消失，只是在“忠义堂”这个特定概念上出现，《争报恩三虎下山》中李千娇唱的“谢得你梁山泊上多忠义，救了咱重生在世”中也出现了一次。这种摒弃忠义的现象也是南北“水浒”故事的重要差别之一。其原因就是民族压迫使得北方下层文士的写作中天然存在着一种反抗情绪，而那些游走江湖的艺人谋生不暇，也缺少向主流社会和统治者献媚的动力，何况在天高皇帝远的东平。

元代政治和社会背景与宋代大不相同，最高统治者换了异族人，国人分列四等，汉人、南人位列三、四等，科举一停八十年（按蒙古统治中国北方时算），即使恢复科举之后，汉人出仕做官也很难进入核心。大多汉族文人士大夫被边缘化了，甚至有些连

① 传统武戏中战斗者不穿盔甲，战斗所使用的是短的或不太长的兵器，而且以徒步作战为主，这类戏称为“短打戏”。

基本生活都得不到保障。主动向统治者靠拢、自作多情的文人不是没有，但大多数处于社会下层的文人对蒙古统治者有一种离心倾向。这点从一些杂剧的思想内容就可以看出来，杂剧作者多是社会下层文人。他们觉得没有必要像南宋那样向观众表白宋江故事的忠义性质了，本来就是外加的忠义便从“水浒戏”中悄悄退出了。这里附带说一句，不仅是“水浒戏”中没有了忠义，就是在其他杂剧中忠义也很少见了，现存160余出杂剧中，只有纪君祥的《赵氏孤儿》等两三出戏曲中出现过四五次。

4）取代忠义的替天行道

元代“水浒戏”摒弃“忠义”，但创造了一个南“水浒”中没有的新词——“替天行道”作为北“水浒”的主题词。现存“水浒戏”中有五出提到“替天行道”：“黑旋风拔刀相助，双献头号令山前。宋公明替天行道，到今日庆赏开筵。”[①]“杏黄旗上七个字，替天行道救生民。”[②]“俺梁山泊远近驰名，要替天行道公平。”[③]“强夺了良人妇女，坏风俗不怕青天。虽落草替天行道，明罪犯斩首街前。”[④]“忠义堂高搠杏黄旗一面，上写着‘替天行道宋公明’。”[⑤]最早出现“替天行道”的当属高文秀的《黑旋风双献功》，这是在李逵杀了奸夫淫妇之后，宋江表示庆祝的话。这个替天行道具体是什么意思呢？也就是宋江在这之前所说的杀了“倚势挟权”的白衙内和与他通奸的“泼贱妇”，解救了深陷牢狱的孙孔目，替他申了冤。《都孔目风雨还牢末》的替天行道追求的是司法公平，梁山为老百姓惩治奸夫淫妇就是替天行道。《鲁智深喜赏黄花峪》的替天行道与此同义。总的说来“水浒戏”

① 高文秀：《黑旋风双献功》。

② 康进之：《梁山泊黑旋风负荆》。

③ 李致远：《都孔目风雨还牢末》。

④ 无名氏：《鲁智深喜赏黄花峪》。

⑤ 无名氏：《争报恩三虎下山》。

中替天行道很简单，就是替民众平反冤假错案。元初没有什么法律。大德间名臣郑介夫曾上《太平策》说：“今天下所奉以行者，有例可援，无法可守，官吏因得以并缘为欺。”当时的行政区划如路、府、州、县等各级地方政府虽然都设有长吏，如路的总管、府州县的令尹等，但在这些长吏之上还要设一个“达鲁花赤”[①]，实权掌握在他手中。他们大多没有文化、不识字、不懂汉语，可是拥有最后的决定权，在这种制度下，可以想见会搞出什么样的政治和法治来。再加上执法者贪渎，在这种司法环境下，冤假错案还不是比比皆是?《双献功》《燕青博鱼》《黄花峪》《还牢末》《争报恩》这五出戏中不仅都有冤案，而且其中的官员都不能秉公执法。他们有的爱钱，有的官官相护，有的拖拉委蛇，共同的特点是昏聩。这五出戏中的案子都缘于民事案中的婚姻问题，或是豪门子弟强霸良家妇女，或是奸夫淫妇谋害亲夫，最后都闹出人命，而且即使出了人命官府也解决不了，还得梁山好汉以武力替天行道。

从上面的简单叙述中可见南北“水浒”题材和主旨有很大差别，这些在明代《水浒传》里分别有所弃取。这里既有成功之处也有整合不太理想之处。如“遗事”所记的前六个故事情节除了“花石纲”外，都出现在《水浒传》前七十一回，并有所丰富和发展成为经典故事。又如吸取水浒戏中关于梁山泊根据地的创造，把它作为演绎江湖人“撞破天罗归水浒，掀开地网上梁山”和寄托游民向往的“不怕天，不怕地，不怕官司。论秤分金银，异样穿绸锦。成瓮吃酒，大块吃肉”的理想之所也是成功的，广为后世所接受。在整合宋元“水浒”故事的基础上，突出忠义主题、处理招安情节以及塑造宋江艺术形象上都有背离生活逻辑之处，不过这些是需要更多的文字来说明的。

---

① 蒙古语：镇守者。

后　记

2011年，陕西人民出版社出版了拙著——《水浒·江湖——理解中国社会的另一条线索》，为写这部书花去了一年多时间，长达38万字，但限于体例与篇幅，仍然觉得言不尽意。比如有的问题在《水浒·江湖》中谈到了，但未能将手中掌握的论证材料全部收录，因而论述显得不够细腻深入；有的话题放在以“理解中国社会”为目的的《水浒·江湖》中显得太琐碎，与书的主旨关系不大，只得舍弃；有的论述因为篇幅太长只得割爱……为了补救前书之失，因而写作《识小录》以为补充。《识小录》采用了笔记的体例，这样可长可短，收放自如，而且专选择与其他研究者不同的观点做阐述，使读者可以更多地了解笔者对于《水浒传》和有关“水浒”故事的个人意见。

《水浒传》是中国最早的一部白话长篇小说（《三国志通俗演义》成书比《水浒传》早，但其语言文言色彩太浓），它产生于社会动荡与转型时期，其中包含着极为丰富的社会史料。如果关心中国社会史和文化史的演变，那么读《水浒传》会有许多发现。我曾在拙著中谈到《水浒传》第一次告诉我们在主流社会之外还有一个不被主流认同的隐性社会——江湖，它既瓦解着皇权专制社会，又对皇权专制体制具有修复作用。又如宋代以前“武”是被社会尊崇的，崇武之风往往与贵族联系在一起，那时武的象征是“剑”，习武或称为“学剑”；而到了宋代，统治者推行“重文轻武”政策，武风逐渐沉沦于社会底层，武术往往与流浪汉或不务正业的人联系在一起，其象征则是“枪棒”，学武就称为“使枪弄棒”。梁山一百零八将有个共同的爱好就是“使枪弄棒”。这种轻蔑武的习俗一直沿袭到二十世纪。我小的时候身体不好，父亲想请个师父教我学学武术，母亲不同意，就怕把不三不四的人招引到家里来……《水浒传》成书经历了两三百年的时间，传世的《水浒传》中包含着南宋、金元和明代初叶不同年代、不同地区的史料，要把它们区别开来，的确还需要做很细致的工作。但是直到现今《水浒传》研究尚缺少细致与耐心。与《红楼梦》研究比较起来，《水浒传》的研究显得太粗糙了。大多数研究还停留在“版本”“思想内容”“艺术成就”“巨大影响”四大块上。而《红楼梦》的研究，只要与书中所写的内容或作者、续作者沾点儿边，无不有学者不厌其详地进行考索、研求、推想，甚至大胆地猜想。有些实在与《红楼梦》本身没有多大关系，也缺少社会意义，纯粹就是闲聊（当然有人愿意聊，有人愿意听，也可以出版），学术界讥称为“红外线”。我觉得《红楼梦》研究有些太过——过于琐碎，但《水浒传》研究就有些不足，我希望在《水浒传》研究上有点新的开拓。

希望本书能给读者带来一些阅读的愉快与思考。